中公文庫

銀色のマーメイド

古内一絵

中央公論新社

目次

銀色のマーメイド

ざぶりと水に飛び込み、腕《うで》を遠くへ遠くへと突き出す。

得意のクロールであっという間に二十五メートルを泳ぎ切り、龍一《りゅういち》がプールサイドを振り返ると、そこには既に見慣れた光景があった。

明るい髪色の男子が、「先輩《せんぱい》、先輩」と後輩たちから腕を引かれている。

遠目にも片えくぼが目立つ柔《やわ》らかな雰囲気《ふんいき》の男子は、運動部の主将というより、テレビに登場する体操《たいそう》のお兄さんといった感じだ。

龍一は水中眼鏡《ゴーグル》を引き上げ、少し皮肉《ひにく》な笑みを浮かべた。

「よくやるよ……」

それは龍一が幼馴染《おさななじ》みのタケルに対し、何度となく呟《つぶや》いてきた台詞《せりふ》だった。

まだ小学生のあどけなさを残す一年生たちにまとわりつかれながら、タケルは一人一人に丁寧《ていねい》なアドバイスをしているようだった。

くせのない穏《おだ》やかな声が、風に乗って龍一のところにまで届く。

「息継《いきつ》ぎが心配なら最初は背泳ぎがいい。顔を水につけなくていいから呼吸が楽だよ。呼吸は吸うより吐《は》くほうに集中すれば自然とできるからね」

どうやら背泳を教えているらしかった。

タケルはしなやかに腕を回しているが、一年生たちは腕を強張《こわば》らせたまま、扇風機《せんぷうき》のようにぐるぐると振り回す。

「背泳ぎはね、ただ腕を回せばいいんじゃないよ。腕を水に入れたら肘《ひじ》から先で水を押すんだ。腕を伸ばして掌《てのひら》を下にして、水の上にぽんと置いたら、肘から先を使って水を押す……。そう、回すんじゃなくて、押すんだよ」

「先輩、こう？」

「そう。そうだよ。できてる、皆ちゃんとできてるよ」

プールサイドに笑顔がはじける。

最初はバカにしながら見ていたのだが、まるで基礎《きそ》のできていなかった一年生たちが、みるみるうちに背泳ぎの基本ストロークをマスターしていく様に、龍一は少々驚いた。

そのとき、プールサイドのタケルが自分を見た。

「龍一！　お手本を見せてよ！」

「はあ？」

「やって見せてよ、背泳ぎ」

「俺の種目はクロールだけど」

「龍一ならどの種目だって、完璧《かんぺき》なフォームで泳げるだろ？」

やれやれ。

龍一は、リクエストに応えるべくプールサイドの縁《へり》を両手でつかむ。

勢いをつけて両脚で思い切り壁《かべ》を蹴《け》った。仰向《あおむ》けにジャンプして、水中に滑《すべ》り込み、バサロキックで一気に加速する。

どうだ、バサロだ。少しはびっくりしたか。

水泳部の選手だったら、これくらいの技量は持っていて当然だ。

それから悠々《ゆうゆう》と水面に浮上し、タケルが言ったとおりの優雅《ゆうが》なストロークを繰り出してやった。龍一は、両肩をローリングさせながら、水を切るように進んでいく。

気持ちがいい。

プールサイドの一年坊主《ぼうず》なんて知ったことではない。

そもそも自分が水泳を好きなのは、己の実力のみで勝負ができる、個人競技であるからだ。できない連中に足を引っぱられて苛々《いらいら》する必要もないし、水の中では他人と口をきくこともない。

水に入ったら、他人のことなど関係ない。相手にするのは自分だけだ。

大体、泳げもしない連中が、水泳部に入ってくるな。

自分の考えに浸りながら水をかき分けていくうちに、しかし、龍一は途中でふと異変に気がついた。

水に手応えがなさすぎる。それにコースロープがいつの間にか消えている。

ゴーグル越しに見上げていたはずの青空が、ハレーションを起こしたように白く光る。

その途端《とたん》、龍一は体にぐんと重力がかかり、急速にどこかへ引き戻されていくのを感じた。

気がつくと龍一は、薄暗い部屋の中で、天井を見つめて横たわっていた。

先程まで体を包み込んでいたはずのたゆたう水は消え、代わりに背中には、じっとりと汗ばんだ寝床の感触がある。

先の情景が夢だったのか回想だったのかは、当の龍一にも判然としなかった。

外では雨が降っているようだ。トントトンと、不規則にベランダの手すりが叩かれる音がする。まだ夜は明けていない。雨音はなにかの囁《ささや》きのように、急にくぐもったり強くなったりした。

ここに引き戻される直前、龍一はタケルが自分の名前を叫ぶのを聞いた。

龍一！　お手本を見せてよ！

明るい声と、振り向いた輪郭《りんかく》が、脳裏《のうり》から離れない。

夢とも記憶《きおく》ともつかない残像をつかみとろうと、龍一は掌を宙に突き出した。しかし、眼が慣れてきたのか、残像の代わりに、天井の木目ばかりが滲《にじ》むように濃くなってくる。

龍一は掌を上げたまま、しばらくぼんやりとしていた。

1　水泳部降格

夜が明け切らぬうちに一度眼を覚ましたせいか、龍一は食欲がわかなかった。

しかし、朝食はいらないと言った途端、母の睦子《むつこ》がヒステリーを起こした。

新聞社の文化部に勤務している睦子は、二年前に地元支局の局長になった。

だがそれは栄転というより、肩叩きの意味合いのほうが強いものだったらしい。支局長とは名ばかりで、睦子はほぼ一人で地方版のなにもかもをこなしているようだった。

朝は龍一より早く出かけ、帰りは深夜になることが多い。それでも毎日毎日、龍一のために三度の食事を用意する。母がなにもかもを完璧にこなそうと奮闘《ふんとう》しすぎているようで、龍一はときどき息苦しくなる。

飯なんてどうでもいい——だがもしそんなことを一言でも口にしようものなら、百の小言と講釈《こうしゃく》が降ってくる。

バカね、あんたは。十代の食事が老後を決めるのよ。今しっかり体を作っておかないで、後から後悔《こうかい》したって遅いんだからね。大体あんたは、いつもいつも……。

あああああ、うざってえ！

龍一は耳を塞《ふさ》ぐ。

それでも心のどこかで、気の強い母が心の奥底に閉じ込めている後ろめたさを、敏感《びんかん》に悟《さと》ってしまう。

「いい？　朝ごはんっていうのはね、一日の基本になるものなのよ」

慌《あわ》しく書類を手提げに突っ込みながらも説教をやめない母を、龍一は横目で眺《なが》める。

今どき、シングルマザーは決して特異な存在ではない。

確かにときどき、自分の父親はどんな人なのかと、うっすら考えることはある。だが男親の不在が龍一の心に影を落とすようなことは、幼少期から今に至《いた》るまで、ただの一度も起こらなかった。

それは今の自分を見てもらえば、ちゃんと分かるはずなのに。

ばたばたと行き来している母の姿に、龍一は内心密かな溜《た》め息《いき》をついた。

「じゃ、私いってくるから。今日は早く帰るつもりだけど、もし遅くなったら、冷蔵庫に筍《たけのこ》の煮物が入ってるから……」

「分かった、分かった」

手で払うように母親をキッチンから追い出し、龍一は冷蔵庫をあけた。たくさんのプラスチック容器に作り置きのおかずが入っている光景は、子供の頃からお馴染《なじ》みのものだ。

一人になると龍一は、テーブルの前の椅子《いす》を引いて腰掛けた。

キッチンのテーブルには、旅館の和定食のような朝食と、チェックのナプキンに包まれた弁当が置いてある。

昨夜も遅かったのに、朝早く起きて作ったのだろう。そのくせ、自分が朝食を食べた形跡は一つもない。龍一は眉《まゆ》を寄せて呟いた。

「朝食は基本じゃないのかよ……」

三年生になると、教室は最上階の四階になる。

運よく窓側の席を振り当てられた龍一は、窓枠に寄りかかって外の景色を眺めていた。

明け方に雨を降らせた灰色の雲が今は薄く垂《た》れ込《こ》め、空を二分化している。薄桃色の珊瑚は校
雲が作った幻《まぼろし》の水平線の下、満開の桜が珊瑚礁《さんごしょう》のように広がっている。薄桃色の珊瑚は校庭だけではなく、その先の大通りや、立ち並ぶ中層の団地の間にも点々と散らばっていた。

龍一たちの暮らす町は、人口四十二万人を抱える都内近郊のマンモスベッドタウン弓《ゆみ》が丘《おか》市の中で、最も古くからある住宅地の一つだった。

しかしいち早く開発されすぎたせいなのか、もう何十年も更新がとまっている感がある。龍一は、夜の八時を過ぎると真っ暗になってしまうこの町が東京都を名乗っていること自体、詐《さ》欺《ぎ》に近いと考えている。

龍一の通う弓が丘第一中学校は、住宅開発が進められる前からこの土地にある、これ又古い学校で、西棟に都内では珍《めずら》しい木造校舎の一部が残されていた。

窓側の席からも、校庭の左奥に黒い板張りの屋根が突き出しているのが見える。

龍一は、教室の中に視線《しせん》を移した。

三年三組。

新しいクラスでの生活が始まって間もないが、朝のホームルームを控《ひか》えた教室は、既に雑然とにぎわっていた。

特に女子のグループ化の素早《すばや》さには、眼を見張るものがある。

早くも似《に》たり寄ったりの小グループがいくつも形成され、今も派手めなグループが教室の後ろでひっつきあって嬌声《きょうせい》をあげている。どこのグループに属するかで、その一年の立ち位置が決まるのだ。こぼれてはなるまいとする必死さが、彼女たちの表面的な仲よしぶりに一層の拍車《はくしゃ》をかけていた。

それに比べると、男子は呑気《のんき》なものだった。

まだお互いよそよそしい雰囲気をまとったまま、各々漫画《まんが》を読んだり、イヤホンを耳に突っ込んだりして時間を潰《つぶ》している。中には予備校の問題集に取り組んでいる者もいた。

龍一も誰《だれ》と口をきくでもなく、ぼんやりと視線を漂わせていた。

そのとき。

がらりと扉《とびら》が開き、一人の少女が教室に入ってきた。

教室中がシンとなる。

毎朝ホームルームぎりぎりの時間に登場するこの少女を眼にすると、誰もが一瞬《いっしゅん》口を噤《つぐ》んでしまうようだった。

当の少女は周囲の視線などまったく気にする様子もなく、真っ直ぐに自分の席に向かい、龍一より少し前の窓側の席に音もなく腰を下ろす。そして窓の外に顔を向けると、もう微動《びどう》だにしなかった。

窓硝子《まどガラス》に映るその姿から、思わず視線が外せなくなってしまう。

白く小さな顔。思い切ったショートヘア。

そして遠目からも分かる、長い睫毛《まつげ》と虹彩《こうさい》の大きな鳶《とび》色の瞳《ひとみ》。

十把《じっぱ》ひとからげで一人前、おまけに化粧《けしょう》まみれの今どきのアイドルなど足元にも及ばない、硬質で強烈《きょうれつ》な美貌《びぼう》の持ち主だった。

ふと硝子越しに視線がぶつかった気がして、龍一は緊張を覚えて眼を伏せた。

だが少女は、実際にはなにも見ていないようだった。透明感《とうめいかん》のあるその顔には、なんの表情も浮かんでいなかった。

グループから外されては大変とくっつきあっている他の女子たちとは、まるで雰囲気が違う。なんだか、窓辺の椅子に置かれた陶器人形《ビスクドール》のようだった。

龍一は三年生になるまで、こんなに美しい少女がこの学校にいることを知らなかった。

「やっぱ、いいよな。エリカ様」

ふいに後ろから声をかけられ、龍一はギョッとした。

振り向くと、問題集を解《と》いていた男がニヤニヤと笑っている。どうやらこの男もあの美少女を見ていたらしい。

確かこの男は、酒井《さかい》とかいう、にやけたヤロウだ。

「でも無駄だよ〜」

「なにが無駄なんだよ」

聞き返すと、酒井はにったりと笑い、からかうように言った。

「エリカ様、下賤《げせん》な俺らとは口きかないから」

「はあ？」

「てか、俺、一年のときからずっとエリカ様と同じクラスなんだけど、彼女が口きいてるの、三回くらいしか見たことない」

「なんだそりゃ」

「まぁ、どっちにしろ、俺らじゃ相手にされないって」

なんで〝俺ら〟なんだよ。

いつの間にか人をお仲間にしやがって――。

ちらりと前方を窺《うかが》うと、美少女は周囲のことなどまったく関心のない様子で、変わらずに窓の外に眼をやっていた。龍一は、ほんの少しだけがっかりした。

まぁ、いいや……。

クラスに、素晴《すば》らしい美貌の少女が一人いる。ただそれだけのことだ。

無理めの女のことなど、思い悩んだところで仕方がない。

余計なことには関わらず、そつなくクールに学校生活をこなす。それが自分のスタンスだ。

龍一は、硝子に映る白い顔から視線をそらした。


その日の放課後、龍一は久々に、水泳部の部室に向かった。

階段を下り新校舎から西棟に入ると、ウレタン塗装《とそう》の廊下《ろうか》が板張りに変わる。天井も急に低くなり、上背のある龍一なら片手を伸ばすだけで、廊下を照らす蛍光灯《けいこうとう》に触れてしまう。

水泳部の部室は、老朽《ろうきゅう》化《か》を理由に授業では使われていない、この木造校舎の二階にあった。本来ここにあるのは文化部と生徒会室なのだが、〝訳あり〟の水泳部だけは文化部と隣り合わせにさせられている。

龍一はこの日、理科教師の柳田《やなぎだ》から呼び出しを受けていた。

柳田はいつも薄汚れた白衣《はくい》を着て、不機嫌《ふきげん》な顔をしている腹の出た中年男だ。三年の学年主任でもある柳田は、先日保護者に配られた学校報で、「教師歴二十年のベテラン先生」と、いかにも頼れる先生の紹介のされかたをしていた。

だが龍一には、柳田がそれほど頼りがいのある教師だとは思えなかった。

第一、この男性教師がにこやかな表情をしているところを、いまだかつて一度も見たことがない。分厚い眼鏡の奥の眉は、常に八の字に寄せられ、口角は見事なほどに下がっている。いつも仕方がないといった風情で授業を行い、ときどきもっと仕方がないといった風情でたいして面白《おもしろ》みのない実験を行う。

精彩に欠けるこのベテラン教師が、実は龍一たち水泳部の顧問《こもん》であるということは、水泳部の中でさえ度々《たびたび》忘れ去られそうになる事実だった。

「上野《うえの》、きました！」

部室の前に辿り着くと、龍一は横引きの戸をガタガタとあけた。

柳田は部室の奥の机でスポーツ新聞を読んでいたが、龍一の姿を見ると無言でそれを畳《たた》んだ。人を呼びつけておいて、相変わらず驚くほどのテンションの低さだ。

せめて「突然悪いな」の一言くらいあってもよいではないかと、龍一は内心肩をすくめる。

「上野。水泳部、降格させるからな」

ところがその覇気《はき》のなさとは裏腹に、開口一番、柳田の口から飛び出したのはなんとも高圧的な台詞だった。

「月島《つきしま》君のこともあって、大分退部届けが出されている。今年はお前も受験だし、部活どころじゃないだろう。これを潮時《しおどき》に、又愛好会《あいこうかい》に戻す」

一瞬、なにを言われているのか分からなかった。

月島君のことって。

なんで、タケルのことが水泳部の降格につながるんだ。

しかもなんなんだ。これを機会にって……。

「なんでですか」

龍一は思わず問い返していた。

「なんでって……」

それまでそっぽを向いて話していた柳田が、意外そうに龍一を見返す。

「今後主力になる二年生がこんなに退部届けを出してるんだぞ。主将だった月島君はもういないんだし、大会に出るのも無理だろう」

柳田は持っていた退部届けをずらりと机の上に並べてみせた。龍一は近寄って一枚一枚手に取ってみる。

だが、つぶさに見たところで、龍一にはそれが誰なのか、名前と顔がほとんど一致しなかった。

龍一はなんだか無性に苛々してきた。

なぜタケルの不在が、退部届けの提出や、部の降格に結びつくのか。

「俺、今年も都大会出ますよ」

気がつくと、龍一は強い調子で言い返していた。

途端に柳田の眉の八の字が一層深くなる。

「お前もこの夏はそれどころじゃないだろう」

「平気ですよ。俺、公立いきますから」

あまり偏差値《へんさち》が高いとはいえないこの地域に限定するなら、龍一の成績は決して悪いほうではない。柳田は一瞬ぐっと言葉に詰《つ》まったが、すぐに高圧的な態度を取り戻した。

「君一人で大会に出たって仕方がないだろう」

「でも、退部届けを出してるのは、全員という訳ではないですよね。まだ三年に、女子代表選手の岩崎《いわさき》もいますし、新一年生の入部希望者だっているはずです」

「そうは言ってもな、三年は代表選手以外、昨年末で全員引退してるだろう？　代表選手だった春日《かすが》だって、受験で退部届けを出してきてるんだぞ。残ってるのは君と岩崎の二人だけじゃないか。それに今後の部活の中心は二年生だぞ。その二年生がこんなに退部届けを出してるんだ。中には代表だった奴もいるぞ。ほれ、見てみろ」

柳田が何人かの退部届けを龍一に放って寄こす。

龍一は頭に血が上った。

要するに柳田は、面倒ごとから手を引こうとしているだけなのだ。

大会のエントリー、部費の確保、部室の管理――。

水泳部を愛好会に戻してしまえば、そうした面倒ごとから手が引ける。

冗談じゃない。

自分は昨年、東京都選手権大会都大会で、惜しくも全国大会への切符を逃したのだ。

今更愛好会降格で、部費が出ません、よって大会にも出場できません、なんてことになってもらっては困る。

昨年、タケルが都大会で平泳ぎ百メートルの全国標準記録を突破して全国大会に出場したときは、喜ぶ校長の手前、なにもしていない顧問の柳田までが満更でもない顔をしていたではないか。

第一、タケルがいない、イコール選手がいないような言われ方は心外だ。

確かに愛好会を部に引き上げた立役者はタケルだったが、それは自分や春日や岩崎のような、実力のある部員が揃《そろ》っていたせいでもあるはずだ。

「俺、今年も絶対に出ますよ。都大会」

龍一は、きっぱりと言い切った。

「それに、残った連中が降格を納得するとは限りません」

「だから君にその説得を頼もうと思ってたんじゃないか」

「え、俺に……？」

「そうだよ、上野。俺は、お前も春日と同じ、もう少し冷静な生徒だと思ってたんだよ。まったく当てが外れたな」

柳田が大きく首を横に振る。

今までまともに視線を合わせることもなかった相手が、突如《とつじょ》行く手を阻《はば》む壁のような存在感を持ったことに、龍一と柳田はむっつりとして睨《にら》み合った。

「部活動は一人じゃ成り立たないってことをよく覚えておけよ」

やがて、柳田はそう言い捨てて部室を出ていった。

残された龍一は、その背中を呆気にとられて見送るしかなかった。

こうなると、どちらが優位なのかは明らかだ。

その優位性が、教師と生徒、大人と子供という、至極《しごく》単純な理由に基づいていることに、龍一は唇《くちびる》を噛《か》む。

二年生も二年生だ。

柳田の言うとおり、これからの部活の中心は彼らのはずなのに、なんで揃って退部届けを出したりしたのだろう。

龍一の頭の中に、未明の幻影《げんえい》がちらついた。

「先輩、先輩」とまとわりついていた一年坊主。

これじゃあいつら、本当に最後までただの甘《あま》ったれじゃないか。

龍一は首を横に振り、部室の古い窓枠から外を見た。

桜の珊瑚の下を蝶々魚《ちょうちょううお》のように駆《か》け回《まわ》る、下級生たちの歓声《かんせい》がここまで届く。

そうだ。

思いついて制服のポケットの携帯《スマホ》に手を伸ばす。

水泳部降格に反対なのは、なにも自分だけという訳ではないだろう。

龍一は、右手の親指で素早くメールを打ち始めた。

2　幼馴染み

翌日の昼休み、龍一は西棟の階段の踊《おど》り場《ば》で、待ち合わせの相手を待っていた。特別授業のときにしか使われていない校舎は、部室のある二階を除けば立ち入る生徒の数も少なく、密談にはもってこいの場所だ。

やがて、ゆっくりと階段を上ってくる足音が近づいてきた。

「話って、なに」

踊り場に立つと、岩崎敦子《あつこ》は真っ直ぐに龍一を見た。

赤縁眼鏡の奥の切れ長の眼が、いかにも聡明《そうめい》そうな輝《かがや》きを宿している。校則を守って肩まである髪をきちんと黒ゴムでまとめているのも、女子の中では彼女くらいだと龍一は思う。

幼い頃には「リュウ君」「あっちゃん」と呼び合っていても、こうして二人きりで向かい合うのは随分《ずいぶん》久しぶりのことだった。

一緒《いっしょ》にスイミングスクールに通っていたこともある幼馴染みの姿を、龍一は改めて見直した。

胸元のリボンは形よく結ばれ、プリーツスカートのひだにもきちんとアイロンが当てられている。他の大勢の女子たちのように、スカートの丈をいじっている様子もない。太い足をむき出しにしている女子たちから「ダサい」なんて陰口《かげぐち》を叩かれても、少しも揺るがない強い意志が、眼鏡の奥の眼差《まなざ》しに浮かんでいた。

部活中にも納得のいかないことがあると、先輩であろうと誰であろうと、一歩も引かずに意見するようなところが敦子にはある。

彼女のこの正義感を以《も》ってすれば、横暴な顧問の一方的な「降格宣言」をも一蹴《いっしゅう》できるのではないかと龍一は期待した。

しかし、いざ口を開こうとした途端、ふと敦子の左腕に気を取られた。

「どうしたの」

静かな口調で促《うなが》され、我《われ》に返る。

敦子の冷静な表情に、龍一はとりあえず、〝それ〟から視線を外した。

昨日の柳田との顚末《てんまつ》を、手短に説明する。敦子は黙《だま》って聞いていたが、柳田がタケルのことを「潮時」と言った件に関しては、ぴくりと眉を動かした。

「おまけに二年のアホどもは、揃って退部届けを出しやがるし」

「そういう言い方はないでしょう」

しかし、次の龍一の口ぶりには、共感しかねるといった具合に顔をしかめる。

「二年生の中には、別に私たちみたいに、元々水泳が好きで水泳部に入ってきた訳じゃない子もいるんだから。それに、部活にこようという気になれない子だっているんでしょうよ」

暗い眼差しでそう言われると、龍一も多少きまりが悪くなった。

「まぁ、それはともかく、あのオヤジの言い方は一方的すぎるんだよ。まだ残っている部員もいるんだし……」

「それで、上野はどう思うの」

「俺は、これで部が愛好会に格下げされるのは、おかしなことだと思う。月島も……、きっとそう思うはずだ」

龍一は、ためらいがちにタケルの名を持ち出した。

敦子はふいと視線をそらすと、踊り場の壁の木枠の窓に視線を移した。窓の外には大きな楠《くすのき》があり、風に揺すられる新緑が、二人の足元に木漏《こも》れ日を散らしている。

敦子はしばらく窓の外に眼をやっていたが、やがてゆっくりと龍一を見た。

「うちの学校の水泳部は、元々月島君が作ったようなものだよね」

龍一は頷《うなず》く。

「でも、だからって、月島がいなくなったら又水泳部は無くすっていうのは、どう考えてもおかしいだろ」

「それは、私もそう思う……」

敦子はそう言って下を向いたが、再び顔を上げたときには、毅然《きぜん》とした表情を浮かべていた。

「やめてった子たちのことはともかく、上野の言ってることは正しいと思う」

龍一の眼を正面から見て敦子は続けた。

「確かに柳田先生はちょっと勝手すぎるよ。入部希望の新一年生だってこれから出てくる訳だし。どう考えても、面倒ごとを減らそうとしているとしか思えない」

「だろ」

「で、上野はどうするつもり？　三年は代表選手以外、全員年末に引退してるよね。おまけに代表選手だった春日までやめるって言ってるんでしょう？　となると三年は私と上野の二人だけじゃない。中心になる二年生がそんなにガタガタだと、新一年生の勧誘《かんゆう》もどうなるか分からないし」

「俺は、今年も大会に出てやろうと思ってる」

「大会って？」

「もちろん都大会だよ」

龍一が勢いづいて答えると、敦子は再び少し考え込んだ。

「でも、都大会は選考が厳《きび》しすぎる。上野や私はともかく、他の子たちがついてこられるか分からないじゃない。狙うなら、弓が丘杯だと思うけど」

「弓が丘杯？」

龍一は眉根を寄せた。

「それ、公式戦じゃないだろ」

「でも大きな大会よ。それにここなら都大会みたいな制限タイムはないし、後輩たちも全員出場できる」

弓が丘杯は、今年で六十二回を数える弓が丘市の伝統行事ともいえる水泳大会だ。在市の中学、高校、大学、一般部門《マスターズ》に分かれ、市で一番大きな水泳施設を二日間貸しきりにして開催される。都大会の直前に行われるので、腕試しに参加する代表選手も多く、レベルも決して低くはない。

昨年弓が丘杯で、タケルが中学部門のメドレーリレーでトロフィーを持ち帰ったことに、敦子はこだわっているのだろう。

だが弓が丘杯は、都大会のように全国大会にまでつながる公式戦ではない。あくまで市民のお祭のローカル大会だ。皆が出られる大会なんて意味がないと、龍一には思われた。

「いや、ここはやっぱり公式戦にこだわるべきだよ。昨年月島が全国大会に出たときは、垂れ幕まで出たじゃないか。うちの校長はそういうの大好きだからな。そこまでやれば柳田だって、ぐうの音も出ないだろうし」

強硬に言い張ると、敦子が諦めたように呟く。

「まぁね……、上野は弓が丘杯、今まで出たこともないもんね」

その口調に落胆が滲んでいるような気がしたが、龍一は敢《あ》えて気づかぬふりをして言い切った。

「そんなローカル戦より、まずは都大会だよ」

ふいに柳田から「君一人で大会に出たって仕方がないだろう」と言われたことを思い出す。

敦子にも都大会への出場意志があるかどうかを確認したいところだったが、寸前のところで口に出すことができなかった。

敦子の左腕の〝それ〟が、龍一を押し留めた。

「じゃあ聞くけど、二年に代表選手は残ってるの？」

「さ……さあ……」

龍一が口ごもる。

二年生の名前と顔が一致していないことがばれるのは、いささかきまりが悪い気がした。

察して敦子は肩をすくめる。

「まぁ、いいわ。部室にいけば、リストがあるでしょう。とりあえず、まだ退部届けを出していない子たちに招集をかけようよ。大会の件はともかく、降格を阻止《そし》するならまずは意思統一をしなくちゃ。どうするかはそれからよ」

「お……、おう」

決断の早さに、龍一のほうがいささか気圧《けお》された。

再びそっと窺うように、敦子の左腕に眼をやってしまう。

「それじゃ、女子には私が声をかけるから、男子のことはよろしくね」

そんな龍一を意に介した様子もなく、敦子はくるりと踵《きびす》を返した。

木造の階段を軋《きし》ませながら去っていく後ろ姿を、龍一は無言で見送った。


五時限目は担任の桜井《さくらい》の国語だった。

桜井はいつも野暮《やぼ》ったいカーディガンを羽織《はお》った、地味な顔の女教師だ。龍一はぼんやりと前方を見つめていたが、桜井がか細い声で繰り返している授業の内容は、ほとんど頭に入ってこなかった。

敦子が左腕に巻いていた黒い布。

あれは、喪章《もしょう》だ。

まさか、あのときからずっと、彼女はそれをつけ続けているのだろうか。

そう考えた途端、ベソをかいてうずくまる幼い敦子の姿が頭の片隅《かたすみ》をよぎった。

先程、彼女と二人きりになるのは久しぶりだと思ったが、よくよく考えてみるとそれは違う。一緒に遊んでいた幼い頃から今に至るまで、恐らく自分は敦子と二人きりになったことはほとんどない。そこには必ず、もう一人の少年の姿があった。

月島タケル。水泳部の元主将。

眼を閉じると目蓋《まぶた》の裏に、どこへいくのも一緒だった自分たちの姿が浮かんだ。

集合住宅の同じブロックで同い年。しかも全員が一人っ子。

幼少期においてそれはもう、一種の宿命のようなものだった。好きも嫌《きら》いもなく、朝から晩まで一緒にいることが多かった。

敦子やタケルの母が、日中ほとんど家にいられない睦子のことを慮《おもんぱか》ったところもあったかもしれない。

しかし多少の大人たちの思惑はあったにせよ、幼い自分たちが、お互いを選びようもない兄弟のようなものだと考えていたのも事実だった。

敦子は昔から龍一とタケルが好む男の子の遊びにも、よくついてきた。

けれど必ず途中で力尽き、補助つきの自転車で「遠乗り」に出かけたときも、ザリガニの「漁」をしているときも、ぐずぐずと座り込んだ。そうなると龍一にとって、敦子は足手まとい以外のなにものでもなくなった。

待あってよおおお――。

追いすがってくる幼い泣き声を、龍一は今でも覚えている。

その声が聞こえてくると、どんなに夢中になっていても、タケルはくるりと振り返った。そして龍一を宥《なだ》めるように、「あっちゃん待っててあげなきゃね」と片頰《かたほお》にえくぼを作り、泣き声のするほうに走り去っていってしまう。

ちぇ、なんだよ。あんなのほっときゃいいのにさ。

残された龍一は、いつも興を削《そ》がれてふて腐《くさ》れた。

ときとしてタケルは、ぐずる敦子をおぶって戻ってくることさえあった。

だから、多分――。

タケルと二人だけの思い出が、敦子にはたくさんあるに違いない。

けれど同じ幼馴染みとして育ちながら、龍一と敦子の間には、それに類する交流が浮かびそうで浮かばなかった。

三人一緒にスイミングスクールに通い始めたきっかけも、今となっては思い出せない。特に大きな理由があった訳ではなかったのだろう。

習い始めると、三人は見る見るうちに上達した。最初は遊びの延長でも、競技の面白さに目覚めれば、やがては本格化する。それに小学校の水泳大会でスター選手扱《あつか》いを受けるのは、悪い気分ではなかった。

龍一はぼんやりと考える。

少し前の自分たちは、このまま全員が公平に大人になっていくものだとばかり思い込んでいたんだ――。

中学生になると龍一は、敢えて二人とは距離を置くようになった。

同じ水泳部に入っても、タケルと敦子のように一緒に帰ったりはしなかった。それどころか、早いところばらばらになりたいとさえ思っていた。

幼馴染みなんて、実際にはうざったいものなのだ。二人がどう思っていたのかは知らないが、少なくとも龍一にとってはそうだった。

それでも相手が突然〝いなくなる〟ということだけは、考えもしなかった。

そこまで思い返した瞬間、龍一は我知らず息を詰めた。

重くて暗い冬の空が、頭の中に広がった。

昨年の年の暮れ。

二学期の学期末テストも終わり、龍一たちは冬休みに入っていた。

龍一は春日ら数人の友人たちと駅前のゲームセンターにいき、対戦型のゲームで大いに盛り上がった。多少はしゃぎすぎていた自覚はあったが、暗いとはいえ、まだ夜の七時になっていなかった。それなのに、母の睦子が自宅前の道路にまで出て自分を待ち構えているのを見たときには、「たまに自分が早く帰ってくると、なんなんだ」と、鬱陶《うっとう》しく思った。

睦子はどこかおぼつかない足取りで、ふらふらと近づいてきた。遅く帰ったことへの小言を予期して龍一は身構えたが、睦子は深い溜め息をついて項垂《うなだ》れた。

「タケル君が……死んじゃったの」

突然なにを言い出すのかと、龍一は顔を引きつらせた。

「嘘《うそ》だ!」

気づくと大声で叫んでいた。

こんな言葉を口にする母親に、猛烈《もうれつ》な怒りを感じた。

なぜなら。

そんなことはありえない。

確かにここ数日は会ってない。冬休みに入り、部活も終わっていたから。

でもタケルが死ぬなんてことが、そもそも起きる訳がない。

「大きな声出さないでよ！」

しかし龍一以上の大声で睦子が叫んだとき、龍一はその言葉が嘘でないことを思い知った。

睦子は、滅多《めった》なことで涙《なみだ》を見せる母親ではない。その気丈な母が、肩を震《ふる》わせて泣いている。

「なんで……」

ようやく問いかけると、睦子はぽつりと「交通事故」と、呟くように言った。

交通事故……。

そのありふれた響《ひび》きを、龍一はどう受けとめればいいのか分からなかった。

事故現場は、龍一もよく知っている場所だった。

昼間でも薄暗く視界の悪い、事故が起こりかけるたびに信号の設置が問題になっていた、急カーブの引込み線。自転車に乗っていたタケルは、その曲がり口で無灯の軽トラにはねられた。

「お通夜《つや》は明日だけど、タケル君、もううちに戻ってきてるから、会ってきて……」

母はかすれた声でそう言った。

龍一がタケルの家を訪ねると、幼い頃何度も遊びにいった部屋のベッドの上に、タケルの体は静かに横たえられていた。

近くで見ても目立った外傷はなく、タケルはただ静かに眼を閉じていた。その口元が、うっすらと開いていた。明らかに血の通っていない、蒼白《そうはく》の唇だった。

龍一は、タケルの生命が、もうこの体に残っていないことを感じた。

自分の知っているタケルが、もうどこにもいないのだということを、強く肌身《はだみ》に感じた。

その途端、眼もくらむような悔しさと、憤《いきどお》りに襲《おそ》われた。

幼少期をともに過ごしたことを除けば、タケルは龍一にとって、それほど気の合う相手ではなかった。一緒にいると、歯痒《はがゆ》いことや、理解できないことのほうが多かった。

これから高校大学と進む中で、タイプの違う自分たちは、恐らく自然と疎遠《そえん》になっていっただろう。

しかし、龍一の中で、タケルが〝いなくなる〟ことだけはありえなかった。そもそもそんな選択肢《せんたくし》は、どこにも用意されていなかった。

級友や後輩からはもちろん、先輩や教師にまで慕《した》われていたタケルの告別式には大勢の人が詰めかけた。制服の腕に喪章をつけたたくさんの生徒が、俯《うつむ》き、泣きじゃくっていた。

その中で、敦子だけが、一人怒ったように顔を上げていた。

その姿を見たとき、龍一は「ああ、こいつも俺と同じだ」と感じた。

まだ、悲しむことができなかった。

ただ、純粋に腹が立った。

ありえない選択肢が突然眼の前に突き出されたことに、行き場のない怒りを感じずにいられなかった。

タケルの死から四ヶ月がたち、季節は巡り、自分たちは三年生になった。

だが敦子はあのときと同じように、今も喪章を身につけている。

恐らくあれ以来ずっと？

龍一は深く息をついて、窓の外を眺めた。

花曇《はなぐもり》の日が続いているが、そこに広がっているのは春の雲だ。あの冬の重たく暗い空とは明らかに違う。

移り変わった空の下で、敦子だけが幼い姿のまま「待あってよおおお」と、未だ変わらずにうずくまっている気がした。

先刻の敦子の冷静でてきぱきとした態度と、うずくまる幼少期の幻影がどうしても嚙み合わない。

「……で、このときの主人公は、どんな気持ちだったと思いますか」

板書をしていた桜井が振り返ったので、龍一はようやく今が授業中であることを思い出した。

「当事者じゃないんで分かりませーん」

「作者に聞いてくださーい」

一人二人にそう茶化されただけで、桜井は黒板に向き直り、黙々と板書に専念し始めた。

ふと後ろを見ると、酒井は堂々と予備校の問題集を広げている。

龍一も再び窓の外に視線を転じ、ぼんやりと頰杖をついた。

3　序曲

翌日の放課後、龍一は残っている二年生たちを、西棟の木造校舎に招集した。

西棟の二階には文化部の部室が並んでいる。

本来運動部の部室は新校舎の二階にあるのだが、まだ〝部〟に昇格して間のない水泳部は、大所帯のアニメ漫画研究部に隣接する一番狭い部屋に押し込まれていた。

向こう隣の生物部と手芸部は大人しいが、美術部を乗っ取ったアニメ漫画研究部は放課後になると毎日実に騒がしい。

今日も大音量のアニメソングが漏れ聞こえてくる中で、龍一と敦子は二年生たちと対峙《たいじ》しなければならなかった。

もっとも、贅沢《ぜいたく》を言ってはいられない。

タケルがいなければ、この学校に水泳部は存在しなかった。

部室が与えられることも、昨年龍一や敦子が都大会に出場することもなかっただろう。

そもそも中学に入学した当初、龍一たちはこの学校に水泳に関するクラブがあるとは、思っていなかった。

なぜなら、百年以上の歴史を持つ、この地域で最も古い第一中学校には、元々プールの設備がなかったからだ。

水泳が得意な龍一や敦子にとって、それは残念極まりない事態だった。

だが後に龍一は、同学区内の第三中学校のプールを時間差で借りて活動している、「水泳愛好会」なるクラブの存在を知った。

恐らく自分たちと同じ不満を抱えた先輩たちが、自主的に始めたクラブだったのだろう。

勇《いさ》んで参加してみると、そこでも幾分《いくぶん》温度差があることに、気づかされた。

もちろん、本当の水泳好きもいる。けれど大半が、内申対策のために在籍している幽霊《ゆうれい》会員ばかりだった。練習に参加してくる会員はほんの一握《ひとにぎ》りに過ぎず、顧問の柳田も、そうした情況を完全に放置していた。

それを、タケルがたった二年で変えてしまった。

内申受けがよい運動クラブへの在籍実績が欲しいためだけに入会を希望してくる会員たちを、タケルは本気で指導《しどう》した。そのうちの何人かが、本当に代表選手にまで成長した。タケルの指導の手腕《しゅわん》には、先輩たちまでが舌を巻いた。

実質的な選手を増やし、チーム全体のタイムを引き上げ、各大会に出場して実績を残す。

そして、ついには水泳愛好会を水泳部に昇格させた。

顧問の説得から、生徒会への申請まで、ほとんどタケルが一人でやったことだ。

昨年満場一致でタケルが主将に選ばれたとき、部員は過去最高の三十人を超えた。龍一や敦子のように元々泳げる者から、たいして泳げない初心者まで、皆がプールに集まった。

しかし、その求心力を失った今、事態は再び逆戻りしようとしている。

龍一はそれを不甲斐《ふがい》ないと思う。

たとえ一部の後輩たちがタケルの不在に喪失感を募《つの》らせていたとしても、部活をやめることで解決されるとは思えない。

それとこれとはまったく別の問題だ。

退部届けを出した後輩たちが安易《あんい》に物事をすり替えようとしているようで、考えれば考えるほど龍一は苛々する。

そんなことで、タケルのことが〝なかったこと〟になる訳がない。

あいつらはバカだ。

敦子がなにをどう庇《かば》おうが、龍一にはそうとしか思えなかった。

だから残った二年生は、そんなバカどもに比べれば、少しは骨があるに違いない。

そう期待しながら、龍一は敦子とともに、部室の前までやってきた。

立てつけの悪い引き戸に手をかけようとすると、中からヒソヒソと囁く声が聞こえてくる。

「ねえねえ、今日って一体なんの呼び出しだろうね」

「上野先輩って、あの背の高い人だよね」

「なんか冷たい感じの先輩でしょう?」

「速いけど、おっかない感じだったよな」

「クロールの先輩だよね。大体あの人、俺らの名前知ってんのかな。去年一年、話したこともないじゃん」

引き戸に手をかけたまま、思わず龍一は固まった。

背後の敦子をちらりと振り返ると、聞こえているはずなのに、少しも表情を変えていない。

再び矢継ぎ早に複数の声が響いた。

「上野先輩はよく分からないけど、岩崎先輩はいい人だよね、結構美人だし」

「えー? アタシ、岩崎先輩も嫌ーい。いっつも当たり前みたいな顔して月島先輩の隣に陣《じん》取《ど》っちゃっててさ。あの人絶対、月島先輩のこと狙ってたって」

「月島先輩の話するのやめてよ、私今でも泣きたくなっちゃう……」

矛先《ほこさき》が敦子に変わったことに龍一はギョッとしたが、敦子は相変わらず涼《すず》しい顔をしている。

「どうしたの? 早く入ってよ」

促され、龍一は思い切って引き戸をあけた。

当の二人が現れると、それまで好きなように囁き合っていた二年生たちは、ぴたりと口を閉ざした。

集まった二年生を見て、既に部員が半数以下に減っていることに、龍一は改めて愕然《がくぜん》とする。

おまけにこの二年生たちが選手だったかどうか、さっぱり思い出せなかった。

部室に入るなり、敦子はさっさと席についてしまったので、龍一はほとんど初対面のような後輩たちを前に、一人で話をしなければならなかった。

「ええっとだなぁ……」

白けた眼をしている二年生たちを前に、龍一の声は上ずりそうになる。

それでも龍一は、柳田の「降格宣言」について、ひとしきり説明した。そしてそれを阻止するためには、都大会を目指すのが先決なのだと語った。

その途端。

「いいいよっしゃぁあああ！」

大声をあげて立ち上がるものがいた。立ち上がった瞬間椅子が後ろに倒れて、派手な音が響きわたった。

右手の拳を突き上げて立っているのは、拍子《ひょうし》抜けするほど小柄な男子だった。

逆三角形の顔と大きな耳。きらきらと輝くつぶらな瞳と日に焼けた頬が、野生の小動物を思わせる。

ええっと……。こいつ、誰だっけ……。

たった一人で自分を援護《えんご》してくれようとしている後輩を、龍一はやや気後れしながら見つめた。この男子の顔には見覚えがあった。

でも、こんな小さい選手いたっけ。

龍一は必死になって記憶の扉をこじあけようとした。

確か、確か……。

ようやく記憶の扉が開かれたとき、龍一は膝《ひざ》の力が抜けそうになった。

扉の向こうで、小動物のような男子はどじょうすくいを踊っていた。タオルでほっかむりをし、ビート板をざるに見立てて腰を落とし、「やすぅ〜ぎぃ〜」と歌いながら腰を前後にヘコヘコと動かしていた。

あ……あのときのチビか。

「いよっしゃぁ、やったるでぇ！」

部室中がシラッとしていることにも負けず、彼はもう一度そう叫んで拳を突き上げてみせた。

だが龍一にはもう、それが自分への援護だとは思えなかった。

こいつはただ単に、目立ちたくてやってるだけだ。十中八九間違いない。

次に「はい」と女の子が手を挙げた。龍一が指すと、彼女はふて腐れたように言った。

「なんで、都大会出なきゃいけないんですかー。それって義務ですかー」

卑屈そうな上目遣いと粘着質《ねんちゃくしつ》な喋《しゃべ》り方《かた》が気に障《さわ》ったが、龍一はぐっとこらえる。

「義務というより、部活動なんだから、公式戦に出るくらいの目標を持つのは当たり前だろ」

「でも、前の主将の月島先輩は、そんなこと強要しませんでしたー」

女子は益々《ますます》ふて腐れ、「そうだよ、そうだよ」と周囲からも同調のざわめきが起こった。

「都大会って制限タイムがある大会だよね。そんなの前提にされたらきついよね」

「だったら私、別に愛好会でもいい」

「私も元々そんなに熱心に部活やってた訳じゃないし、いきなり方向転換《てんかん》とか言われても困るし……」

そうだよ、そうだよ、と、ざわめきは広がる。

「意見があるなら挙手を！」

だがそう声を強めると、一気に静まり返ってしまう。

不満めいたざわめきが消えると、隣室から〝ワンワンワンワン、ニャガニャガニャガニャガ〟と媚びを含んだ幼女声が舌足らずに繰り返す、およそ人語とは思えないアニメソングが響いてきた。

「はい」

今度は、ニヤニヤと皮肉な笑みを浮かべた男子が立ち上がった。

「それって、単に先輩が公式戦の引退試合に出たいって、そういうことなんじゃないんすかぁ」

「あ、なんだ、そういうことね」

隣の男子が示し合わせたように、殊更大きな声を出す。

再び部室内に、不穏なざわめきが増殖した。周囲の同調ムードに気をよくした男子は、相変わらずニヤニヤと笑いながら続ける。

「そういうのにつき合わされるのは、ちょっとしんどいっていうかぁ……」

龍一はもう我慢することができなかった。気がつくと、声を荒《あら》らげて詰問《きつもん》していた。

「じゃ、お前らなんで水泳部に入った訳？　速く泳ぎたいからじゃないの？　お前ら自分の目標ないの？　結局ただの内申対策か？　それで、前の主将がいなくなったら、一人じゃなんにもできないってか」

「ちょっと、上野」

敦子がたしなめようとしたとき、何人かの女子が席を立った。

そのまま連れ立って部室を出ていってしまう。まだニヤニヤしている男子たちも、その後を追うように、ばらばらと退席し始めた。

呆気にとられている龍一の前、たった三人の二年生だけが残された。

「ありゃりゃのりゃあ……」

〝いよっしゃぁ〟の男子が両腕を広げて大げさに首をすくめた。

斜《なな》め後ろに座っている、とろんとした瞳の大柄な女子は、皆が席を立ってしまったことになどまるで気づかないように「ニャガニャガニャガニャガ」と、隣から聞こえてくるアニメソングに合わせて首を振っている。

龍一には、この女子の印象はまるでなかった。彼女が水泳部残留のためにここに座っているのか、単に夢中になって鼻歌を歌っているだけなのか、その見当もつかなかった。

そして、もう一人残っていたのは。

膝の上で拳を握りしめ、じっと押し黙っている、明らかに標準体重をオーバーした、肥満体の少年だった。

この重量系のことは、さすがの龍一もよく覚えていた。彼は覚悟を決めたように、きつく唇を噛みしめている。その決意の表情を見ながら、龍一はにわかに不安になった。

こいつ、さっきまでの俺たちの話、ちゃんと聞いてたんだろうか。目指すのは都大会出場なんだが。

でも、こいつは……。紛《まが》う方《かた》なき水中歩行部員だ……。

龍一は啞然《あぜん》として敦子を見た。

しかし、敦子は怒ったように、ふいとそっぽを向いてしまった。

なんだか予想もしていなかった展開だ。

当初龍一は、降格阻止のために都大会出場を掲《かか》げることで、本当にやる気のある部員たちが残り、却《かえ》ってよい選別になるのではないかと楽天的に考えていた。

だが、果たしてこの結果は――。

残ったのは、両腕を広げて「ありゃりゃあ」と繰り返しているチビと、半眼で鼻歌を歌っている鈍《にぶ》そうな女子と、決意の表情だけは固い重量系だ。

「ニャガニャガニャガニャガ、ニャガワンワン！」

がらんとした部室の中、我関せずの女の子がアニメソングの最後のフレーズを歌い終わる。

妙なメロディーが、不吉な序曲《じょきょく》のように龍一の耳にこびりついた。

4　二年生

よく晴れた日曜の昼下がり。市営温水プールに向かうため、龍一は商店街を歩いていた。

残った二年生たちとは、三時にプールの駐輪場《ちゅうりん》で落ち合うことになっている。

〝いよっしゃあ〟のチビは三浦有人《みうらありと》。

重量系は五十嵐弘樹《いがらしひろき》。

とろそうな女子は東山麗美《ひがしやまれみ》。

三人の名前は、あの後リストで確認しておいた。

面子からしてたいした期待を寄せている訳ではなかったが、今後の対策を立てるためにも、彼らの実力を検証しておく必要がある。

水中歩行のデブはともかく……。あの雰囲気の中で残ったのだ。チビと女子はそれなりに泳げるのではあるまいか。

そんなことを考えながら歩いていると、少し前をいく敦子の姿が眼に入った。

龍一は歩幅を広げると、できるだけさりげなく追いついた。

「おう」

息を切らさないようにして声をかける。追いかけてきたと思われるのは嫌だった。

「ああ、上野」

敦子も素っ気なく振り返る。

それから二人は広い歩道を、かなり距離をとりながらも一応並んで歩き始めた。

「又退部届けが出されたって」

最初に会話の口火を切ったのは敦子のほうだった。

「おう」

「柳田先生が意気揚々《ようよう》と降格準備を進めてる」

「おう」

「ゴールデンウィークが始まる前に、しっかり新一年生捕まえないと、もう本当にどうにもならないわよ」

「おう」

「ちょっと、ちゃんと聞いてるの？」

敦子が業《ごう》を煮やしたように足をとめる。

「言いだしっぺのくせに、本当に分かってるの？　私は上野の二年生たちへの説明の仕方に、相当問題があったと思うけど」

「はあ？」

きつい調子で言われて、龍一も足をとめた。

「なんでだよ。俺、おかしなことを言ったつもりは全然ないね。だって部活なんだぞ。目標を持つことが、なんで悪いんだよ」

「違うよ。私が言いたいのはね、あのとき、上野が反対に水泳部を愛好会に降格しようと言ったとしても、多分二年生たちは揃って反発したと思うってことよ」

「なんだ、それ」

龍一は一気に気分が悪くなる。

「上野の気持ちも分からなくはないけどさ。でも今の子って別に自分がどうしたいとか、そういう気持ちって、実はあんまりないんじゃないの？　特にうちの学校の水泳部は成り立ちが成り立ちだから、部活に対する思い入れも薄いでしょうしね」

「なんだそりゃ。それじゃ俺があいつらを宥めすかして、一緒にやりましょうって、ご機嫌をとればよかったとでも言うのかよ」

「まあね。それも一つの手ではあったよね」

「お前、それ本気で言ってんの？」

龍一は心底意外に思って敦子を見た。

敦子はすました顔をして、ビニールバッグを肩にかけ直した。学校ではいつも一つにまとめられている髪が、今は肩先で風に揺れている。流行のチュニックを着ていても、敦子にはどこか、一昔前の女学生のような雰囲気があった。

水色のチュニックの袖《そで》に、やっぱり黒い布が巻かれていることに気づき、龍一はドキリとする。敦子は本当に、毎日喪章をつけているらしい。

それがやけに落ち着き払った態度とちぐはぐに思えて、龍一は眼をそらした。

「大体〝今の子〟って、なに？　お前は一体、どこのババアなんだよ」

わざと憎まれ口を叩いてみたが、敦子は別段気にする様子もない。

「とにかく、あそこで反発ムードを作っちゃったのは、上野なんだからね。ムードができたら、ほとんどの子はそこへ流れるよ。それが連帯でもある訳だしね」

敦子が冷静になればなるほど、龍一はその物言いが気に障った。

「お前さっきからなに言ってるの？　あいつら、なんかの共同体？　あいつらだって、自分で選んで水泳部に入ってきたんだろう。それってやっぱり水泳が好きだからじゃないの？　だったら、俺に対してムカつこうがなんだろうが、そんなの関係ないじゃんよ」

敦子は黙って聞いていたが、やがてぼそりと呟いた。

「そんなふうに思えるのって、多分、上野だけだよ」

「え、なに？」

聞き返そうとする龍一を遮《さえぎ》り、敦子は急に口調を変える。

「でもいいじゃない。流れに逆らってでも、残ろうとしてくれる子たちもいるんだから」

「ああ、あいつらね……」

話しているうちに、いつしか待ち合わせの目印にした時計塔の下に辿り着いた。

集合時間の五分前。敦子は時計塔の下のベンチに腰を下ろし、龍一は立ったまま後輩の到着を待つことにした。

まず時間どおりにやってきたのは有人だった。

現れた彼を見て、龍一と敦子は唖然とした。

有人は巨大な車輪の自転車のサドルの上に、両足を揃えてちんまりとしゃがみ込み、両手でパンを食べていた。手放しどころか、足まで離してしまっている。

こいつは中国雑技団か――！

龍一が内心感嘆《かんたん》しかけたところで「なにしてるの、危ないじゃないっ」と、敦子が金切り声をあげた。

次に十五分ほど遅れて、大柄な女の子、麗美がやってきた。

「遅れちゃってすみませーん」

彼女は叫びながら走ってくるなり、龍一たちの前で盛大に尻餅《しりもち》をついた。一体なににつまずいたのかさえ分からなかった。

泣き出した彼女に龍一はげんなりしたが、助け起こしにいった敦子から、麗美が泣いた理由が痛さからではなく、お尻のポケットに入れていたビスケットが粉々に砕《くだ》け散ったせいだと聞かされて、今度は頭が痛くなった。

残る〝重量系〟、弘樹はいつまでたっても現れなかった。恐らくくるつもりもないのだろう。龍一がそう判断しかけたところで、ようやく泣きやんだ麗美が「あのう……」と声をかけてきた。

「先輩、誰待ってるんですかぁ」

「誰って……」

デブだ、あのデブ、龍一が言いかけたのを「五十嵐君よ」と、敦子がかろうじて遮る。

その途端、麗美がけらけらと笑い出した。

「なにがおかしいんだよ」

「だぁってぇ、五十嵐君ならさっきからずっとあそこにいますぅ」

「なに！」

振り返ると、自転車置き場の植え込みの陰で、弘樹が黙って俯いていた。

「お前、きてるんならちゃんと言えよな」

龍一が詰《なじ》れば、弘樹は泣きそうな顔になる。

「じ、じじじ自分、何度も、こ、こここ声かけたっす……」

緊張しているのか、口を開いても、ほとんど呂律が回っていない。

たった三人集めるだけで、三十分以上が経過していた。龍一は三人を追いたてて市営プールのロビーに入った。

すると、ここでも問題が起きた。

「先輩……。これ、部費になりますやろかぁ？」

チケットを買う段になって、有人がそう声をかけてきた。上目遣いで睨むようにこちらを見ている。チビのくせに、有無を言わさぬ迫力が漲《みなぎ》っていた。

「いい。全員分、俺が出す」

軽く溜め息をつき、龍一は全員のチケットを購入した。

「おおきに、おおきにー」

チケットを手にした有人は、大喜びで我先にと更衣室へ駆け込んでいく。

ちゃっかりしてるよな……。

龍一は内心舌打ちをした。

「三浦って、関西出身なの？」

後輩たちが更衣室に入るのを見計らい、龍一は敦子に声をかける。

「ううん、地元」

「じゃ、なんで関西弁なんだ」

「将来、芸人になるんだって」

「はあ？」

だから関西弁、というベタな発想に、龍一は呆れた。

「それで、〝いよっしゃあ〟で流行語大賞をとるんだって」

バカじゃなかろうか……。

そのセンスの段階で、一流芸人はまず無理だ。

呆れついでにもう少し聞こうとすると、敦子は「じゃあね」と、すげなく更衣室に入っていってしまった。

それにしても、敦子は後輩たちのことを意外なほどよく知っている。

もしかすると、こうしたことを、敦子は全部タケルの口から聞いていたのかもしれない。

あの頃二人は部活が終わっても部室に残り、今後の部の運営に関する色々なことを、延々話し合っていたようだった。

もっとも、そんな二人の間に入っていきたいと思ったことは一度もない。面倒なことは、やりたい奴らに任せておけばいいからだ。

それでも黄金色の西日を浴びながら、尽きることなく話していた二人の楽しげな様子は、思った以上に龍一の脳裏に深くこびりついているようだった。

室内プールに足を踏《ふ》み入《い》れると、生暖かい蒸気《じょうき》と塩素《えんそ》の匂いが全身を取り巻いた。

軽く準備運動を済ませ、飛び込み台の設置されたレーンまで移動する。

「よし、まずは飛び込みをやってみろ」

「はいっ」

龍一の言葉に、有人が勢いよく手を挙げて、飛び込み台の上に乗った。

「有人、いっきまーす！」

大声で叫ぶなり、小柄な体を宙に躍《おど》らせる。

「うわっ」

蛙《かえる》が腹から落ちるようなフォームの酷《ひど》さに龍一が顔をしかめる間もなく、そのまま落下しバチーンと水に叩きつけられた。大量の水飛沫《みずしぶき》が飛び散り、監視員《かんしいん》が立ち上がって笛を鳴らす。

「そこ、飛び込むんなら、もっと静かに！」

監視員の怒声に、「いや、すんまへん、すんまへーん」と有人は悪びれることもなく大笑いしている。その腹が、真っ赤だ。

「おお、腹が赤い、赤いでー。赤腹のトナカイや」

「嫌、気持ち悪い、こっちこないでー」

相変わらずセンスのないことを言いながら腹を突き出して、後から水に入った麗美を追いかけ回している。

「おい、三浦、いいかげんにしろ。もう飛び込みはいいから、なんか得意な種目で泳いでみろ」

龍一は気を取り直し、プールサイドから声をかけた。

既に先が見えてしまった気もするが、とりあえず、この三人の実力と種目を把握しておかないと、今日の目的が果たされないのだ。

「ほな、バタフライ、いきますー」

有人がそう言ってプールサイドを蹴ったので、龍一は「ほう」と腕組みした。

あんなに小柄なのに、最も力の要《い》るバタフライとは意外だった。

しかも、フォームは比較的しっかりしている。おまけに速い。

「あれ？　でも、あいつ……」

龍一が異変に気づくのと、有人ががばりと立ち上がるのは同時だった。ぜいぜい息を切らしながら叫ぶ。

「あかん、息がもたへん！」

それもそのはずだ。有人は息継ぎをしていなかった。

龍一は絶句した。

都大会の種目は、基本百メートル。息継ぎができなければ問題外だ。頭を抱え込みそうになったが、なんとかこらえる。

今は犬かきをしている有人を黙殺して、ふわふわ水中を漂っている麗美に眼をやった。

「次、東山！　まずは飛び込みから」

「はぁーい」

麗美はあっけらかんとした声をあげ、水から上がってきた。

むっちりとした白い肌に水着が食い込んでいる。何人かの男たちが、彼女の中学生とは思えぬ大きな胸に注目しているようだった。

だが龍一はそんなことより、麗美の体型が運動選手とかけ離れていることのほうが気になった。生白くてむちむちだ。

無邪気《むじゃき》に胸を揺らしながら飛び込み台の上に立つと、麗美は甘ったるい声をあげた。

「レミー・キャット・ルーク、いくわよぉ」

なんのことだか龍一にはさっぱり訳が分からなかったが、その途端、龍一の隣にぼーっと立っていた弘樹が、「お、お、おおう……！」と低い唸《うな》り声《ごえ》をあげて身を乗り出した。

ところが麗美は「いくわよぉ」と言ったきり、飛び込み台の上で固まってしまっている。

「どうした、東山、早く飛べ」

タイミングが分からないのかと思って手を打ってみたが、微動だにしない。そのうち、彼女の両脚がぶるぶると震えだした。

「やっぱり飛べませーん！　有人君みたいなお腹になるのイヤアアアアア」

麗美は泣きながら、飛び込み台を降りてしまった。

龍一は、後ろのベンチに座っている敦子を見る。

「あいつら、大会出たことないな……」

思わず声がかすれた。だが敦子は、なにを今更といった様子で「そうよ」と、素っ気なく答えただけだった。

静かに血の気が引いていく。

まさか、ここまで酷いとは思わなかった。

あのムードの中で、残留を選んだのだ。たとえ選手級でなくても、そこそこ泳げるだろうと踏んでいた。

とんでもない。

これでは、大会どころかその辺の小学生にも劣《おと》る有り様だ。

龍一が完全に絶望していると、ふいに隣から強い視線を感じた。弘樹が拳を握りしめてこちらを凝視《ぎょうし》している。

「次、五十嵐？」

語尾が疑問形になってしまう。

だが名前を呼ばれた途端、弘樹は決意の表情を漲らせると、プールに向かってムイムイ突き進んでいった。そして、なんと飛び込み台によじ登ったので、龍一は眼を疑った。

ひょっとして、自分は今、奇跡を眼にしようとしているのだろうか。

弘樹はもたもたと時間をかけてゴーグルをつけ、おもむろに鼻をつまむと、飛び込み台の上で、「むん！」と跳《は》ねた。

ドッボ――――ン！

派手な水飛沫を上げて、弘樹の体が垂直に水に飲み込まれていく。

見事な……、立ち飛び込みだった。

プールの底に着地した弘樹は、ロボット歩きのような格好《かっこう》で、一歩一歩力強い水中歩行を始める。

「そこー！　さっきからなにやってるの、そこは完泳コース。水中歩行なら一コースにいきなさい！」

監視員が甲高《かんだか》く笛を鳴らし、爺《じい》さん婆《ばあ》さんが列をなして歩き回っている水中歩行コースを指差した。

なんだか龍一はへらへらと笑い出したくなった。

ヤケクソとはこうした気分を言うのだろう。

龍一の理想では、今回の自分の提案により、公式大会出場を目指そうとする「強化組」が編成されるはずだった。

ところが現実は、まったく逆をいっている。

「なぜだ……」

「でも、あの子たち、プールが好きなのよ」

龍一の呟きに、敦子がこともなげに言った。

見れば、遊泳コースに移った有人は腹の下にビート板を入れて、「K点を越えていきました！」と自ら実況中継しながら水面を滑っている。その隣で麗美がくらげのようにふわふわと浮いている。一コースでは老人たちに混じり、弘樹が真剣《しんけん》に水中歩行を続けている。

〝水遊び〟をよしとするなら、確かに彼らは「プールが好き」なのだろう。

しかしこの有り様を見れば、それが柳田でなくても愛好会への降格手続きを進めるに違いない。

「お前、知ってたな……」

龍一が溜め息交じりに漏らすと、「まあね」と、敦子が肩をすくめる。

「知らない上野が無関心すぎるんだよ。去年一緒に泳いでたのにさ」

そう言われると、ぐうの音も出なかった。

「いいじゃない。どの道彼らは残るんだし、新一年生の勧誘も張り切ってやるつもりでいるみたいだし」

いや……。

それは俺が考えていたのとは違う……。

元々龍一が関心があるのは、部活ではなく都大会だ。こうなると、龍一自身が一番水泳部をやめたくなっていた。

再び敦子を振り返り、龍一はギョッとした。膝の上に肘を立てて頬杖をついている敦子の左手首に、黒いリストバンドが巻かれている。

故人を悼《いた》むことは決して悪いことではない。

だがここまで徹底されていると、なにか他に意味があるようで、龍一は不気味になった。

訳が分からないのは、二年生だけでは終わらなかった。

5　新入生勧誘

四月も半ばになると、各部の新入生勧誘に拍車がかかる。

放課後、部員たちが部室の前に受付の机を出し、見学にやってくる一年生たちにこぞって声をかけるのだ。廊下にはずらりと勧誘ポスターが貼られ、中にはチラシまきをする熱心な部もあった。

水泳部は現在主将が不在のため、生徒会が編集する部の紹介冊子には龍一が代理で活動内容を書いた。顧問の柳田との話し合いが棚上《たなあ》げになっているのをいいことに、各大会のスケジュールをみっしりと書き込んでおいた。

三人の二年生の実力は惨憺《さんたん》たるものだったが、なぜか彼らは新一年生の勧誘に前向きだった。そこで龍一は、新人の勧誘に関しては、全面的に二年生に任せることにした。元々龍一は、ポスター制作や一年生への声がけといったことには、まったく関心がない。

それに、たとえ二年生が戦力外でも、入部を希望してくる新入生の中には、実力のある生徒がいるかもしれない。そんなふうに、気楽に構えてもいた。

しかしその日、様子を見にいってみて、龍一は自分の考えが甘かったことを思い知らされることになった。

軋む板張り廊下を渡って部室に向かうと、突き当たりでコスプレをして騒いでいる一団がいる。龍一は思い切り眉を寄せた。

又、アニメ漫画研究部のアホどもだ……。

「アニマル戦隊ニャンニャンニャーン！」

三人の女子が甲高い声で叫んでポーズを取ると、周囲を取り囲んだもっさりした男子たちが携帯で写真を撮りまくっている。中には一眼レフを担いだ、本格的なカメラ小僧までいた。

「ニャンニャンニャーン！」

再び女子が叫ぶのを聞いて、龍一は苦虫を噛み潰した。

まったく、聞いているだけで恥《は》ずかしい。

あんなオタ部の隣に部室があるというのは、本当に迷惑千万な話だ。

憤りつつ足を進めるうち、龍一は真ん中で猫耳をつけてポーズをとっているのが麗美であることに気づいて驚愕した。

「東山、お前、なにしてる！」

「あ、センパーイ、一年生の勧誘ですぅ」

麗美はあっけらかんと手を振ってみせる。

「なんで水泳部の勧誘でそんな格好してるんだ！」

「ええー、だってー、私ぃ、アニ漫と兼部なんですぅ。ほら、ちゃんと水泳部のチラシも配ってますしぃ」

「やめろやめろ、逆効果だ！」

龍一は麗美の手からチラシを奪い取った。

「やっだー、こわーい、レミーちゃん、かわいそー」

「本当本当、それにあたしたちに対しても何気に失礼じゃなーい？　ねぇミック」

「ねぇティーナ」

呆気にとられている麗美の隣で、ウサギ耳とビーグル耳をつけた女子が芝居《しばい》がかった声をあげる。それなりに様になっている麗美を真ん中にしているからいいものの、両隣の二人のコスプレは、かなりきついものがあった。ウサギとビーグルというより、目蓋の腫《は》れた陰険な狐《きつね》と、耳をつけたとんまなスナメリといった感じだ。

うるさい女子を視界の外に追い出し、龍一はチラシに眼を落とす。瞬間、全身が固まった。

「まさか……、勧誘ポスターも、これと同じ絵なのか」

「そ、そうですぅ……。駄目でしたかぁ……？」

麗美が怖々と頷く。

チラシには、やはり獣耳をつけた上半身裸の美形の男が、唇に薔薇《ばら》をくわえて艶然《えんぜん》と微笑するイラストが描《えが》かれていた。その下に小さく「水泳部」と書かれている。

「駄目に決まってんだろう！　こんな気色悪いイラストじゃ、くるものも逃げていくだろうが！」

「えぇー、なんでぇ？　ユンロン大佐は気色悪くないですぅ。だって水泳部だから裸にしただけですぅ。下にちゃんと水着着てますぅ……」

廊下の壁に眼をやり、アニメ漫画研究部の萌《も》え系《けい》美少女ポスターに混じって、唇に薔薇をくわえた耳つき裸男のポスターが貼られているのを認めて龍一は眩暈《めまい》を覚えた。

「いいからすぐにはがせ！　全部はがせ！」

龍一の剣幕に、麗美が「ひいい」と怯《おび》える。

「なによなによ、失礼よ！」

「そうよ、レミーちゃんの描くBLイラストは最高なんだからね」

狐とスナメリが騒ぎ立てたが、龍一は一顧だにせずに、壁のポスターを引きはがした。

えへん、えへんと咳払《せきばら》いが響く。

水泳部の部室の前に、受付机を出した有人が暇《ひま》そうに座っていた。

「やっぱ、ちぃとBLくさすぎましたやろかねぇ。確かにちぃとも男がきぃへん」

「お前さ、分かってんなら、とめろよな」

「ごもっとも〜」

絶対零度の口調で切りつけても、まったくこたえている様子がない。

「もういい、とにかくポスターは作り直せ」

「ユンロン大佐が駄目なら、次はアブドラ伯爵《はくしゃく》でもいいですかぁ……?」

麗美が恐る恐る声をかけてくる。

「いい訳ねえだろ! アニメのポスターを描きたきゃ、アニ漫で描け! さっさと全部回収してこい!」

「ひいいっ」

脱兎のように逃げていく麗美の後ろ姿に、龍一は首を横に振った。

あいつは一体、何部のつもりなんだ……。

「それから、五十嵐はどこにいった」

気を取り直して声をかける。

「お、おおおう」

奇妙《きみょう》な唸り声をあげて、カメラ小僧の中から弘樹が現れた。本格的なニコンの一眼レフを大事そうに抱えている。

「だから、お前ら一体何部なんだよ!」

龍一の絶叫が、木造廊下に響き渡った。

なんで、こんなのばっかりが残ったんだろうか。再び「やめたい」という切実な欲求が湧《わ》き上がる。

しかし、〝言いだしっぺ〟という敦子の言葉と、柳田の人を見下したような表情が頭をよぎり、龍一はかろうじて自分自身に活を入れた。

とりあえず一旦《いったん》勧誘を中止させ、後輩三人を部室に入れる。

「あのなぁ、お前ら、まずは一目で水泳部と分かるポスターを作れよ。うちの学校にはプールがないし、部室もこんなオタ部の隣な訳だしな」

とにかく分かりやすいポスターを作るようにと、龍一は彼らを諭《さと》した。

「ほとんどの生徒は、うちの学校に水泳部があるとは思ってないいんだからさ」

「じゃあぁあ、今度は五十嵐君が描いてくれるぅ？」

ポスターをすべて回収させられて涙目の麗美がそう言うと、弘樹が無言で頷いた。


数日後、弘樹がポスターを完成させた。

その仕上がりに、部室の全員から歓声があがる。

「よく描けてるじゃない」

敦子が驚いたように、眼鏡の奥の眼を見張った。

五十嵐弘樹の描いた水泳部のポスターは、クロールを泳ぐ選手を活写した、なかなか見事なものだった。

どこから見てもよく目立つし、ロゴも読みやすい。普段の彼の動向から、又しても〝オタ度〟の高いものが出てくるのではないかと警戒《けいかい》していた龍一は、ようやく胸を撫《な》で下ろした。

「さっすがぁ、五十嵐君も元アニ漫だもんねぇ」

麗美が誉《ほ》めているのを聞いて、龍一はそちらのほうがずっと自然だと思った。

なぜこれだけ絵が上手《うま》い弘樹は、アニメ漫画研究部をやめて、わざわざ水泳部に入ってきたのだろう。まともに泳げもしないのに。

しかしこんなことなら、最初からきちんと二年生を指導しておけばよかったのかもしれないと、龍一は少しだけ反省した。

「さあさあ、寄ってらっしゃい、見てらっしゃい！」

再び部室の前に机を置いて、有人が威勢《いせい》よく声をあげる。

「聞いてびっくり、見ておったまげ、一中にはプールがないのに、なぁんと水泳部があんねんてぇ」

見世物小屋の呼び込みのような口上に、集まってきた一年生たちがクスクスと笑った。

「随分賑《にぎ》やかだな」

そこへ、不機嫌そうな低い声が響く。

突然現れた柳田の姿に、龍一は驚いた。

元々主将のタケルになにもかも任せきりで、滅多に部室に顔を見せることのなかった顧問の登場に、二年生たちまで意外そうな顔をしている。

柳田は部室内をぐるりと見回し、そこにいる部員を確認すると、「ふん」と鼻を鳴らした。

「新しい主将は、上野ってことでいいのか？」

「今のところ、俺が代理です」

二年生たちが当たり前のように頷くのを制し、龍一は煮え切らないことを言った。

柳田はもう一度残留メンバーの顔を一人一人確認し、「ふふん」と今度ははっきりとせせら笑った。

「お前、まだ大会出場にこだわってるのか？」

その皮肉な笑い顔が、暗に「このメンバーで」と告げている。

龍一はムッとした。

「もちろんです」

気がつくと、胸を張って言い返していた。

言ってしまってから、「ありえねー」と、心の中で呟く。

だが、諦めるのは早い。奇跡の一年生が入ってくれれば、まだ可能性はある。

龍一は自身に言い聞かせた。

しかしまったく同時に、諦めるなら今だと、けしかけてくる自分もいる。

「まあいい。都大会の申請までまだ少し時間があるし、気が済むまでやってみたらいい。連休明けに一年生の入部希望者が確定したところで、ここを部として残すかどうか改めて考えよう」

柳田は余裕《よゆう》の口調でそう言うと、健康サンダルをすちゃすちゃいわせてあっさりと出ていった。

「又のお越しをー」

龍一の渋面《じゅうめん》をよそに、受付の有人は大きく手を振って、去っていく柳田を見送っている。嫌みな態度になにも感じていないらしいところが、大物といえば大物だ。麗美も相変わらずきょとんとしている。

弘樹だけは悔しそうに俯いて拳を握りしめているが、これも本当のところ、なにを考えているのか分かったものではない。

「なにしにきたのかしら、嫌みよね」

眉をひそめた敦子のまともな反応に、龍一はようやく救われる思いがした。

柳田の姿が完全に見えなくなると、龍一はしばし考え込んだ。

やっぱ、やるしかないな——。

ここ数日、考えていたことを、行動に移そうと決める。

「おい、ちょっと集まってくれ」

龍一は受付の有人にも声をかけ、メンバーの全員を部室内に集合させた。

捗々《はかばか》しい成果が出ているとまでは言えないが、部室を訪れる一年生は増えている。二年生たちの努力は無駄なばかりではない。

それに加えてもう一つ。

「スカウトを開始しよう」

「スカウト？」

龍一の提案に、二年生が声を揃える。

「そうだ。さっきの人をバカにした顧問の鼻を明かすためにも、我々は都大会を目指せる強い水泳部にならなくてはいけない」

「いいよっしゃぁあああ！」

有人が大声で叫んで拳を突き上げたが、麗美はおどおどと体を揺らし、弘樹は益々拳を握りしめて真っ赤になった。

すかさず龍一は咳払いする。

「とは言え、すぐさま諸君らに強くなってもらおうという訳ではない」

その言葉に、ようやく有人を除いた二人は落ち着きをみせた。

ま、そんなことは端《はな》から無理な話だからね。

心に呟きつつ龍一は続ける。

「そこでスカウトだ。他の部に入っている奴でも構わない。とにかく大会に出てくれる選手をどこかから連れてこよう。夏の間、ただでプールに入り放題と騙《だま》して連れてこい！　俺も動く！」

「いよっしゃあー！」

今度は有人と麗美が声を揃え、無言の弘樹も一緒に拳を突き上げた。

「バカね」

背後で敦子が小さく呟く。

6　人魚

翌日、家庭科の調理実習で、龍一は悶々《もんもん》と考え込んでいた。

勢いで「スカウト宣言」をしたものの。

一人で泳ぐことに意義を見出していた龍一に、さしたる当てはなかった。

とりあえず去年の代表選手だった春日に、「都大会だけでも一緒に出てもらえないか」と頼み込んでみようか。

上の空でニンジンを適当に切り刻《きざ》む。今日の実習のテーマは、「緑黄色野菜の活用」だ。

受験生にとって家庭科の授業は息抜き以外の何物でもない。だらだらとお喋りばかりしていて一向に調理が進んでいない班もある。

一通りニンジンを切り終わると、龍一は次に南瓜《カボチャ》を切ろうとしたが、こちらはなかなか力が要った。

でもなぁ……。

いきなりそんなことを頼みにいって、冷やかされるのも嫌だよなぁ。

龍一にとって、春日を含め仲のよい相手というのは、つまりは〝口当たりのよい〟相手だった。成績も運動も器用にこなす。面倒をかけることもかけられることもなく、気楽に楽しくつき合える。

突然、部活のことなんかで頼みごとにいったりしたら、「なに必死になってるの」と、からかわれてしまうかもしれない。

そもそも龍一や春日は、たいして実力のない後輩たちを率いていたタケルのことを、「よくやるよ」と冷ややかに眺めている側だった。

ひょっとして、なにもかもをタケルに押しつけていたのは、柳田だけではなかったのかもしれない。

二年間活動しつつも、龍一はそこで個人的に泳いでいただけだった。

そこまで思いが至ると、自分が何か手に負えないものに取り込まれているようで、龍一は一気に気分が重たくなった。

ガコンと音をたてて硬い南瓜を切る。

その視界の片隅に、黙々と野菜を切り分けている人影が映った。

すらりとした上半身が前屈みになるたび、綺麗《きれい》な鼻梁を見せる白い横顔に、短く切られた褐《かっ》色《しょく》の髪がパラリとこぼれる。

雪村襟香《ゆきむらえりか》。

美貌の少女の名を、龍一も今ではしっかりと頭に入れていた。

不自然なほどひっつきあっている女子の中で、彼女は常に一人きりだった。

今も誰とも口をきかず、視線も合わさず、まったくの無表情で野菜を切っている。

同じ班の女子たちは、わざと彼女に背を向けて固まって作業している。男子たちもちらちらと視線を送りつつ、近づく勇気は持てないようだ。

女子たちは彼女を仲間外れにしているつもりでいるのだろう。しかし傍目《はため》には、襟香のほうこそがなにもかもを遮断《しゃだん》しているように見えた。

たった一人、恒星《こうせい》のごとく輝いている。

ぼんやりと眺めていると、ふと彼女がこちらを見たようで、龍一は緊張を覚えた。

だが実際には、襟香は周囲のことなどなにも眼に入っていない様子で、龍一でさえ手こずった硬い南瓜を黙々と切り進めている。

本当に不思議な少女だった。

新しいクラスがスタートして数週間が過ぎたが、酒井が言ったとおり、彼女が誰かと口をきいているのを一度も見たことがない。いつも一人で窓の外を眺めている。

お高くとまっているとか、斜《しゃ》に構えているのならば、まだいい。それならば、分かりやすい。

ところが襟香が醸《かも》し出している風情は、まるで言語系統の違う異星人か、言葉をインプットされていない疑似人間《レプリカント》のようなのだ。

なにを考えているのか分からない。そもそも自分たちと同じ思考回路が存在しているのかさえ疑わしい。

ふと気づくと、周囲の男子たちが全員なんとなく襟香を見ている。同じ班の酒井なんかは涎《よだれ》が垂れそうな恍惚《こうこつ》ぶりだ。

龍一は一気に白けた。

いくら見惚《みと》れたところで、誰も眼中に入れられないいんじゃ、意味がない。

「ほらほら、野菜全部切ったぞ。蒸す準備はできてるのかよ」

龍一は包丁でまな板を叩きながら、片手で酒井の背中を突っついた。

これ以上、儘《まま》ならないことに煩《わずら》わされている暇などない。

クラスに一人、変わり者の美少女がいる。ただそれだけのこと。自分にはまったく関係ない。

酒井があたふたと準備した鍋《なべ》の中に、龍一は野菜をゴロゴロと転がした。


その日の放課後、部室にいくと入部届けを持った一年生がきていた。

「ああ上野、ちょうどよかった」

活動内容を説明していた敦子が振り返る。

「一年生の宇崎《うざき》君と小松《こまつ》さんよ」

待望の入部希望者なのに、龍一はたいして歓迎する気持ちにもなれなかった。

銀縁眼鏡をかけたひょろ長い男子とおかっぱ頭の小柄な女子は、どう見ても優秀な運動選手に見えなかったからだ。

「こちら主将代理の上野君」

入部届けをちらりと見やる。

宇崎聖《きよし》と、小松莉子《りこ》か──。

「まぁ、よろしくね」

半ばそっぽを向きながら挨拶《あいさつ》すると、聖は眼鏡の奥からじろりと視線を走らせてきた。こちらも、あまり愛想のよい態度とは言えなかった。

莉子は、大人しそうな女子だった。おかっぱ頭の前髪が、表情が見えないほどに長い。かろうじて見える口元が、にやりと笑ったように見えた。

「で、二人とも入部動機は？　この部は一応、都大会出場を目指すんだけどさ。制限タイムを切る自信はある？」

二人の一年生を眺めながら、龍一は窓辺の椅子に腰かけた。

「ちょっと、上野」

龍一の横柄《おうへい》な言い草を、敦子がたしなめようとする。

「しつこく声かけられたからだよ」

だが、龍一の無遠慮な問いかけに負けず、聖の答えもぞんざいなものだった。一瞬呆気にとられた龍一と敦子に向かい、聖は尚も続けた。

「制限タイムなんて知らないよ。ここの受付に座ってたチビがあんまりしつこく誘うから、きてみただけだけど」

入学したばかりの一年生が、三年生にきく口調とは思えない。おまけに彼にとっては同じく先輩である二年生の有人のことを、平気で「チビ」呼ばわりしている。

「どっちもどっちってところね」

敦子が肩をすくめた。

「私は……」

おかっぱ頭の莉子が、地の底を這《は》うような低い声を出す。

「速いからですよ」

莉子は俯いたままヒッヒッヒッと笑い出した。

こいつら、本当に大丈夫か？

龍一が視線を向けると、敦子もいささか不安そうな顔をしている。

「二年生は？」

とりあえず、話題を変えることにした。

「三浦君とレミちゃんはスカウトに出かけてる。五十嵐君は……」

敦子が奥の席を指差す。

差し込むうららかな陽光を浴びながら、弘樹がこっくりこっくりと居眠りをしていた。

春の午後、デブのうたた寝、平和だぜ——。

思わず妙な句が頭に浮かび、龍一は慌てて首を横に振る。

バカなことを考えている場合ではない。

五月の連休明けから本格的な活動を始めないと、各種大会の申請に間に合わない。もちろんそれまでに、顧問の柳田にここを正式な部として認めさせる必要もある。

窓の外を見ると、校庭では陸上部と野球部が早くも新入生を交えた練習に入っている。他運動部の順調な活動振りに、龍一は焦燥《しょうそう》を覚えた。しかも、随分と速い人影が見える。今年の陸上部の新人は豊作のようだ。

それに比べて。

龍一は、部室の一年生に視線を戻してみた。聖は仏頂面であらぬ方向を睨みつけ、莉子は俯いたまま不気味に笑い続けている。

完全に憂鬱《ゆううつ》な気分になった。

「すぅえんぱーい！」

　翌週、予期せぬ変化が起きた。

「うわ、なんだ、なんだ」

　部室に顔を出した途端、いきなり有人に抱き着かれ、龍一は仰天《ぎょうてん》した。

「すごい朗報《ろうほう》が入ってきましたえー。ほな、弘樹、言ったれや、言ったれや」

　どうやらその「朗報」を持ってきたのは、浮かれている有人ではなく、部屋の片隅で拳を握っている弘樹のほうらしかった。

「どうした、なにがあった」

　龍一の問いかけに、弘樹は顔を真っ赤にしながら口を開く。

「は、ははは、速いっす……」

「速い？」

「そ、そうっす。や、ややや、やたら、速いっす……！」

「なにが」

「す、すすす、すごいっす」

　これでは話の全貌をつかむまでに、相当の時間がかかりそうだ。

　龍一はひとまず弘樹に「分かった」とだけ告げて、後は有人に喋らせることにした。

　有人がまるで自分が見てきたかのごとくに浮かれて話した内容を要約すると、弘樹が日曜早朝の市営プールにいったところ、完泳コースに凄いスイマーがいたということだった。

　しかもそのスイマーは、この学校の生徒だという。

「おい、それ本当か」

弘樹は小刻みに何度も頷く。

「ほ、ほほ、本当っす。プールサイドに上がったとき、う、うちの学校のジャージ羽織ってたっす」

「男か、女か？　何年生だ？」

しかしそう尋ねると、弘樹は難しい顔をして黙り込んでしまった。

「おいおい、男か女かも分かんないのかよ。普通分かるだろ、水着だろ？」

「み、水着は……、男でも女でも着るやつっす」

「はあ？」

龍一は眉間《みけん》に皺《しわ》を寄せたが、「ああ、スーツタイプのことか」と思い当たる。

「で？　他に特徴は」

「と、ととと、特徴……」

「そう。なにかあるだろ？　身長とか、体型とかさ」

聞けば聞くほど、弘樹は脂汗を流さんばかりに考え込んだ。

「先輩、あきまへんて。弘樹、コスプレしてないリアルの人間には、えらい人見知りやねん。今回、先輩がスカウト言うたから、ようやく周囲見回したくらいやと思いまっせ」

見かねて有人が助け舟を出す。

「と……とにかく速いっす。ヒ、ヒラなのにクロールのオヤジ、ぬ、ぬ、抜きます」

情報提供者が頼りないだけに、一抹の不安はぬぐい切れないが。

もしそれが本当なら、相当の逸材《いつざい》だ。

ヒラでクロールのオヤジを抜くくらいなら、それはきっと男子だろう。

又、それだけの実力を持ちながら部活に入ってこなかったことから判断すると、彼はまだこの学校に水泳部があることを知らない、新一年生である可能性が高かった。

しかも日曜の早朝プールに現れるというところが、アスリートとしての信憑性《しんぴょうせい》の高さを匂わせる。

「よし！　今度の日曜、早速スカウトに向かうぞ」

龍一は両手で二人の二年生の肩を叩いた。「いよっしゃあ！」と有人が躍り上がる。

その逸材が次の日曜も同じ時間に市営プールに現れると、龍一は確信していた。アスリート系は、同時間に同量のプログラムをこなすことを習慣にしている場合が多いからだ。

「それにしてもお前、よく、日曜早朝の市営プールになんかいったもんだな」

龍一は意外に思って、弘樹を見た。まさか自分が先日、「強くなる必要がある」と言ったせいではないだろうに。

すると弘樹が急にもじもじと頬を赤らめ、「す……す、好き……」と呟いてうっとりと自分を見た気がしたので、龍一は速攻でそれを聞かなかったことにした。

「そうだ、三浦」

まだもじもじしている弘樹は捨て置いて、龍一は有人に向き直る。

「俺、今日調理実習で昼食っちゃったから、弁当余ってるんだけど、いる？」

その日龍一は、先週に引き続き調理実習があることをすっかり忘れて、弁当を持ってきてしまっていた。食べずに持って帰れば、又睦子がうるさいだろう。

有人なら、平気で二人分の弁当を平らげそうな気がした。

弘樹は……。先の仰天発言のことを踏まえなくても、これ以上食べさせないほうがいい。

「いる、いる、いる！」

龍一が鞄《かばん》から弁当を取り出すと、有人が再び躍り上がった。

「うおおお、手作りハンバーグや！」

チェックのナプキンを解いて弁当箱の蓋をあけるなり、つぶらな瞳を輝かせる。

有人は、しばらく睦子手製の弁当をしげしげと眺めていたが、やがてその蓋をそっと閉めた。

「先輩、これ、持って帰ってもええやろか。弁当箱返すの明日になってもええ？」

「え？　そりゃ、いいけどさ……」

有人がその場で食べるとばかり思っていた龍一は、少しだけ驚いた。

「でも、お前、それ、あんまもたないぞ。早めに食ったほうがいいぞ」

有人は素直に頷いた。そして鼻歌交じりに弁当を自分の鞄にしまいこみ、「ほな、今日は先に帰りますわ、先輩ありがとさん！」と叫んで、あっという間に部室を駆け出していった。

気がつくと、龍一は弘樹と二人きりで部室に残されてしまっていた。

心なしか弘樹の自分を見つめる小さな眼が潤《うる》んでいるような気がして、龍一は居心地が悪くなってくる。

でもこいつは確か、東山のコスプレを、嬉しそうに写真に撮っていた。

だから、こいつが俺に変な気を抱いている訳がない。

そう自分に言い聞かせたとき、弘樹が思い詰めたような様子で、「せ、せ、先輩、自分、じ、じ、実は、す、す……」と言いかけたので、龍一は仰天する。

「帰ろう！　今日は俺たちも、もう帰ろう、な！　な！　な！」

弘樹は少しの間小さく唇を尖《とが》らせていたが、やがて項垂れるように頷いた。


日曜の朝七時。

一年生と麗美を除く水泳部の主要メンバーが、市営プールに集まった。

スカウトには麗美も興味津々だったが、地元局が放送しているアニメに「どうしても外せない」番組があるのだそうだ。

「そんなもの録画すりゃあいいだろう」と龍一は思ったが、麗美に懇々《こんこん》と「録画もして、リアルタイムでも見る」というのが自分のモットーなのだとかき口説かれた。龍一にとっては、まことにどうでもいいモットーだった。

今回も有人に凄まれ、全員の分のチケット代を龍一が立て替えさせられた。

「でもその人、本当にくるのかしら」

ロビーに足を踏み入れるなり、敦子が尋ねてくる。

「多分ね。アスリート系なら練習の習慣は、そうそう変えないと思うけどな」

龍一の返答をかき消すように、「お、おおおお！」と、弘樹が唸り声をあげて指差した。

全員の足がとまった。

ロビー正面は硝子張りで、ベンチが並べられた休憩《きゅうけい》スペースからは、手前の完泳コースで泳ぐ人たちを見学できるようになっている。

彼らはそこで、早くもその姿を目の当たりにすることとなった。

「す……すげえ……」

有人が溜め息をつくように呟く。龍一も眼を見張った。

圧倒的だった。

普段の市営プールではそうお目にかかれないような、迫力のある平泳ぎ《ブレスト》だ。

息継ぎをするたび、流線型を描くように上半身が水の中に吸い込まれ、銀色の水着が水中を勢いよく滑っていく。

しかも速いだけではない。完泳コースを独り占《ひとじ》めに、デモンストレーションのように泳ぐその姿は、なんともしなやかで美しい。

まるで人魚のようだ。

ふとそこに、同じく平泳ぎの選手だった月島タケルの影がちらついた気がして、龍一は胸を衝《つ》かれる。

水を滑る影が自分たちの方向に近づき、手前のプールサイドにゴールした。

サイドに手をつき、水を滴《したた》らせながら水面に伸び上がってきた姿を見た途端、龍一は声をあげそうになった。

色の濃いゴーグルをずらし、プールサイドの秒針時計を確認する白い顔。水泳キャップをきっちりとかぶり、頬には濡れた髪が張りついている。

遠目ではあっても、事あるごとに見惚れた姿を、見間違うはずもない。

銀色のスイムスーツを閃《ひらめ》かせ、周囲の大人たちを圧倒し、水中を滑降《かっこう》するように泳いでいた〝人魚〟の正体は。

同じクラスの謎めいた美少女。

雪村襟香、その人であることに間違いなかった。

7　拒絶

弘樹の話から男子だと思い込んでいた。

ところがそこに現れたのがクラス一、否《いな》、自分が知る限り学校一の美貌の少女であることに、龍一は驚愕した。

もっとも、弘樹にまともな審美眼が備わっていないのだとしたら仕方がない。確かに泳ぎだけ見ていれば、女とは思えない迫力だった。

龍一は水着に着替えながら、胸が高鳴るのを抑えることができなかった。

クラスの誰もが遠巻きに見惚れることしかできなかった少女に、今日、一歩近づくことができるかもしれないのだ。

「いいか、皆、とりあえず騒ぐなよ。特に三浦、必要以上に騒ぐなよ」

更衣室を出る前、龍一は後輩たちに口をすっぱくして言い聞かせた。

なにしろ自分たちと同じ言語系統を持っているかどうかさえ、分からないような相手なのだ。いきなり声をかけると、驚いて逃げ出される可能性もある。有人が突然「いよっしゃあ！」と叫んだりしたら、最悪だ。

ここは一つ、本当に〝人魚〟を生け捕りにするくらいの心構えで、細心の注意を払って臨まなければいけない。

今や龍一は、今日のスカウトをなんとしてでも成功させようという気概《きがい》に燃《も》えていた。

後輩を引き連れてプールサイドに出ると、腕組みした敦子が円柱にもたれて完泳コースを見つめていた。

襟香は流麗なフォームで、今度はクロールを泳いでいる。

「多分、スイミングスクール仕込みね。メドレー種目、全部、完璧に泳いでる」

龍一も敦子と並んでその見事な泳法を見た。

「あれ、俺と同じクラスの雪村だ」

「え、三組の子なの？　それじゃ、上野、知ってるの？」

「一応ね……。あっちが俺を認識しているかどうかは分からないけど」

「どういうこと？」

「かなりの変わり者だ。周囲のことは、ほとんど眼に入ってないって感じだな」

「へえ。上野じゃあるまいし」

敦子の言い草に、龍一は少しムッとした。

俺はあそこまで酷くない。

「じゃあ、今回は私が声をかけたほうがいいかな……」

呟きながら、敦子が腕を組みかえる。

そうしてもらえるなら有難い。

視線が合うだけで極度の緊張を覚える相手なのだ。どう声をかけようかと、考えあぐねていたところだった。

それにしても、まさか彼女がこれほどの泳ぎ手だとは思わなかった。幼い頃からみっちりと基礎を叩き込まれているのがよく分かる、まったく無駄のないフォームだ。

クイックターンで一瞬間姿を消すと、襟香はドルフィンキックで水底をぐんぐん進み、優に十メートル進んだところで滑らかに浮上し、再びブレストへと戻っていく。

その迫力に、他の大人たちは誰一人、完泳コースに近づくことができずにいた。

小学校時代は間違いなく、花形の水泳選手だったはずだ。

「あれじゃあ、ヒラで泳いでてもクロールのオッサンの一人や二人、簡単《かんたん》に抜くはずだ」

龍一は唸るように感嘆する。

しかし、これだけの実力を持つ人材が、なぜ今まで水泳部に入ってこなかったのだろう。

謎めいた襟香の人となりを想像するに、部活動自体を敬遠していた可能性は極めて高い。けれどこれだけ泳げるのだ。

その力をもっと大きな場所——たとえば都大会や全国大会で、試してみたいと思ったことはなかったのだろうか。

それとももう、学校以外の水泳団体に所属しているとか……?

いや、それはない、と龍一は考えを巡らせた。

もしそうであれば、わざわざ市営プールの人の少ない時間帯を見計らうようにして、一人で練習していることはないはずだ。

「よし、俺、勝負してみる」

襟香が自分たちの方向に戻ってくるのを見て、龍一は隣のコースに足を入れた。

それが、一番手っ取り早い方法に思えた。

得意種目のクロールならよもや負けることはないだろうが、ブレストとなると、分からない。

案外いい勝負になりそうだ。

龍一はスタンバイし、襟香が戻ってくるのを待った。

襟香がターンしたのと同時に、プールサイドを蹴る。

ターンした自分とまったく同時に隣のコースでスタートを切った龍一に、襟香が気づいた。

その瞬間、襟香のストロークにグンと力が加わった。

乗ってきた！

襟香がこちらを意識して集中力を高めたことが肌に伝わる。

そこからは真剣勝負だった。

襟香のリカバリーが素早くなり、背筋《せすじ》から体が持ち上がる。銀色の水着が鱗《うろこ》のように閃くのを、龍一は間近に捉えた。

二人はほとんど同時に向こう岸のプールサイドに辿り着いた。

龍一が顔を上げると、襟香も顔を上げ、ゴーグル越しに不思議そうにこちらを見る。なぜ龍一が突然勝負を仕掛けてきたのか、訳が分からない様子だった。

それでも、襟香は乗ってきた。

そして、今は怪訝《けげん》そうでありながらも、わずかに満足そうな気配を口元に浮かべている。

その表情を見たとき、龍一は「勝った」と思った。

普段まったくの無表情である彼女が、わずかでも表情を変えたのだ。

プールサイドの敦子たちがこちらにくるのを待ち、龍一は襟香に水から上がるようにジェスチャーを送る。

襟香はいつもの硬い表情に戻ったが、先にプールサイドに上がった龍一が待ち構えているのを見ると、片手で体を引き上げた。

あれ――?

彼女がプールサイドに立つのを見て、龍一はいささか不自然さを覚えた。

上半身は肘まで、下半身は膝までを覆うスーツタイプの銀色の水着は、どこか不思議な形状をしている。

つまり……。

龍一がもう少し詳細に確認しようと眼を凝らすと、襟香は足早に携帯品置き場の棚に近づき、そこにかけてあった巨大なバスタオルをひったくった。龍一の視線をはねつけるように、素早く体に巻きつける。

強い眼差しで見返され、龍一は内心苦笑した。

水の中ではあれ程のびのびと泳いでいたのに、陸に上がった途端、過剰《かじょう》なほどの警戒心をぴりぴりと張り巡らせている。

これでは本当に、人間を恐れる〝人魚〟のようだ。

「驚かせちゃってごめんなさい」

敦子が友好的な微笑を浮かべながら近づいてきた。

やはり、一人女がいてくれてよかった……。

自分たち男が声をかけるより、同性の敦子が相手のほうが、襟香も幾分心を開きやすいに違いない。

蓑虫《みのむし》のように体にタオルを巻きつけている襟香が、タオルの隙間《すきま》から出した片腕で水泳キャップとゴーグルを取り去ったとき、敦子の顔にも驚きが走る。

水に濡れて一層際立つ襟香の美貌には、同性の敦子ですら緊張を覚えるようだった。

「げえええ、すげえべっぴん！」

騒ぐなと注意を受けていたにもかかわらず、有人が大声をあげる。

襟香の頰がぴくりと動いた。

弘樹がすかさず有人の口を塞ぐ。

「あの、私たち、水泳部なんだけど、もしよかったら、ちょっと話を聞いてくれないかな」

敦子が気を取り直したように声をかけなおしたが、襟香は無感情に見返すだけで、なに一つ言葉を発しなかった。

敦子は笑顔を装い、とにかく義務を果たすかのように、襟香に水泳部に入ってほしい旨《むね》を伝え始めた。

傍から見ていても、敦子が懸命に言葉を選びながら話しているのが分かって、龍一は頭が下がる思いがした。

なにしろ相手は、陸に上げられた人語を解さぬ人魚のような有り様なのだ。

無反応の相手に、敦子は苦労をしながら水泳部の紹介をしている。

「あなたなら、絶対に代表選手になれるし、どんな大会だって狙えると思う。ね、私たちと一緒に泳いでみない？」

精一杯の勧誘だった。

「断る」

小さな声が響く。

え――？

あまりにあっさりとした態度に、その場にいた全員がぽかんとした。

龍一たちがようやく我に返ったとき、襟香はもう巨大なバスタオルを取り払って、水の中に沈んでいた。

銀色の影が、スーッと水底を滑っていく。そして浮上した後は、再び誰も寄せつけない猛烈な勢いの泳ぎが再開されていた。

龍一は、初めて襟香の声を耳にしたことに気がついた。それは硬質な美貌に相応しい、透明感のあるアルトだった。

「な……なによ、あれ……！」

やがて敦子がわなわなと震え出す。

敦子としては徹底的に下手《したて》に出て、懸命に勧誘をしたのだ。あまりにも呆気ない拒絶《きょぜつ》に、憤りを覚えずにはいられないのだろう。

「突然だったんで、驚いたんじゃねえの？」

「違うわよ、人をバカにしてんのよ！」

龍一のフォローにも、顔を真っ赤にして反論してくる。敦子がここまで憤慨《ふんがい》するのも珍しい。

気圧された龍一が後輩たちを振り返ると、彼らは彼らで揉《も》めていた。

「なんや、弘樹。あんなべっぴんさん捕まえて、男か女か分からんて、そりゃ失礼な話やで。お前がそないなこと言うから、断られたのと違うんか？」

「お、俺、言ってない。ほ、本人の前では、い、言ってない。そ、それに胸ない。む、む、胸、ぺったんこ」

「お前の女の基準は胸だけか？　そないなこと言うたらこの世の中、女か男か分からん人間一杯おるやんけ」

この期に及んで、なに下らないことを言い合っているのか。

龍一はほとほと呆れたが、同時に腑《ふ》に落ちることもあった。

水から上がった襟香を見たときに、一瞬覚えた不自然さに、ようやく思い当たる。

胸だ。

襟香が頑なにタオルで体を隠《かく》していたため確信は持てないが、あの水着は少し変だった。それが速度を上げるためなのかどうかは知らないが、サポーターのように、胸を締めつけているように見えたのだ。

龍一が未練がましく銀色の水着を眼で追っていると、隣の敦子が踵を返した。

「私、帰る」

「え？　泳がないのかよ」

敦子はそう言って、襟香の泳いでいる完泳コースから目をそらした。

「今日はいい」

「ええ？　岩崎先輩、入場料もったいないやん」

「あなたたちは泳いでいきなさい」

余程頭にきたのだろう。敦子は有人にそう言うと、本当にそのまま更衣室に戻っていってしまった。

龍一は茫然《ぼうぜん》としたが、二人の後輩はまったく気にする様子もなく、それぞれ遊泳コースと水中歩行コースに散っていった。

恐らくこの二人に「空気を読め」と言っても、「見えまへんがな」という大真面目な回答が返ってくるだけだろう。

結局、龍一一人がプールサイドに取り残される格好になった。

スカウトは完全に失敗に終わってしまった……。

そう結論づけようとした途端、しかし、本当にそうなのか、という疑問が頭を持ち上げる。

断る――。

襟香は確かにそう言った。

けれど、違和感が残って仕方がない。

それでは、共にゴールインした直後に彼女の口元に浮かんでいたあの表情は、一体なんだったのだ。

あれは間違いなく、満足感の表れだった。

隣のコースで一緒に泳いだ龍一には、それが確信できる。

襟香は自分との競争を、確かに楽しんでいた。

それなのに、なぜ大会出場を前提とした誘いを、ああも無下に断ったりしたのだろう。

そしてなぜ、日曜のこんな早朝に、たった一人で鍛錬《たんれん》をしているのだろう。

おかしい。

龍一は、首をかしげる。

どこかがおかしい。

雪村襟香には、〝なにか〟ある。

8 謎

もうすぐ五月の連休が始まる。

桃色の珊瑚礁のようだった桜はすっかり新緑に変わり、校庭をいく生徒たちの多くは、冬服のブレザーを脱いで小脇《こわき》に抱えていた。

全体練習を始めた野球部がかけ声をあげながら練習に励《はげ》み、ときどき、キン！　と金属バットが球を跳ね返す音が、西棟の木造校舎の部室にまで届いた。

龍一は窓側の机に腰を下ろし、提出された入部届けを眺めていた。

「一年生は、結局あの二人だけか……」

態度の悪い痩《や》せぎす眼鏡に、どこか不気味なおかっぱ頭。

収穫の少なさに、眉を寄せる。

連休明けには、棚上げになっている降格問題について、顧問の柳田と話し合いをしなければならないだろう。

「もし降格になったら、この部屋追い出されるのかね」

龍一は、入り口付近の席で単行本を読んでいる敦子を振り返った。

「隣のアニメ漫画研究部がここを倉庫代わりに狙っているという話を聞いたけど」

先日生徒会の会合に出席した敦子の言葉に、思わず口元を引き締める。

おのれ、アニ漫……。

オタどもなんぞに、部室を奪われてなるものか。

「そうなると、やっぱり、雪村は捨てがたいよな」

龍一がそう口にすると、敦子はキッとして本から顔を上げた。

「そう思うんなら、今度は上野が説得しなさいよ。同じクラスなんでしょう？　私はもう、あの子と話すのは絶対に嫌」

週が明けても、敦子の怒りは収まらないようだった。

「第一、話が通じる感じじゃないし」

「まぁ、そうなんだけどさ……。でもなぁ、あの雪村ってのは、どうもよく分からんね。なんか、クラスの女たちからも仲間外れにされてるみたいだし」

「そんなの私に言わせればよく分かるよ。あの子、人をバカにしてるのよ。ちょっと美人なもんだから、自分を特別だと思ってるのよ」

「そうかね？　俺はなんか違うような気がするな」

「じゃあ、どう思うのよ」

「それがよく分からないんだけど、別にお高くとまってるとか、そういうんじゃないんじゃねえの？」

「やけに庇うね」

「いや、別に庇ってるつもりもねえんだけどさ……」

話しているうちに、龍一は言葉に詰まった。

本当に、あれは一体なんだったのだろう。

プールサイドに上がった途端、大型タオルをまとって後じさったあの態度。まるでタオルを使って周囲を遮断しているようだった。

襟香が隣のコースの龍一の存在に気づいて、ストロークに力を込めたとき、絶対に「いける」と思った。ただ泳ぐだけではなく、彼女は対戦相手を欲している。

そのときの感触を、龍一は今でも間違っていないと思う。

「確かによく分からない女だけどさ、でもあの雪村がいたら、都大会は間違いないよな。あいつなら全国大会だって楽勝なんじゃねえの？」

龍一が未練がましくそう言うと、敦子がパタンと本を閉じた。

「あのねぇ、上野がそこまで言うなら私も言うけど、あの子、ちょっとおかしいよ。異常よ」

「異常？」

「更衣室を使わないで、わざわざロビーのトイレの個室で着替えてるの」

「はあ？　なんで？」

「知る訳ないでしょ。よっぽど人と一緒が嫌なんでしょうよ」

水に入ることもなくプールを出てしまったあの日、敦子はやはりすぐには帰りがたくて、しばらくロビーの椅子に座って完泳コースを眺めていたという。

いつの間にか襟香の姿は消え、龍一と新たにやってきたアスリート系の男性が泳いでいるのを、随分長い間一人で見ていた。その後、ロビーの女性用トイレに足を踏み入れた瞬間、個室から出てきた襟香と鉢合《はちあ》わせになった。

髪が濡れたままなのと、水着を手にしているのを見て、襟香がそこで着替えていたことが分かり、敦子は唖然とした。

「驚いたのはこっちのほうなのに、そのときあの子がどんな顔で私を見たか、上野にも見せてやりたかったよ。まるで妖怪《ようかい》でも見たみたいに、もの凄い仰天顔をされたんだからね！」

敦子は憤懣《ふんまん》やるかたない様子だったが、その情況を想像すると、龍一はなんだかおかしくなった。あの雪村襟香の仰天顔なんて、自分も拝《おが》んでみたいものだ。

「なにがおかしいのよ！」

龍一が笑いをこらえているのに気づき、敦子が爆発する。

「とにかく私はあの子と話すのはもうごめんだからね！」

「分かった、分かった」

その剣幕に、龍一は後に引いた。

敦子は鼻から息をついて再び読書に戻る。その左腕に相変わらず黒い布が巻かれているのに気づき、龍一は視線をそらす。

お前だってちょっとおかしいよ――。

胸の内に呟いた。

外は晴れ渡り、校庭は明るい光に満ち溢《あふ》れている。二人が黙ると相変わらず隣室から媚び声のアニメソングが漏れ聞こえてきたが、いつもの「ニャガニャガ」ではなく、今日のは少なくとも人語と判別できるものだった。

麗美と有人は「有望な人材がいる」とかでスカウトに出かけ、弘樹は後方の陽だまりの席で又しても舟をこいでいる。

長閑《のどか》な昼下がりだった。

龍一はふと、今更自分がやめたいと言ったら、敦子はどうするだろうと考えた。そりゃあ激怒するだろうなぁ……。

横顔を盗《ぬす》み見ていると、敦子が分厚い単行本から眼を上げた。

「雪村さんのことはともかく、連休明けからプール練習が始まるけど、上野、二年生と一年生の種目、ちゃんと押さえてるの？」

「一年は両方ともヒラだとよ。この入部届けに書いてある。三浦は一応バタフライだろ」

「じゃあ、レミちゃんは？」

言われて、結局麗美がまともに泳いでいるところを見ていないことに気がついた。

「なに？　まさか横泳ぎとか？」

龍一の開き直りに、敦子は溜め息をついて眼鏡のブリッジを押し上げる。

「彼女もバタフライよ」

「え？」

あの生白いムチムチが、難易度の高いバタフライ？

「そう。タケル君が……」

そう言いかけて、「月島君が」と敦子は言いなおした。

「月島君が、二人をバタフライにしたの。あの子たち、元々たいして泳げなかったんだけど、別に内申対策組という訳でもなかったのね。やる気だけはあったから、月島君が、一番ライバルの少ないバタフライなら選手になれる確率も高いだろうって特訓したの。二人とも立派なものよ。三浦君は息継ぎができないし、レミちゃんは飛び込みができないけど、後一歩で完成形というところまできてる。きっとあの子たちにとって、今が一番水泳が面白い時期なんだと思う」

「でも、息継ぎができなくて飛び込みができないんじゃ、公式大会では使い物にならねえな」

「あのさぁ、上野……」

敦子が本を閉じて身を乗り出す。

そのとき。

「ただいまー」

引き戸をガラガラとあけて、麗美が部室に戻ってきた。

「センパーイ、スカウト大成功でしたー、新入部員ゲットー！」

嬉しげに声をあげると、「さ、入って入って」と、背後の人物を部屋の中に招き入れる。

その人物の姿に、龍一と敦子は少しだけ呆気にとられた。

艶々《つやつや》とした褐色の肌に黒目がちの大きな瞳。形の良い頭部はコイルのような縮《ちぢ》れっ毛にくるくると覆われている。運動着からのぞく手足は細く長い。

「こんにちは。マトマイニ・ワイリムです。ケニアからきました」

龍一と敦子を見ると、マトマイニと名乗った少年は、礼儀正しくお辞儀《じぎ》した。日本で誰かに会ったらそうするんだよ、と、教え込まれたような仕草だった。

そう言えば——。

新学期の始まりの朝礼で、この学校に初めてアフリカから留学生がやってくるという話を、校長がしていたことを思い返す。

「夏の間、好きなだけプール入れる、それ本当ですか?」

大きな瞳をきらきらと輝かせ、流暢《りゅうちょう》な日本語でマトマイニが言った。

麗美と有人が「有望な人材」と騒いでいたのは、この留学生のことだったらしい。

近くで見ればまだあどけなさの残る少年ではあるが、それでもやはり日本人とはまったく違う、しなやかな体つきをしている。ハーフパンツからのぞく脹脛《ふくらはぎ》には、細いながらも鞭《むち》のような筋肉が走っていた。

これは、期待できるかもしれない。

龍一の頭に、〝棚ぼた〟という言葉が浮かんだ。

「僕、この学校にプールあるの、全然知りませんでした」

「いや、うちの学校にはプールはないが、水泳部は春から夏にかけて三中の温水プールを借りてるんだ」

「温水プール！」

益々マトマイニの瞳が輝く。

「マトマイニ君は、中学陸上界の期待の星なのよねー」

麗美に言われ、マトマイニは恥ずかしそうに俯いた。

「もう、すっごいのー。さっき練習見てたんだけどぉ、短距離でも長距離でも、誰も敵わないのー。三年生より速いのー」

麗美が無邪気にはしゃいでいるのを見るうち、龍一は少々不安になってきた。

確かにこの少年の身体能力の高さには、大いなる魅力《みりょく》がある。だからと言って、「期待の星」を兼部させてしまって本当によいものだろうか。今だって、恐らく陸上部の練習を抜け出してここにきているのだろう。

「陸上のほうは大丈夫なのか」

思わず懸念の声をあげると、マトマイニは急に悲しげにその顔を曇らせた。

「黒人は陸上しかできないという訳ではありません。ケニアにもプールの設備はあります」

「いや、そんなつもりで言ったんじゃないんだけどさ……」

マトマイニの消沈ぶりに、龍一は口ごもる。

「大丈夫ですよー、私だって兼部じゃないですかぁ」

麗美が大威張りで胸を張ってみせた。

お前の場合と一緒にしてんじゃねえよ！

龍一の刺々《とげとげ》しい視線を制するように、敦子が立ち上がった。

「岩崎です。よろしくね、ワイリム君」

「はい、マトマイニと呼んでください！」

マトマイニは、混じりけのない笑顔で敦子を見た。

「こちらは主将の上野センパーイ」

「主将じゃなくて、主将代理の上野だ」

龍一も改めてそう名乗る。

「それとぉ、あそこで寝てるのがぁ、五十嵐くーん」

次に麗美は、陽だまりの中で幸せそうにうたた寝をしている弘樹を指差した。

「あ、それからぁ、風紀の芝《しば》先生が上野先輩を呼んでますぅ」

「はぁ？」

一応マトマイニの話を色々と聞いておこうと思っていたのに、麗美が突然そんなことを言い出すので、龍一は拍子抜けした。

「なんでだよ」

「有人君がマトマイニ君に日本の釣りを見せるって言って、裏庭の池に釣り糸たらしてたんですけどぉ、それ、芝先生に見つかって捕まっちゃったんですぅ」

さっぱり訳の分からない話だ。

「僕は……、ケニアの釣りも日本の釣りもそんなに変わらないから、見なくてもいいと言ったんですが……」

マトマイニが困ったように下を向く。

まったく、あの小僧のやることは、ことごとくセンスの欠片もない。

「でもなんで、それで俺がいかなくちゃいけないんだよ」

「だぁってぇ、今は部活の時間だから。芝先生が、主将を呼んでこいって、怒ってますぅ。早くいってあげてくださいー、でないと有人君が立たされ坊主のまんまですぅ」

一生、立たされていやがれ！

「いきなさいよ、主将代理」

敦子の冷たい声が飛ぶ。

やめてやる、マジで！

心の底から叫び出したい瞬間だった。


敦子に追い立てられ、結局龍一は校庭へ出てきた。

新校舎の職員室にいくには、渡り廊下を歩くより、裏庭を突っ切った方が早い。

それにしても、バカバカしいにも程がある。とんだ災難とはこのことだ。

だが、悪いことばかりではない。あれだけ身体能力の高そうな筋肉に恵まれたマトマイニには期待が持てる。ようやく、使い道のある部員が現れてくれたということか。

そんなことを考えながら校庭の裏に回る。既に午後四時を過ぎていたが、太陽はまだ高く、裏庭まで日差しが一杯に差し込んでいた。その眩さの中、龍一は眼を細めた。

裏庭の片隅に誰かいる。

逆光で黒く見える後ろ姿が、中腰になってなにかしている。その人影が覗《のぞ》き込んでいるのは、件《くだん》の池だ。有人のバカヤロウ以外にも、こんな池に興味を持つ人間がいるのだろうか。

誰も管理していないらしい池は、常に緑色の藻《も》がびっしりとはびこっている。虫も湧くし、悪臭もあるので、通常近づく生徒はほとんどいない。有人以外のどこのバカが、あんな池で一体なにをしているのだろう。

龍一は西日に眼をしょぼつかせながら、額《ひたい》に手をかざして首を伸ばした。

細い腰。スラリと伸びた長い脚。

西日に慣れてきた視界の中でその輪郭が明らかになると、龍一はハッと息を呑《の》んだ。

雪村だ……！

池の淵《ふち》に屈み込んでいるのは、襟香だった。

龍一は多少躊躇《ちゅうちょ》したが、思い切って腹を決めた。既に彼女とは、市営プールで〝レース〟までしているのだ。必要以上に照れるようなこともない。

「おい、雪村」

近づいて声をかけると、襟香が青ざめた顔で振り返った。その手に木の棒《ぼう》を持っている。

「なにやってんだよ」

側まできて問いかけた瞬間、龍一は眼に入った光景にギョッとした。

池の中央に、通学鞄が浮いている。

こんなところに偶然、鞄を落とす訳がない。

襟香の顔が苦しげに歪《ゆが》んでいるのを見て、龍一は瞬時にすべてを理解した。

「えげつないことやりやがって！」

自然と体が動き、襟香の手から棒をもぎ取った。襟香を後ろ手で池から離すようにして、龍一はもう片方の手で棒を操る。

汚れた水から鞄を引き上げて振り向くと、思いがけずすぐ側に襟香の顔があり、息がとまりそうになった。常々人形のようだと思っていた襟香の顔が苦痛に歪み、眼の縁が赤く染まっている。

龍一は跳ね上がるようにして彼女から数歩離れた。

「ほら……」

まだ水が滴っている鞄を差し出すと、襟香はかすれた声で礼を言いながら、それを受け取った。

クラスで襟香が孤立していることには気づいていたが、それは半ば彼女自身の意志によるようにも見えていた。だから、こんな嫌がらせが行われているとは思ってもみなかった。

「おい！」

襟香が濡れたままの鞄を持って立ち去ろうとしたとき、龍一は思わず声をかけた。

襟香の足がとまる。

「お前、こんなこと我慢するなよ」

お節介と思いつつも、言わずにはいられなかった。

「ちゃんと抗議《こうぎ》しろよ。先生にも言えよ」

なんなら俺が一緒に言ってやってもいい、龍一がそう続けようとしたとき、襟香が低い声で呟いた。

「問題を大きくする気はない。それに……」

そして龍一を振り返り、今度ははっきりと言った。

「女なんて、相手にしたくない」

呆気にとられている龍一に背を向けると、襟香はしっかりとした足取りで真っ直ぐに前を見て去っていった。

9　決意

寝不足顔の生徒が多いせいか、連休明けの教室はどこかどんよりとしている。

連休の間中、龍一は事あるごとに雪村襟香のことを考えた。思いがけず、息がかかるほど間近に見てしまった生々しい表情は、なかなか胸を離れなかった。

それに襟香が最後に自分に向けて放った台詞を思い返すと、不可思議な疑問が湧き起こる。

女なんて、相手にしたくない。

それは一体どういう意味だろう。

龍一は無意識にペンを回しながら、窓の外に視線を投げた。五月に入った空は今日も青く晴れ渡り、人気のない校庭に、日差しが一杯に降り注いでいる。

そのとき、当の襟香が教室に入ってきた。間近に見つめ合った生々しい感覚が甦《よみがえ》り、龍一はサッと頰に血を上らせたが、襟香のほうは相変わらず周囲のものはなに一つ眼に入っていないような表情をしていた。

しかし、机の下の収納部分になにかの用紙が放り込まれているのに気づくと、襟香は少し体を硬くした。後方の席に陣取っている、派手めの女子たちがこれみよがしにクスクスと笑う。

後ろに座っている龍一の眼にも、どぎついピンクの蛍光ペンで書かれた「不登校よろしく！」という文字が読み取れた。

池に落とされた通学鞄を必死に手繰り寄せようとしていた襟香の姿が甦り、龍一はカッと頭に血が上った。

気がつくと、音をたてて立ち上がっていた。

「おい、お前ら、たいがいにしろ！」

取り巻きたちを周囲にはべらせている、首謀者と思《おぼ》しき女子を怒鳴りつける。大野美恵《おおのみえ》は、学校裏サイトの投稿主《スレぬし》をやっているという噂《うわさ》の、見るからにアクの強そうな女子だった。

面白そうに笑っていた美恵は、突然浴びせられた怒声に顔を引きつらせた。

「な……なによ、あたしがやったっていう証拠でもあんの？」

上背のある龍一が声を荒らげたことに、取り巻きたちはすっかり怯えてしまっている。

美恵は声を震わせながらも、ヒステリーじみた声をあげた。

「第一、あんたなんて関係ないじゃない。それとも上野、あんた雪村とできてんの？」

最後の台詞がキンキンと教室中に響き渡る。

「たいがいにしろって言ったんだ」

低い声で繰り返して席についた。

「なによあれ！　ちょっとおかしいんじゃないの！」

龍一がそれ以上かかってこないことを確認してから、美恵が再び騒ぎ立てる。男子も女子もきまり悪げに顔を見合わせたが、美恵に同調しようとする者は、取り巻きも含めて誰もいなかった。

龍一の後ろで酒井が「ヒュー」と小さく口笛《くちぶえ》を吹く。

「どうしちゃったの、上野君。いつもはクールな上野君が、突然姫のナイトに立候補《りっこうほ》？」

後ろからシャーペンで肩を突《つ》かれたが、龍一は口元を引き締めて無視を決め込んだ。

チャイムが鳴ると、取り巻きの女子たちは龍一を怯えた眼差しで見ながら自分の席へと戻っていった。

入れ替わるように襟香がガタリと立ち上がり、迷いのない足取りで真っ直ぐ教室の後方に向かう。まったくの無表情で、嫌がらせのビラを丸めて隅のゴミ箱に投げ捨てた。再び自分の席につくまで、襟香は誰とも視線を合わせなかった。龍一のことも、一顧だにしなかった。

そこへ担任の桜井がやってきた。

野暮ったいカーディガンを着ている女教師は、教室の不穏なムードになどなに一つ気づかず、「はいはい、なに騒いでるのー、もう本鈴鳴ったでしょう？」と、出席簿を叩いてみせる。

龍一は軽く息をつくと、頭の後ろで手を組んで椅子にもたれた。

そのとき、ふいに前方から視線を感じた。襟香が振り返って自分を見ている。しかし視線が合うと、彼女はすぐに前を向いた。

龍一は驚いた。

今まで視線を合わせるのも外すのも、常に自分だった。

わずかであっても襟香のほうから反応を起こしたのは、これが初めてのことだった。


「上野！」

その日、屋上で酒井たちと弁当を食べていると、いきなり大野美恵とその取り巻きたちにぞろりと囲まれた。

美恵は腕組みをすると、女子とは思えないどすの利いた声を出した。

「お前、急になに気取ってんだか知らないけどさ、こっちはちゃんと正当な理由があって、雪村に抗議してるんだからね」

汚い池に鞄を沈めたり、嫌がらせのビラを机に入れたりするのが〝正当な抗議〟とは恐れ入る。

呆れる龍一の前で、美恵は鼻の穴を大きく膨《ふく》らました。

「大体においてさ、あいつは空気読まなすぎるんだよ」

「雪村がつい空気も読まずに、その鼻毛をなんとかしろとでも言っちゃったのか？　そりゃあ、どう考えても雪村が悪いわ」

言い返した龍一の言葉に、一緒に弁当を食べていた男子が揃って噴き出す。

自分の取り巻きの中にさえ、必死になって笑いをこらえている者がいるのに気づき、美恵の顔が憤怒で真っ赤になった。

「なにも知らないくせに、ふざけんじゃないよ！　雪村は、クラスの女子全員を敵にまわしてるんだからね」

　嚙みつくような勢いで言い返してくる。

「あたしたちがあいつを無視してるんじゃない、あいつがあたしたちを無視してるんだ。親切に話しかけてやったって、返事もしないどころか、眼も合わせようとしない。まるでこっちが汚いものかなにかみたいにさ。おまけに、体育の授業では、あたしたちと一緒に着替えようとすらしないいんだからね。ねぇ？」

「そ……そう。いつもトイレの個室で一人で着替えてる」

　いきなり話を振られた取り巻きの一人が、つっかえながらも同調した。

「どれだけご大層なお姫様だよ。だからこっちはあいつに反省を促してるんだ。誰だってクラスでうまくやるために、色々と我慢をしてるんじゃないねぇ？」

　取り巻きたちが「そうそう」と再び慌てて同調する。

「いいんじゃないの？　だって本当にご大層なお姫様じゃん」

　酒井がおどけてそう言うと、「そうだよ、女なんて可愛《かわい》きゃいいんだよ、可愛きゃ」「なにを言おうが、可愛い女の勝ちだね」と、今度は男子たちが同調した。

「お前らみたいなクズ男子が大勢いるから、雪村がつけ上がるんだよ。あたしはこのクラスのためにも、絶対あいつを反省させてみせるからね」

　美恵は憤然と言い放ち、取り巻きたちを引き連れて去っていった。

　龍一は、美恵のバカバカしい「釈明」など、なに一つ耳に入れていなかった。

　ただ、取り巻きの一人が口にした言葉が頭にこびりついている。

トイレの個室で一人で着替えてる――？

それは、敦子が前に言っていたのとまったく同じことだった。

なんでだ？

まさか、体に鱗が生えているとか……。

龍一は自分の思いつきに苦笑した。

「なに、笑ってるんだよ」

酒井に突かれて我に返る。

「別に」

「そうかねー、なんか上野君、怪しいね。エリカ様となにかあった？」

「ある訳ねえじゃん」

「そうかなー。なにか違うよ」

「うるせえよ。大体お前らのせいで、他の女の反感買って、雪村はクラスで孤立してるんじゃねえの？」

「いやー、それはないなー」

酒井は首を捻《ひね》った。

「エリカ様が孤立してるのは、俺たちとは関係ないね」

おや、意外に鋭い。

それらしいことを言ってはみたものの、その点に関しては、龍一も酒井とまったく同意見だった。

雪村襟香が孤立しているのは、男子たちのせいではない。

ではなにが原因かと問われると、答える術がないのだが。

「でもいいのよ。理由はどうあれ、美少女は諸々背負っててナンボよ。黙って耐《た》えてる姿が萌えるのよ」

酒井がにやけながら口にした言葉に、龍一はやっぱり胸が悪くなった。

酒井は別に嫌がらせの現場を見ていた訳じゃない。だから気楽にあんなことが言えるのだ。彼に悪気がないことは分かっていても、龍一は正直気分がくさくさした。

放課後、憂鬱な気分のまま、顧問の柳田の元へと向かうことになった。

今回は部室ではなく、職員室への呼び出しだ。

龍一は大股で廊下を歩き、新校舎の一階で一番面積を占めている職員室の前まできた。一応ノックをしてから、勢いよく扉をあける。西日が部屋の奥まで差し込み、職員室はムッとするような暑さだった。何人かの教師が下敷きで顔を扇《あお》ぎながら、日誌のようなものを書いている。

柳田の席を探すと、積み上げられた書類の陰から寝癖のついた頭が見えた。柳田は回転椅子に浅く腰掛け、背中を丸めてなにかしていた。

近づいてみると、半紙を広げてその上で爪《つめ》を切っている。弛緩《しかん》しきった姿に、龍一は鼻から深く息をついた。

「先生」

柳田は龍一を一瞥《いちべつ》し、たちまち眉間に皺を寄せる。

自分で呼び出しておきながら、相変わらず呆れるほどのテンションの低さだ。

「どうだ、諦めはついたか」

テンションは低いくせに、口にする台詞は常に高圧的だ。

「なんのですか」

わざと聞き返した龍一に、「上野、お前なぁ……」と柳田は顔を上げかけたが、その先は続けず、再び爪切りに専念する。

ようやくすべての爪を切り終えた柳田は龍一の前で、掌をぶらぶらと振ってみせた。

「お前は確かに実力があるよ。都大会に出てもきっといい線いくだろう。それに多少部活に精を出したところで、高校に入れないってこともないだろうよ。でもなぁ……」

柳田は爪をまとめた半紙を丸めてゴミ箱に捨てながら、ちらりと龍一の顔を見た。

「それだけじゃ、部活は成立しないいんだ」

龍一は押し黙る。

「お前、なんで俺が去年、月島君の要請を受け入れたと思う？」

答えられない龍一に、柳田はもっともらしく溜め息をついた。

「月島君には指導力があったからだ。彼は内申目当ての素人《しろうと》を、しっかり選手に育て上げた。水泳の面白さをきちんと伝えた。それに、まぁ、月島君に任せておけば、問題は起きないだろうという安心感があったのも正直なところだ」

龍一はだんだん苛々してきた。

自分はタケルと違う。

そんなことは、己が一番よく知っている。

そんな分かりきったことを、こんな事なかれ主義なオヤジに今更もったいぶって言われる筋合いは、どこにもない。

「俺が主将を引き継ぎます。そして選手を育てますよ」

気がつくと、思ってもみないことを口にしていた。

柳田は意外そうに龍一を見返したが、すぐにその口元に皮肉な笑みを浮かべた。

「まぁ上野、そう意地になるな。運動部の主将はややこしいぞ。部として残すとなると、夏の強化練習だの、学区域内の親善試合だの、そんなものまでやらなきゃならん。正直に言うけど、俺はこの学校の水泳愛好会が〝部〟になるなんて思ってもみなかったんだ。そんなことが分かっていたら、端から顧問を引き受けなかった。つまりだな……。俺もお前も忙しい身だ。ここは一つ、適当なところで手を打とう。都大会に出たいだけなら、他にも方法はあるだろう。それについては多少の協力をしてやったっていいぞ」

柳田のあまりに明け透けな物言いに、龍一は怯んだ。

だが、柳田の言うとおりだ。

これ以上意地を張るのはやめて、この辺で手を引いておいたほうが身のためだ。

他の部員たちには「顧問が認めてくれなかった」と言い訳して、後は二年生に任せてしまおう。愛好会なら残った連中でもどうにかできるはずだ。そうなったときに敦子がどうするかは、もう知ったことではない。

しかし。

「無理するな、お前は月島君にはなれないよ」

たいした気もなく放たれた呟きを、龍一は聞いてしまった。

その途端、なにかがはちきれそうになる。

タケルが突然いなくなった理不尽。

主力だった二年生が、立ち去る際に見せた嫌みな態度。「そうそう」と共鳴しあう、他力本願な相槌《あいづち》。ぞろぞろと連れ立って部室を出ていった足音。

敦子がしつこく腕に巻き続けている喪章。

襟香の赤く染まった眼元。

こぼれてはなるまいと、不自然なほどひっつきあっている女子たち。酒井のお気楽で残酷《ざんこく》な発言。

瞬間、龍一は急激に逆らいたくなった。

自分を巻きにくる長いものに、力いっぱい逆らいたくなってきた。

でないと……。

本当に、息が詰まってしまいそうだ。

「いや、やっぱり俺が、水泳部を引き継ぎます」

「やめとけ、やめとけ。どうせお前の望みは都大会だろう。それなら他の手を考えてやる。今残ってる連中にはなんの大会実績もないんだ。どだい、来月の都大会申請には間に合わない」

「弓が丘杯ならどうですか？」

思わず口にしてしまってから、龍一自身が己の言葉に驚いた。

公式戦でない、ローカル大会など意味がない——。

そう思っていたのは、他でもない自分自身だ。

「弓が丘杯なら制限タイムがありません。後輩たちも出場できます。俺の個人競技じゃなくて、皆で力を合わせてメドレーリレーに出場します」

まるで誰かに導かれているように、言葉が自然と口からこぼれ落ちていく。

「昨年この大会で、月島がメドレーリレーのトロフィーを持ち帰っています。俺もそれを目指します。それなら文句ないですよね、先生」

龍一が言い切ると、柳田の表情が固まった。やがてその顔に、じわじわと不快感が滲み出す。普段無気力な柳田が、今まで見せたことのないような険阻《けんそ》な表情を浮かべたことに、龍一は少しだけたじろいだ。

「いいだろう」

柳田は龍一を睨み据《す》える。

「そこまで言うなら、今のところ降格は見送ってやる。だが自分の言った言葉に責任を持てよ、上野。きっちりと主将を務めて、本当に、リレーで弓が丘杯に出場してトロフィーをとってみせろ。いいな、お前から言い出したことだ。それが存続の条件だ」

柳田は、本気で龍一の意固地を嫌悪しているようだった。

「分かりました」

だが龍一も負けてはいなかった。ここで引いたら、自分は本当に戻れない。そんな気がした。

職員室を出たとき、龍一は意外にも、それほど後悔していなかった。

〝狙うなら、弓が丘杯だと思うけど〟

敦子に言われたその言葉が、自分の心の片隅に引っかかっていたのだろうか。皆が出られる大会。そこに、本当に意味はあるだろうか。

その答えを探すためにも、戻らなくては……。

ふいにそう思う。

皆が待ってる部室に戻るんだ。

龍一は、西棟の木造校舎へと足を向けた。

10　模擬試合

「どうだった？」

部室に入るなり、敦子が心配そうに声をかけてきた。

龍一が柳田に呼び出されたことを聞き、マトマイニら新一年生を含めた部員全員が、部室に集まってくれていた。

「とりあえず、降格はなくなった」

龍一が告げると、全員の顔が輝いた。

「いよっしゃぁああ！」

有人が叫んで拳を突き上げる。龍一は、自分が逃げなかったのはやっぱり正解だったのだと安堵《あんど》した。

「ただ、一つだけ……」

龍一が柳田との間に交わしてしまった厳しい〝条件〟について触れようとした途端、有人が再び大声をあげる。

「いやぁー、助かったわぁ」

ひょこひょこと部室を横切り、奥の棚の扉をがらりとあけた。棚の中には、教科書やノートが無造作に詰め込まれている。

「ここ追い出されると厄介《やっかい》やしねー」

「有人君は全教科、ここに置いてるもんね」

「おかげで忘れ物はゼロやで。降格なくなって、マジ助かった」

有人と麗美のお気楽な会話に、龍一は眼をむいた。

こいつらの降格阻止の理由って……、一体なんな訳？

「こらこらこらーっ」

思わず大声をあげる。

「なにがいよっしゃだ、部室の棚を私物化するんじゃない、このクソ坊主」

「えー、先輩堪忍《かんにん》してぇな、今うちには勉強道具を置くような無駄なスペースは、どこにもないねんてぇ」

「あのなぁ！」

龍一が有人の首根っこをつかむと、敦子が「はいはい」と掌を打った。

銀縁眼鏡の青瓢簞《あおびょうたん》とおかっぱ女子の一年生コンビが、じっとりと陰険な眼差しをこちらに注いでいるのに気づいて、龍一もつかんでいた手を離す。

聖はこれ見よがしに舌打ちし、莉子は長い前髪を垂らして俯いた。

龍一から逃れた有人は、意気揚々と鞄から出した教科書を棚にしまいいれ、その様子を麗美がぼんやりと眺めている。マトマイニは小さく鼻歌を歌いながら、足でリズムを踏んでいる。

そして弘樹は――。

ま、又しても、寝てやがる……！

陽だまりの中、舟をこぐ弘樹の間延びした寝顔を見るうちに、龍一は先刻の柳田との応酬《おうしゅう》が本当に正解だったのか、激しい葛藤《かっとう》に襲われた。

「そうそう、上野。ちょっといいかな」

敦子がパソコン越しに声をかけてくる。

「三中からメールがきてたのよ。今季最初の模擬《もぎ》試合、種目とメンバーはどうするかって……」

模擬試合？

きょとんとする龍一に、敦子が眼鏡のテンプルを押し上げた。

「まさか、忘れてるんじゃないでしょうね」

「いや、覚えてるよ、当然」

完璧に忘れていた。

そうだった。

新一年生を迎えての最初の活動日、プールの貸し主である三中と模擬試合をするのが、水泳部の恒例だった。

〝運動部の主将はややこしいぞ〟

そう告げた柳田の声が、耳元で甦る。

完全に固まっている龍一を見上げ、敦子は小さく溜め息をついた。

「とにかく、今日は全員が集まってるんだから、ちゃんとメンバー表を組んでちょうだいよ、主将代理さん」

促され、龍一は我に返る。

「あ……、俺、正式に主将を引き受けることになった」

言ってしまうと、それでよかったのかという疑問が再び黒雲のように湧き上がってきた。

「それでよかったわよ。だって、それしかないものね」

敦子がにっこりと笑う。

「え、そう……？」

「当たり前じゃないの」

煮え切らない龍一を後目《しりめ》に、敦子はもう一度掌を打って全員をパソコンの周りに呼び寄せた。

「今日はいい日ね。部の存続も決まったし、主将も正式に上野君に決まりました」

敦子の言葉に有人が「いよっしゃ」と拳を突き上げる。眼を覚ました弘樹もなにかのノートを抱えて皆のところへやってきた。

敦子にさっさと発表されてしまい、龍一は益々きまり悪げに周囲の面々を見回した。

俺ってもしかして、こいつらを本気で率いていかなきゃいけない訳？

柳田の提案に乗って、やっぱり自分だけ都大会に出ればよかったんじゃあないだろうか。

勢いで啖呵《たんか》を切ったものの、具体的に模擬試合という案件を眼の前に置かれると、龍一は猛烈な不安を感じ始めた。

「二年生はもう知ってると思うけど、水泳部は最初の活動として、プールを借りている三中の水泳部と模擬試合をやるのね。試合といっても顔合わせみたいなものだから、そんなに緊張する必要はないけど、皆の実力を知るいい機会になると思う。それで、今のうちに皆の種目と希望レースを確認しておきたいの」

敦子のそつのない説明を聞きながら、龍一の不安はいや増した。

まだ実力の知れない一年生はともかく、このメンバーで、本当に模擬試合が成立するのだろうか。レースといえば、最低でも五十メートル勝負だし、二年生の三人のうちの一人は、水中歩行部員なのだ。

「ほな、俺、バタフライいくでー」

息継ぎもできないくせに、有人が真っ先に名乗りを上げる。有人はいつでもやる気だけは満々だ。

「私は背泳ぎにしときますぅ」

麗美は少し考えた後でそう言った。

「バタフライでなくていいの？」

「だぁってぇ、飛び込みできないからぁ」

その点、麗美のほうが有人に比べていささか冷静なようだ。

「じゃあ、ブレスト」

なぜだかすこぶる不服そうな様子で聖が呟く。聖はちらちらと視線を走らせることはあっても、誰ともまともに眼を合わせようとはしなかった。

「私もブレスト……」

奥から莉子が、俯いたまま地を這うような陰に籠《こも》った声を出す。

「五十嵐君は……」

言いかけて、敦子はちょっと困ったように眉根を寄せた。

「パスしとけ」

龍一が当然の宣告をすると、弘樹は悔しそうに項垂れた。

おいおい……。水中歩行でどうやって試合に参加するつもりだったんだよ。

龍一にしてみれば、その落胆ぶりのほうがびっくりだ。

「それで、私と上野がクロールか」

敦子はエクセルで作った名簿にそれぞれの種目を打ち込んでいく。

「うん、バランスはいいんじゃない？」

確かにパソコンの表上では、各種目の選手が揃っているように感じられた。

「で、マトマイニ君は？」

全員の視線がいっせいにマトマイニに注がれる。

龍一もぐっと固唾《かたず》を呑み込んだ。

こいつは……。こいつだけは、大丈夫なはずだ。

だが、全員の注目を浴びて、マトマイニはただもじもじと足元を見つめるばかりだった。

「どうしたの」

敦子が不思議そうに問いかける。

「あの……」

下を向いたまま、マトマイニはきまり悪そうに口をひらいた。

「ブレストってなんですか？　ブレインストーミングの略ですか」

マトマイニが口にした言葉のほうが、余程意味が判然としない。

「ブレストは、平泳ぎのことよ」

「ヒラオヨギ……」

マトマイニは相変わらず要領を得ない様子だった。

「ヒラオヨギって……平たい泳ぎ……？」

おぼつかない口調でそう言いかけると、今度は完全に黙り込んだ。

全員が眼を丸くしてその顔を覗き込む。すると、次に思い切ったようにこう言った。

「泳ぐ、それだけじゃ駄目ですか」

言わんとしていることがよく分からない。

「僕、泳げます。水怖くないです。好きです。それだけじゃ、駄目ですか……」

マトマイニは、心細げに全員の顔を見回した。

まさか。

龍一の胸を不吉な予感が走り抜ける。

「お前、もしかして……。正式四泳法のフォーム、知らないな？」

絶望的に呟くと、長い沈黙《ちんもく》の後、マトマイニが口をひらいた。

「ケニアにもプールの設備はあります。それは本当です。でも……」

マトマイニは悲し気に顔を俯ける。

「そこに水が入っていることは、ほとんどありません」

全員が言葉を失った。

ゆ、唯一の希望の星が……。

龍一は膝の力が抜けていくのを感じる。

「大丈夫よ。模擬試合までまだ少し時間があるし、市営プールでも練習しましょう」

敦子がとりなしたが、龍一は立ち直ることができなかった。

敦子の言葉は単なる気休めだ。

模擬試合は来週。一からフォームを教えていられるほどの余裕はない。

こいつはひょっとすると、フライングっていうやつか。

勢いとは言え、まさか自分が、こんな間抜けな事態を引き起こすことになろうとは――。

龍一はこの日、水泳部存続の条件が、実は弓が丘杯のメドレーリレーで昨年同様トロフィーを獲得することだとは、敦子にすら打ち明けることができなかった。

龍一が本当のことを言えずに悶々とする中、模擬試合の日がやってきた。

当日、第一中学校の水泳部員は、第三中学校の駐輪場に集まっていた。

駐輪場に面した一階の大きな窓硝子からは、半地下にある三中の温水プールを見下ろすことができる。五月晴れが続いていた数日前と変わり、今日は酷く肌寒い。蒸気がこもり、窓硝子には幾筋《いくすじ》も水滴《すいてき》の流れた跡がついていた。

「同じ学区内なのに、この設備の違いは一体なんやねん」

「うちの学校の場合は、木造校舎を残すほうに力を入れてるからね」

「古いもんと新しいもんなら、新しいもんのほうがええに決まってるでぇ」

敦子の説明に、有人が不満の声をあげる。

引率している柳田と龍一は、終始無言だった。

昨年の模擬試合では有人も麗美も見学組だったので、龍一と敦子以外は、全員がレース初参加だった。張り切っているのは有人だけで、他の後輩部員たちはどことなく不安げな表情を浮かべている。

「一中さん、中へどうぞ」

三中の顧問の吉沢《よしざわ》教諭に声をかけられると、柳田は部員たちに声をかけるでもなく、仏頂面で校舎の中へ入っていった。

龍一は後輩たちを先に更衣室へ向かわせ、敦子を呼びとめた。

「ちょっと話しておきたいことがあるんだけど」

「なに？」

見返してくる敦子に、思い切って告げる。

「実は、水泳部の存続には〝条件〟がついてるんだ」

とうとう龍一は、柳田と取り交わした条件を打ち明けた。

「俺、柳田に、リレーに出場してみせるって言っちまった」

「え、個人戦じゃなくて、リレー？」

「ああ」

「どういうこと？　女子は部員が三人しかいないんだから、物理的にリレーは無理だよ」

「だから、男子で出るしかないと思う」

「でも……」

　敦子が眉根を寄せる。

「五十嵐君は完全に金槌だし、練習を見てる限り、宇崎君も二十五メートル泳ぐのがやっとってところよ」

　敦子にそう言われると、返す言葉がなかった。

　互いに無言で見つめ合う。

　とりあえず今は、初めて試合に参加する後輩たちの奮闘に期待するしかなかった。


　着替えを終えた一中のメンバーがプールサイドに出ていくと、三中のベンチがざわついた。

「随分メンバーが減ったな」

「前の主将が不幸に遭ったしな。つらくてやめた連中も多いって聞いてる」

　龍一の耳に、ささやきが届く。

「新しい主将って、一体、誰？」

「三年の上野だって、あの背の高いの」

「ああ、去年、都大会に出てた奴ね……」

自分が槍玉《やりだま》に挙げられているのをやり過ごしながら、龍一は、ジャージ姿のままベンチに座っている二人組にちらりと視線を走らせた。

三中の主将の長嶋《ながしま》と、全国大会の常連選手、ブレストのエースの樋浦《ひうら》だ。

三年生の彼らは模擬試合など端から出るつもりがないらしく、水着に着替えてもいなかった。

長嶋は龍一と同じくクロールの選手だ。何度も対戦し、その都度いつも自分が競り勝っている。長嶋が自分を快《こころよ》く思っていないことなどとうに知っていたが、今まではそんなことを気にしたこともなかった。

だが今後、主将という同じ立場で向き合わなければならないことを思うと、龍一はやっぱり気が重かった。

「うわ、なんか、一人すごいのがいるんですけど」

三中のベンチから、一層無遠慮な声があがる。

「なに、あの筋肉」

「てか、この学区域で、黒人選手とか初めて見たし……」

留学生のマトマイニは、どこでも注目の的だった。

プールをはさみ、三中のベンチと向かい合う形で、一中のメンバーもベンチにつく。一中のメンバーは三中の半分もいなかった。

「先輩」

後輩たちを先にシャワーにいかせ、龍一と敦子がベンチに座ろうとしたとき、ふいに声をかけられた。振り向けば、聖がふて腐れたような表情を浮かべて立っている。

「足、つりました」

龍一は唖然とした。

「なに言ってんの？　お前、シャワー浴びただけだろう？」

「でも、つったんです」

聖は挑戦的《ちょうせんてき》に顎《あご》を上げる。

「それに、俺、試合とか好きじゃないし」

「おまえなぁ！」

この期に及んでつまらないことを言い出す聖に龍一は憤慨しかけたが、「やめて」と、すかさず敦子に間に入られた。

「こんなところでバカみたいに揉めないでよ」

強い口調でたしなめられ、龍一は渋々引き下がる。

聖は鼻を鳴らし、シャワーを浴びて戻ってきた有人たちとすれ違いに、足早にプールサイドを出ていった。

「あれー、あいつどうしたんや」

有人が不思議そうにその後ろ姿を見送る。

「ちょっと体調が悪いんだって」

敦子が誤魔化したが、龍一はどうにも腑に落ちなかった。

中央のキャビンに両校の顧問が着席したところで、模擬試合が始まった。

三中の出場選手は、全員が一年生だった。模擬試合への初参加という意味では、一中とほぼ同じ条件だ。

「いいいよっしゃぁあああ！」

有人は飛び込み台に上がるなり大声で気合を入れ、初めて試合に参加する一年生たちを威嚇《いかく》しまくった。

しかし、威勢がよかったのは最初の十五メートルまでだった。息継ぎをしないまま突き進むだけ突き進んだ後、「あかんっ」と叫んで立ち上がり、それから先は呼吸のたびに「あかんっ」と繰り返して足を着いた。

「いくわよぉ」

次に背泳ぎの麗美が甘ったるい声を出しながら登場すると、その大きな胸に、ほとんどの三中の男子たちはとろんとした目つきになった。

途端に三中ベンチの女子たちがまなじりを吊《つ》り上げる。

「ちょっと！　あっちの女を応援したら、あんたたち承知しないからねっ」

三中の女子選手たちは、闘志をむき出しにして位置についた。

スタートで隣のコースからわざと飛沫をかけられ、麗美は「きゃっ」と悲鳴をあげたが、意外にも素早く体勢を立て直した。しかし夢中になって進むあまり、ターンの際にプールサイドに激突して眼を回し、我に返ると大号泣した。

ブレストの聖はとっくに棄権《きけん》している。

「おいおい、どうなってんだよー」

あまりの酷さに最初は呆気にとられていた三中のベンチからも、やがて失笑と野次が飛び始めた。

だが、一中のベンチから自由形のマトマイニがすっと立ち上がった瞬間、三中のベンチがシンと静まり返った。

羽織っていたジャージをおもむろに脱いだマトマイニの体は、小柄ながら、綺麗な筋肉にしっかりと包まれている。

マトマイニがプールサイドに進み伸脚運動を始めると、全員が眼を見張った。太腿《ふともも》から脹脛までがバネのようにしなやかにしなる。

やがてマトマイニはなに食わぬ顔で、完璧な前後開脚までしてみせた。同じ組で泳ぐ三中の一年生たちは、その姿に完全に怖気《おじけ》づいてしまっている。

ところが。

いざ泳ぎだし、クロールなのに犬かきのように正面向きで息継ぎをするというフォームを披露した途端、マトマイニはすべての神秘性を失った。一気にフォームが崩《くず》れ、見ている全員の緊張感《きんちょうかん》も総崩れとなった。

上野の奴――。

キャビンでこの惨状を眺めていた顧問の柳田は、眉間に深い皺を寄せた。

「ム、ムサンバニか……!」

しかし隣の吉沢教諭の呟きを聞いた瞬間、思わず噴き出しそうになってしまう。

エリック・ムサンバニは、二〇〇〇年のシドニー・オリンピックで赤道ギニアからたった一人で競泳に参加し、百メートル自由形の予選をほとんど溺《おぼ》れかけながら力泳した伝説の黒人競泳選手だ。

言われてみると、マトマイニのフォームはあのときのムサンバニにそっくりだ。五十メートルの往路に入り、じだじだと手足をばたつかせているマトマイニも、今や溺れる寸前だった。

吉沢さんもなかなかうまいことを言う。

半ば感心しかけたが、「いや、違うだろう」と、柳田は慌てて首を振り、再び不機嫌に眉を寄せた。

上野のことだ。

どうせ身体能力の高さを見込んで、付け焼刃で誘い込んだのだろう。

それにしても、あまりにも滅茶苦茶だ。

弓が丘杯のメドレーリレー優勝を目指すと豪語しておいて、所詮《しょせん》はこのざまか。

柳田は苦虫を嚙み潰す思いで一中ベンチの龍一を見た。

三中ベンチが大げさに笑い転げている向かいで、龍一は青い顔をしていた。

「上野、私たちもいくわよ」

敦子に促され、ぼんやりとしていた龍一はようやく我に返った。

気がつくと、三中の部員は早々にベンチを引き上げた後で、向こう側のプールサイドには誰もいなかった。

模擬試合は予想どおり、否、予想をはるかに上回る惨敗に終わった。

結局、まともに泳いだのは龍一と敦子、それから意外なことに莉子だけだった。

試合終了間際にそっとプールサイドのキャビンを窺うと、既に柳田の姿はそこになかった。

嘲笑《ちょうしょう》されるよりも、詰られるよりも、もっとバカにされている気がして、龍一は唇を嚙みしめた。

試合終了後の更衣室は珍しく静かだった。

いつもは大騒ぎをする有人もさすがにおどける気力がないようで、マトマイニと二人、部屋の隅で下を向くようにして着替えている。

龍一が黙々とタオルで体を拭いていると、いきなり後ろから肩をつかまれた。

「おい、上野。お前、よくあれで主将を名乗れたもんだよな」

長嶋が冷たい微笑を浮かべて立っていた。

「大体お前、今までリレーにすら出てきたことないじゃないか。個人戦にしか興味がないような奴が、なんで又主将に名乗りを上げたんだ？　公式戦なら、俺や樋浦だって、必ずリレーに出るんだぞ。寛大《かんだい》な月島はともかく、俺が主将の三中水泳部なら、いくらタイムが速くても、お前みたいな自分勝手な選手は絶対に認めない。学校対抗に無関心な奴が、部を率いていけるものか」

なるほど。

長嶋が自分を不快に思っていたのは、個人戦で勝てない恨みばかりではなかったらしい。

そう理解しつつ、龍一は無言でその手を振り払った。すると長嶋は、口元を歪ませて尚も畳み掛けてきた。

「去年までの選手、皆どこいった？　カスしか残ってないじゃないか。個人選手として優秀なだけじゃ、人はついてこない。まぁ、そうがっかりするな。所詮お前らの部は、月島あっての部だったってことだ」

「がっかりなんてしてねえよ」

ロッカーを後ろ手に閉めながら、龍一は正面から長嶋と向き合った。

そうだ。

競泳のフライングは致命的。たった一回で、失格になる。

だが、今回の自分のフライングは、まだやり直しが利く。こんなところで、「がっかり」している訳にはいかない。

挫《くじ》けてしまいそうになる心をなにかが支えてくれている。

それが意地でもプライドでもないことは、龍一自身、不思議だった。

有人とマトマイニが息を詰めて見守る中、龍一は長嶋のニキビ面を見据える。

「もちろん」

「あんな醜態《しゅうたい》さらしといてよく言うね。まさかこれで学区域戦にも出てくるつもりかよ」

「まだ、これからだ」

「ふん……、コミックリレーでもやらかすつもりかよ。運動部にイロモノは必要ないんだよ。それに公式戦は、どう考えたって間に合いっこない」

「弓が丘杯なら、まだ間に合う」

「弓が丘杯？　いくら制限タイムがないからって大会を舐《な》めるなよ。第一、完泳もできない連中が選手になれるものか」

「これから立て直す」

龍一がきっぱりとそう言うと、長嶋は「へー」と興味深そうに腕組みした。

「上野が勝てない勝負に出るような奴だとは思わなかったな。それともなに？　それって月島への対抗心？」

龍一は答えなかった。

そんなことを、おいそれと答えてやる気になれなかった。長嶋に背を向け、頭からタオルをかぶる。

黙って髪を拭き始めると、長嶋は鼻から深く息をついた。

「まぁ、いいさ。でも、お前も主将なら、もう少しなんとかしてみせろ。学校同士が決めたことはいえ、こっちだって貴重な練習時間を削って、プールを貸してるんだ。水遊びはされたくない」

そう言い放ち、長嶋は踵を返す。

龍一はタオルをかぶったまま、背後にその足音を聞いていた。

11　梅雨

六月に入ると、早くも雨模様の日が続いた。

「日本の雨季というのは、こういう小さな雨が何日もずっと降り続くということですか！」

部室では、マトマイニが初めての日本の梅雨《つゆ》に興奮している。

「ケニアに梅雨はないんかいな」

「大雨季と小雨季がありますが、どちらもこんなに長い間は降りません」

有人の問いかけに、マトマイニははきはきと答えた。

最近マトマイニは、週に二日の活動日以外でも、放課後になると毎日のように水泳部の部室に顔を出す。

本業の陸上のほうは大丈夫なのかと心配になるが、そのことを持ち出すと、なぜかマトマイニは酷く悲しげな顔になった。自ずと、誰もマトマイニに陸上部のことを聞かなくなった。

「ケニアの雨季は、夜とか朝に大きな雨が短い時間降るだけです。そして大きな雨が終わると、虫が一杯きます」

「そりゃ、大変やな」

「いいえ、嬉しいです」

「なんで？」

「虫集めて炒めて皆で食べます」

「ほえー、うまいんかい？　その虫」

「とっても美味《おい》しいです」

「ええなぁ、虫、ただやもんなぁ。その虫、日本にもきぃへんかな」

部屋の隅では、聖が悶絶しそうな表情で二人の会話を聞いている。

「ほな、その虫に似てるのを日本でも捕まえて、皆で食べてみよう。なぁ、先輩……」

有人が言いかけたところで、龍一は後輩たちを部室から追い出した。

三中との模擬試合での惨敗後、彼らはほんの少し大人しくなっていたが、最近ではすっかり以前の調子を取り戻し、なにかというと部室に集まり騒いでいた。

「そろそろ私たちも帰らなきゃね」

ノートパソコンの電源を落としながら、敦子が意味ありげに龍一を見る。

「で……、どうする気？」

言わんとすることを察し、龍一は敦子の向かいの椅子に腰を下ろした。

模擬試合惨敗以来、二人の間で凍結《とうけつ》されていた〝条件〟だ。

「リレーだろ？」

「そう。模擬試合の結果は今更言うまでもないでしょう。あれが今のあの子たちの実力よ」

「分かってる。そもそも俺とお前以外の連中は、大会実績記録を持っていない。どちらにせよ今月末申請の公式大会への登録は間に合わない」

「それじゃ……」

「可能性があるのは弓が丘杯だ。岩崎が前にも言っていたとおり、弓が丘杯なら制限タイムがないし、登録もぎりぎりまで待ってもらえる」

敦子が意外そうに龍一を見返す。

ローカル大会なんて、意味がない。

二ヶ月前にはそう言って意見をはねつけた龍一の変化に、驚いているようだった。

「おまけに、柳田に、昨年と同じように、リレーでトロフィーをとるとも言っちまった……」

「え、リレー戦で優勝までしなきゃいけないの？　まさかそれも条件？」

龍一はきまり悪く頷く。

「随分と無茶な話ね……」

敦子は少し考え込んだが、やがて冷静に口を開いた。

「仕方ないね。でもこの話、しばらく後輩たちにはしないほうがいいと思う。この間の模擬試合の件はさすがに皆こたえてるみたいだし。この後、七月に学区域戦もあるでしょう？　今、この話をしても無駄なプレッシャーがかかるだけだよ」

学区域戦は、本弓が丘学区域内、五校対抗の親善試合だ。部として存続するなら、この試合にも出ない訳にはいかない。

「それで、どうする？　男子でリレーに出るにしても、可能性があるのは三浦君とマトマイニ君だけだと思うけど。宇崎君は体力がなさすぎるし、そもそも試合に出る気がないみたいだしね。五十嵐君は泳げないし……。いくら制限タイムがないといっても、選抜選手が参加してくるリレーの出場はあまりにも無謀よ」

敦子の指摘《してき》は的確だった。

運動神経と筋肉のつき方からいって、伸びる可能性があるのは有人とマトマイニだ。二人とも運動選手としては小柄だが、瞬発力がある。

聖と弘樹では基礎体力の不足からして、短期間で選抜選手に育成するのは無理がある。

「俺、リレーだけでも出てもらえないか、春日に頼んでみる。あいつなら、とりあえず、どのパートでも泳げるから」

「そうだね、あんたたち、仲よかったもんね」

しかし改めてそう言われると、龍一は少し複雑だった。

確かに、春日は気楽につき合える相手だった。理解できないとか、歯痒いとか、苛々する感情を抱くこともなかった。

言《い》い換《か》えるなら、それほど深い関係が成立していたわけでもない。

むしろ、そういう感情を抱いていた相手は――。

チクリ、と胸が痛む。

普段できるだけ意識しないようにしている喪失感が込み上げた。

敦子の左腕の黒いものが視界に入り、慌てて眼をそらす。

「じゃ」

すべてを振り払うようにして、龍一は部室を出ていった。

龍一が家に帰ると、まだ睦子は帰っていなかった。

いつもどおり夕飯の用意はされていたが、龍一は春日と外で適当に食べるつもりで財布《さいふ》を持って家を出た。

春日は連日、学校が終わると駅前の予備校に通っている。携帯メールでのやりとりで、夜の七時に予備校の前で落ち合うことにした。

『有名中学から難関大学まで、現役合格保証！』

ひときわ目立つ派手な垂れ幕が、雨に濡れている。

しつこい小糠雨《こぬかあめ》が降りしきる中、龍一は一階から五階まで煌々《こうこう》と蛍光灯が輝く建物を眺めた。

この大きな建物を一杯にするだけの学生が、学校の授業の後も必死に勉強しているのかと思うと、多少の気後れを感じずにはいられなかった。

ふと何気なく対面を見ると、小さいながらも酷くインパクトのある店が通りに面しているのが眼に入る。

あんな店、あったっけ——。

そこに並べられている服に、龍一は眼を丸くした。

赤い羽根を刺したつば広の帽子《ぼうし》、スパンコールがジャラジャラとついたドレス、アルミ箔《はく》で作ったようなミニスカート、二十センチはあると思われる竹馬のようなハイヒール……。

尋常でなくド派手な服飾品が、所狭《ところせま》しと並べられている。

その店は、無機質な巨大予備校とは対照的な賑々しさで周囲を圧倒していた。

『ダンスファッション専門店　シャール』

赤いライトに照らされた書き文字の看板《かんばん》が、店先にかけられている。

最近まで気づかなかったところをみると、ここ数年にできた店なのだろう。

改めてまじまじと眺めてみて、この町のどこにこんな服の需要があるのかと、単純な疑問が湧いた。見れば見るほど、狐に化かされているような気分になってくる。

「よお、上野」

そのとき、ペットボトルを手にした春日が予備校のロビーから出てきた。

妙な店の吸引力に引き寄せられそうになっていた龍一は我に返る。

「あれ？」

春日が鞄を持っていないことに、龍一は驚いた。

「お前、まだ帰れないの？」

「ああん？　寝言言ってんじゃねえよ。本番はこれから、これから。今は休憩中だ。ま、とりあえず濡れるから中に入れよ」

春日に促されて、龍一は予備校のロビーに入った。

「あのさ、ちょっと頼みたいことがあるんだけれど……」

龍一が早速弓が丘杯出場の件を口にすると、春日は呆れたように眼を見開いた。

「なに、お前、まさかそんなこと言いにきたの？」

口ごもる龍一に、春日はやれやれと首を横に振る。

「俺は又、女の話かと思ってたのに」

「女？」

「そうそう。お前、あのすげえ美人の雪村とできたんだろう？」

龍一は絶句した。

「違うのか、今、学校裏サイトでえらい話題になってるぜ」

すっかり忘れていた。美恵だ。

くそう、あのどぎつい ケバ女め——。

龍一が黙っていると、春日が龍一の肩を突いた。

「なぁ、どうなんだよ」

「百パー、デマだよ。どうせろくでもないこと書いてあんだろうが、アホらしくて鼻からちょうちんが出るね」

「なんだ、きわどいことまで書いてあるから、本当ならぜひ話が聞きたいと思ってたんだけどな」

「くっだらねえ……」

龍一は不機嫌になったが、すぐに気を取り直す。

今はそんなことを気にしている場合ではない。

「それより、弓が丘杯の件、頼むよ。別に復帰しろとまでは言わないけどさ、リレーだけ、出てくれよ。お前なら、直前に少し練習すれば、すぐに調子出せるだろ？」

「あのなぁ、上野。試験前に、なに寝ぼけたこと言ってんの？」

　春日は皮肉めいた笑みを浮かべた。

「大体なにが弓が丘杯だよ。あんなローカル戦、お前今まで出たことないじゃん」

「まぁ、そうなんだけどさ……」

　それを言われると、龍一もいささか気まずかった。

「なんかよく分かんないけど、龍一君は随分と余裕だねぇ。本気でこの夏を部活に捧《ささ》げようなんて思ってんの？」

「別にそこまでは思ってねえけど。それに、俺公立いくもの」

　龍一の開き直りに、春日は大げさに溜め息をつく。

「お前ねぇ、どんだけ余裕こいてんだか知らねえが、一度でも全国模試受けてみろよ。一発で眼が醒《さ》めるぜ」

「全国模試？」

「都心の奴らに比べて、この町がどんだけ寝ぼけてるか思い知らされるよ。こんな地域の公立でのほほんと過ごして、大学受験になってから慌てて連中と張り合おうったって、もう遅いんだよ。これからの『格差社会』を生き抜こうと思ったら、そんな呑気なことはやってらんねえ。俺は大事な夏に、部活で遊んでるような暇はないんだよ」

　龍一は愕然とした。ここまで春日が受験一辺倒になっているとは知らなかった。

「あのなぁ、上野。今日び『負け組』になりたくないと思ったら、これぐらいは当然なんだって。この先、『格差』の二分化は、益々激しくなるんだぜ」

そう確信めいて言われると、確かにいい気分はしない。

「それより、雪村とは本当になんでもねえの？」

龍一が黙っていると、春日が焦れたように肘を突いた。

「ないない。マジになんもねぇ」

「本当かよ」

「本当だよ。だって俺、そう言った手ほどきは、全部アラフォーにしてもらうって決めてるから」

きっぱり言い切れば、春日は「ああん？」と眉を寄せた。

「ふざけんな！」

思い切り肩をどつかれる。

「お前のバカ話を聞いてたら、休憩時間が終わっちまったじゃねえか。どっちにしろ、期待には応えられねえよ。俺は忙しいんだ」

腕時計に眼をやり、春日はさっさと踵を返した。

「じゃあな、上野。お前も少しは将来に備えろよ」

去っていく春日の疲労感漂う背中を、龍一は、ただ見送るしかなかった。

チクショウ――。

内心、小さく舌を打つ。

予想どおりといえば、予想どおりの展開だ。

龍一は肩を落としながら、傘《かさ》をさして表に出た。

アスファルトの小さな凹凸《おうとつ》に水が溜まり、街灯の灯りをレンズのように跳ね返している。街灯の光が届くところに、線のように現れる雨の様子を、龍一はじっと眺めた。

やっぱり俺は、一人で泳ぐことしかできないらしい。

きた道を戻ろうとして、ふと、通りの先にいる人物の姿に釘づけになる。

その人影は、先の面妖《めんよう》な店『シャール』を覗き込んでいた。

龍一は傘を投げ出し、一目散に駆け出す。

「雪村！」

気づいたときには、大声で叫んでいた。

雨の中、雪村襟香が振り返る。鳶色の瞳がまん丸に見開かれているのが、夜目にもよく分かった。

「頼む！　雪村」

警戒心あらわにこちらを見返す襟香の前に立ち、龍一は力一杯頭を下げた。

「一度だけでいいから、お前の力を貸してくれ。水泳部のために、リレーに出てくれ、頼む！」

襟香がいれば、女子のリレーが成立する。しかも彼女の実力を以ってすれば、恐らく優勝も夢ではない。

棒立ちしている襟香の前で、龍一は深々と頭を下げ続けた。

しばらくの間、襟香はこちらを見つめているようだった。

だが、まだ頭を下げている龍一の耳に、踵を返す足音が微かに響いた。

「待てよ、雪村！」

ここまでしても、いつもの無表情、無関心を貫《つらぬ》こうとする襟香の態度に、龍一は思わずカッとなる。

とっさに細い手首をつかんでいた。

襟香の手から取っ手がこぼれ、赤い傘が地面を転がっていく。

「せめて答えろよ、雪村」

龍一が握っている手に力を込めると、襟香の顔が苦痛に歪んだ。

「む……無理だ……」

無理？

嫌ではなくて、無理？

「どうして……、どうして無理なんだ？　お前あれだけ泳げるじゃないか。それにこの間、俺との勝負に乗ってきたよな。勝負が嫌な訳じゃないんだろう？　だったら、どうして……。断るなら、それ相応の理由を言えよ！」

「う、うるさいっ」

白皙《はくせき》を怒りで赤く染め、襟香が渾身《こんしん》の力で龍一の手を振り払う。

勢いあまったように、襟香は叫んだ。

「俺は女とは泳げない、女となんか泳いだって、なんの意味もない！」

襟香が発した一人称に、龍一は耳を疑う。

お、れ……？

俺って、誰だ。

女となんか泳げない？

なんでだ。

以前、池の側で、襟香が「女なんて、相手にしたくない」と言い放った光景がまざまざと甦る。

その途端、龍一の頭の中に、なにかがガシャーンと落ちてきた。

もの凄い破壊音を立て、けれどそれまでどうしても見つからなかったパズルの一片が、そこにぴったりと嵌《はま》ってしまう。

「お、お前……」

龍一は、それでも半信半疑で、そこに浮かび上がった言葉を口にした。

「お前、もしかして、男になりたいのか」

辺りがシンとする。

絶え間なく降りしきる細かい雨の音だけが、二人を包み込んだ。

長い沈黙の後、襟香が覚悟を決めたように、龍一を見据えた。

「なりたいんじゃない」

胸の中に溜めていたものを吐き出すように、襟香が続ける。

「俺は元々男だ。体が間違って、女になってしまっただけだ」

瞬時にその言葉を理解することが、龍一にはできなかった。

そのとき。

「そこまで！」

背後から、野太い声が響いた。

「人の店の前で、ギャーギャー騒ぐのはやめてちょうだい。営業妨害もいいところよ」

振り返った龍一は、完全に言葉を失う。

自分たちの背後に腕を組んで立ちはだかっていたのは。

夜目にも鮮《あざ》やかなショッキングピンクのウイッグをかぶり、黒いラメのミニドレスを着た——。

身長百八十センチを超そうかと思われる、巨大な〝オカマ〟だった。

12　ダンスファッション専門店　シャール

エスニック調の香が焚《た》き染《し》められた店内は、岩塩ランプのほの暗い灯りに照らされ、洞窟《どうくつ》のような風情を漂わせている。

毒々しくも艶めかしい服がぎっしりと詰め込まれた店の奥のカウンターで、龍一は居心地の悪い思いでスツールの上の尻をもぞもぞと動かした。一見しただけであれほどいかがわしく思えた店の奥に、今、自分が座っているとはにわかに信じられなかった。

その隣に、雪村襟香がいることも。

襟香は綺麗な横顔をじっと俯けている。

「まったく……！」

どん、と音をたてて、オカマがカウンターの上にマグカップを二つ置いた。

「二人ともちゃんと体は拭いたの？　揃って傘を投げちゃって、雨の中で仁王立《におうだ》ちだなんて、一体なに考えてるのよ。小雨を舐めてかかるんじゃないわよ。だから、夏風邪《かぜ》はバカがひくって言うのよ」

オカマが厳しい表情で、襟香に向かって指を立てる。

「おまけに往来で、あんな会話を……。常々あたしはあんたに注意をしているでしょう？　聞く人が聞けばなにを思われるか分かったもんじゃないのよ。この世界には、手順ってもんがあるのよ、手順ってもんが」

くどくどと説教するオカマに、襟香が小さく頷いた。

「ちゃんと分かってるよ、シャールさん。俺、本当はシャールさんに本返しにきただけなんだ」

シャールさん――？

当たり前のように放たれた呼び名に、龍一はたじろぐ。

どうやら襟香は、このオカマと旧知の仲のようだった。

「なのに、こいつがいきなりつっかかってきて」

「なっ……！」

今まで霞《かすみ》か霧《きり》かの如《ごと》く人を無視しておきながら、ようやくまともに向き合った途端、いきなり人を「こいつ」呼ばわりか。

おまけに、初めて成り立った会話が、「俺は男だ」の仰天発言であることに、龍一はほとほと困惑《こんわく》していた。

一体、なにをどう理解すればよいのだろう。

眼の前には、女装の大男が山のようにそびえ立っている。

できるだけ視線を合わさないようにしていたオカマの顔を、恐る恐る覗いてみた。

クレヨンで描いたようなアイライン、瞬きするたびに音が出そうな付け睫毛、プラスチックのように塗り込められている真っ赤な唇。だがその原型は、どう見ても上背のある、中年のオヤジだ。

「ちょっと、あんた!」

その途端、カウンターに大声が響き渡った。

「あんた、今、あたしのことオカマだって思ったわねっ」

カウンターにバンッと掌をついて、シャールが啖呵を切る。

「あたしはね、愛と平和と革命に燃える、誇り高きドラァグクイーンなの。いい? おかまじゃなくて、ドラァグクイーン。仮にも女王様ですからね。今どきの中坊《ちゅうぼう》でも、あたしの店に入った以上は、これくらい品格のある言葉をちゃんと覚えてもらうわよ」

龍一は、生まれて初めて間近に接するドラァグクイーンの迫力に、すっかり圧倒されてしまった。

「返事は!」

「は、はい……」

「悪くない反応だわ」

シャールはにっこり微笑んだ。

横の襟香は落ち着いた様子で、平然とシャールの淹《い》れてくれたお茶を飲んでいる。その横顔は、いつもの白磁《はくじ》の人形めいた無表情とは違い、微かな精彩を放っていた。

「……で、あんたたち、一体なんであんなに揉めてたのよ」

シャールが筋肉の走る太い腕を組む。

ここでしらを切ると、又大変な追及に遭うような気もしたので、龍一はとりあえず正直に、襟香に突進した理由を説明した。

「なるほどね」

シャールは何度も頷く。

「つまりあんたは……」

シャールは龍一を指差した後、

「強い選手が欲しい……」

と、順に襟香を指差した。

〝強い選手〟と指を向けられたとき、襟香の白い頬にほんの少し赤みがさした。

「それで襟坊は、その誘いにつられて、つい往来でカミングアウトしちゃったって訳ね」

「そ……そんな、俺は別につられてなんて……」

「あっらー、聞こえたわよ。大声で、〝俺は男だー〟って。そんなこと急に言われたら、そっちの少年だって困っちゃうわよねぇ」

シャールに目配せされて、龍一は口ごもる。

ドラァグクイーン自体も龍一にとっては相当の困りものだが、シャールの言うことはもっともだ。

「でも襟坊、本当は興味があるんでしょう、部活。本当はこの少年と、泳いでみたいんじゃないの。でなきゃ、いくらなんでもカミングアウトはしないと思うわ」

「ち、違……！　ただ、こいつがあんまりしつこいから、つい……」

「つい、本当のことを言いたくなっちゃった訳？　でも、それってやっぱり特別なことでしょう。本当に興味がないんだったら、いつもの無関心を貫けたはずよ。つまりね、動揺があったの、あんたの心に動揺が」

シャールに言い込められて、襟香は視線をさまよわせる。

龍一は少し驚いていた。

このシャールという人は……。

一体どっちの味方なのだろう。この人はもしかして、襟香を説得してくれようとしているのだろうか。

けれど龍一はすぐに、それは違うと思い直した。シャールはただ、気持ちを引き出そうとしているだけだ。

なにかを押しつけている訳でもないし、なにかを抑えつけようとしている訳でもない。

それはあまり眼にすることの少ない、真っ当な大人としての態度だった。

その〝真っ当さ〟が、突拍子もない格好をしているシャールの中に確固として存在していることに、龍一は不意を衝かれる思いがした。

「でも無理だ、女に混じって泳ぐのは嫌だ……」

襟香が悲痛な声をあげた。

「じゃ、男となら？」

とっさに口にしてしまう。

襟香とシャールがハッとして龍一を見た。

二人の表情に、一体なにを言っているのかと、龍一自身困惑する。

でも、聞いてみたかったのだ。

もし、あの「俺は男だ」という、襟香の発言が本音なのだとしたら。

女子とではなく男子と泳ぐのなら、部活に参加したいのか否か。

単純に、襟香の気持ちを聞いてみたかった。

「そんなことが本当にできるなら……」

長い沈黙の後、襟香が静かに口を開く。

「やってみたい」

ほんの一瞬だったが、襟香は正面から龍一の眼を見た。

龍一の脳裏に、ゴーグル越しに互いの姿を認め合った、市営プールでのレース後の感触が甦る。

襟香の口元に、あのときとよく似た満足げな色が浮かんでいた。

「面白いじゃないの！」

シャールがいきなり大声をあげて、両手をカウンターにつく。バン！　と大きな音がして、マグカップが揺れた。

「方法がまったくない訳じゃないわ」

慌ててカップを押さえる龍一に、シャールは人差し指を立ててみせる。

「最近、スーツ水着って、男子でも結構普通じゃない。オリンピックの代表選手だって、大会のときに着てたわよねぇ。今の銀色水着をもっともっと男子体型に近づければ……」

そして指を、左右に振った。

「い・け・る・わ・よ」

「おお」

龍一は納得しかけたが、傍らの襟香が激しく首を横に振る。

「いや、無理だ」

「あら、どうしてぇ。あたしなら、完璧男子ラインのスーツ水着をちゃっちゃとデザインしてみせるわよ。このあたしに不可能はないのよ」

「いや、そうじゃなくて……。今、水着規定、前より厳しくなってるだろ？　多分、男子はセパレートタイプも駄目になったんじゃなかったっけ……」

心細げに問いかけられて、龍一は首を捻った。

「去年までは、スーツタイプの水着着てる奴、公式戦でも結構いたけどな」

「いや、多分無理だよ。俺、一応男子の公式記録、いつもネットでチェックしてるんだ。去年、スピード水着の件が色々問題になって、今年から、水着規定が変わるって書いてあった気がする……」

龍一は、市営プールの秒針時計でタイムをチェックしていた襟香の姿を思い出した。

恐らく襟香はたった一人で泳いでいても、男子の公式タイムと自分のタイムを競わせていたのだろう。

　本当は、対戦相手を欲している。

　そう思った自分の勘は、やはり正しかったのだ。

　龍一はポケットに手を突っ込むと、携帯を取り出した。ウェブにアクセスし、水泳連盟の水着規定を検索《けんさく》する。

　やがて現れた規約に、龍一は溜め息をついた。

「今年の四月から、公式戦は男子の臍上《へそうえ》の水着の着用が禁止されている」

　顔を見なくても、襟香とシャールの落胆振りが伝わってきた。

　龍一はそのまま検索を続け、再び大きく息をつく。

「いける」

　顔を上げて、襟香とシャールに携帯を差し出した。

「弓が丘杯なら、いける」

　二人が揃って小さな携帯画面に顔を寄せる。

「本当だ、市民大会における水着規定の適用は来年からって書いてあるわ」

　シャールが両手を顔の横に組んで躍り上がった。

「つまり……、今年が最後のチャンスってことじゃないの襟坊！」

　分厚い掌で背中をどやされ、襟香の口元にも笑みのようなものが浮かぶ。

　だが、まだすべてを信用し切れていないのか、その表情はどこか苦しげにも見えた。

「これで水着の件はとりあえずいいとして、次はあんたのほうだけど」

シャールが龍一に向き直る。

「あんたたち、本当に襟坊を男子部員として受け入れられるの？　あんたはともかく、他の子たちは大丈夫なの？」

他の子たち——。

龍一は、その面々を思い返した。

プールサイドでほっかむりし、ビート版をざるに見立ててどじょうすくいを踊っている有人。半眼で「ニャガニャガニャガニャガ」歌っている麗美。陽だまりの中で眠りこけている弘樹。マトマイニ、聖、莉子……。一人一人をゆっくり思い浮かべたところで、あっさりと結論が出た。

「あー、そりゃ問題ないっすね」

「へ……？」

シャールが、初めて狐にでもつままれたような顔になる。暫し考え込み、もう一度おずおずと聞いてきた。

「そこって結構重要なところだと思うんだけど、本当に問題ないの？」

敦子は最初呆れるかもしれないが、水泳部存続のための手段だと納得すれば、理性的な彼女のことだ。それ以上蒸し返したりすることはないだろう。

他の後輩たちに関しては、彼らの日頃の行動を考えれば考えるほど、それを気にするような人間がいるとは思えなかった。

一番問題なのは、繊細《せんさい》な「この俺」だったりするくらいだ。

「ないっすねー。ま、誰も気にしないでしょう」

再びあっさり答えると、シャールも襟香もぽかんとした。

「じ、じゃあ、顧問の先生は……？」

半信半疑の表情で、シャールが恐る恐る問いかける。

龍一は無言で首を横に振った。

だって、あいつ、別に練習見にきたりしないもの。

龍一の心の声を知らないシャールは、口をあんぐりとあけた。急にくるりと背中を向け、ブツブツと呟き始める。

「今までのあたしの危惧感《きぐかん》って、一体なんだったのかしら。今の子って、そんなに一足飛びに、拓《ひら》けちゃってる訳？　もしかしたら、あたしの価値観がもう古いのかしら……。世の中って、そんなに変わったのかしら……」

シャールの狼狽《ろうばい》振りに、龍一はなんだかきまりが悪くなった。

「あー、っていうか……。今のうちの部のメンバー、究極に空気読まない連中ばかりだから。多分たいして気にしないと思うんすよ」

シャールがゆっくりと振り返り、ぽつりと呟く。

「すてきね」

深い声だった。

「空気読まない？　上等じゃない。空気なんて読んでたら、ドラァグクイーンは務まらないのよ！」

エネルギッシュに瞳を燃え立たせ、シャールは叫んだ。

「この話、あたし、乗ったわ！」

やにわにターンし、シャールは指をパチンと鳴らす。

「ヘイ、ジャダ！」

するとカーテンの仕切りの奥から「はーい」と声がして、化粧途中の未完成ドラァグクイーンが現れた。

若い角刈りの男が付け睫毛をしているのを見て、龍一は驚愕する。その衝撃は、〝完成形〟のシャール以上に強烈だった。

「ジャダはねぇ、昼間配送業をやってるから、どうしてもこの時間は中途半端になっちゃうのよねぇ」

言い訳しながら、シャールは襟香の肩を押す。

「ジャダの採寸は無敵だから。しっかり測ってもらってきなさいね。それと費用は又出世払いで構わないけどね、高くつくんだから覚悟しておきなさい！」

シャールに檄《げき》を飛ばされ、襟香は興奮で頬を赤くした。

龍一はこの日、初めて襟香の血の通った表情をたくさん知った。

その瞳がきらきらと輝いているのを見た。そこにいるのは、いつものただ美しいだけの人形ではなかった。

見ているだけで心が熱くなるような、生気に溢れた少女の姿が間近にあった。

襟香とジャダが採寸室へ消えてしまうと、龍一はシャールと二人きりでカウンターに残された。

急にきまり悪くスツールに座りなおす龍一を、シャールは面白そうに眺め回す。

「よかったじゃないの、強い選手ができて。あたしに感謝しなさいよね」

「はあ……」

龍一はマグカップのお茶を口にした。香辛料の効いた、今までに飲んだことのないようなお茶だった。

ふと思いついて聞いてみる。

「あいつが着てた、あの銀色の水着、作ったんですか」

「そうよ。泳ぎたいけど胸が目立つのが嫌だって言うからね。特注で作ってあげたの。ここにある服は、ほとんどあたしが一からデザインして作ったのよ。人生を華麗《かれい》に舞いたかったら、『ダンスファッション専門店　シャール』にお任せって訳。それにしても……。あんたがきてくれてよかったわよ少年！」

いきなり背中を叩かれて、龍一はむせこんだ。

「あの子の居場所がこの店だけっていうのも、どんなものかなと思ってたところだったの」

「雪村……よくこの店くるんですか」

「うん、まあ、そうだわね。ここしか逃げ場がなかったからね」

龍一は少し躊躇したが、思い切って尋ねてみる。

「あの……あいつが言ってたこと、本当ですか」

「本当って？」

「自分が男だっていう、あれです」

その言葉は襟香の言動の裏づけにはなっている。

けれど、理解できるかと問われると返答に困ってしまう。ここで聞いておかないと、この先ずっと、謎は謎でしかない気がした。

シャールは少しの間黙っていたが、ふと、口調を変えた。

「あんた、ＧＩＤっていう言葉、どっかで聞いたことない？」

ＧＩＤ？

龍一は眉を寄せる。

「そうね、ちょっと難しい話だわね」

小さく独り言ち、シャールはいきなり鼻先が触れるほど、顔を近づけてきた。

「あんた、あたしとあの子が同じようなもんだって思ってるんでしょう？」

のけぞった龍一に、シャールは首を横に振ってみせる。

「それは違うのよ。あたしは別に、自分を女だと思っている訳ではないの。あたしは生まれながらのあたしの意志で、ドラァグクイーンをやってるの。つまり……、この格好はあたしの主張。悪く言えば、あたしのわがままね」

少し自嘲的な笑みを浮かべ、けれどすぐに真剣な表情に戻る。

「でもね、あの子は違う。あの子のいく道は、険しいわ」

シャールの言葉に、龍一はいつもの無表情な襟香を思った。

プールサイドで自分たちに囲まれた途端、武装するようにバスタオルを体に巻きつけた様子が脳裏に浮かぶ。

「トランス・ジェンダーは複雑なものなの。もしよかったら、少し勉強してみる？」

シャールがカウンターの上に、一枚のカードを滑らせてくる。

「あたしがやってるウェブサイト。〝アラシ〟が酷いから今はパスワード制になってるけど、そこに書いてあるパスワードを入れればちゃんと出てくるから。元々は、あの子もそこにアクセスしてきたうちの一人よ」

龍一はカードを手に取った。

「地元の子だったから、驚いちゃったわよ。しかも、あんたたちの通ってる中学って、実はあたしの母校なのよ。先生の中には、かつての同級生もいるんだけどね。こういうことを相談できそうな相手じゃないし、向こうが今のあたしを認識できるかどうかも問題だしね……」

そう呟き、シャールは長い付け睫毛を伏せてウインクした。

「別にそんなに難しく考えなくてもいいから。あんたがあの子のことを友達と思えるなら、それが一番よ」

友達。

シャールの言葉に、龍一は口元を引き締める。

襟香が言ったことを、果たして自分はどこまで本気で受けとめられるだろうか。

考え込んでいると、ふいに肩が重くなる。

シャールが分厚い掌を、そっと龍一の肩に載《の》せていた。

「あんたがあの子の心を動かしたのよ、少年……」

「シャール、さん」

初めてその面映ゆい呼び名を口にした途端、「キャーッ」と耳元で絶叫されて仰天する。

「愛ね、愛！　燃えるわ、照れるわ、青春だわぁ！」

そのまま肩をどつかれ、龍一はとうとうスツールから転げ落ちた。

その晩、龍一は睦子のパソコンを立ち上げて、もらったカードに記載されているホームページのアドレスにアクセスしてみた。

登録制掲示板に寄せられているたくさんの悩みの中には、物心ついたときから自分を「男」だと自覚している、ある少女の告白が載っていた。

意識を集中し、その投稿をスクロールする。

幼少期の少女は本当に、自分を「男」だと信じて疑わなかった。両親や幼稚園の先生が自分を女の子扱いするのは、彼らの勘違いで、ときがくればそれは解決されるだろうと、単純に信じ込んでいた。

だが勘違いはいつまでも続いた。母は誕生日のたび、女の子らしい服装や欲しくもないお人形を買ってくる。小学校に上がるときのランドセルの色まで赤だった。それでも彼女は信じていた。いつか自分の体は男になり、そのときこそすべての誤解が解け、ランドセルも黒となり、スカートをはく必要もなくなるのだと。

だが現実は残酷だった。

ある日、男女別の保健体育の授業が行われたとき、彼女は自分の体が決して男になることがないのを知った。それは絶望の瞬間だった。

この告白を、龍一は途中から、〝体が間違って、女になってしまった〟という襟香の言葉と切り離すことができなくなった。

様々な記述を読むうち、こうした症例を、Gender Identity Disorder＝性同一性障害＝GIDと呼ぶことを知った。

GID――。店でシャールが自分に呟いた言葉だ。

他にも、似たような悩みや体験が山のように載っていた。

龍一は、自分の心と性の不一致について悩む少年少女がこんなにたくさんいることに、ショックを受けた。

十五年間生きてきて、こんなことにはなに一つ気づかなかった。

オネエマンとかニューハーフとか、テレビに出てきて面白おかしく騒いでいる人たちのことしか知らなかった。

だが、女が男の体に生まれたり、男が女の体に生まれたりするようなことが、本当にありうるのだろうか。

考えれば考えるほど、龍一は途方に暮れる。

けれど、もし、それが本当なら。

自分が毎日女の制服を着せられて、表を歩かされるようなものなのだろうか。

そう思い至り、龍一は愕然とした。

冗談じゃない。そんなの、絶対我慢できない。

誰とも口をきかず、一人で弁当を食べている襟香の姿が眼に浮かぶ。

嫌がらせのビラを無表情に投げ捨てて自分の席に戻っていった、固い足音が耳に響く。

スクロールの手をとめて、短く息をついた。

龍一の中で、一つの覚悟が固まり始めていた。

13 反発

翌日、龍一は昼休みに敦子を部室に呼び出した。

襟香が水泳部に入ることになったと告げると、敦子は意外そうな顔をした。

「へー、よく説得できたね。まぁ……、よかったんじゃないの？　私はあんまり話したくないけど」

だが次に、彼女を男子部員として受け入れたい旨を話すと、敦子は眼鏡の奥からじっと龍一を見た。

「上野、あんた、なに言ってるの」

敦子の反応はもっともだ。

「……だよなー、普通はそう思うよなー」

「思うもなにも、なんのためにそんなことをするのよ」

「それが本人の希望だから」

「なに、それ。私たち女子と泳ぐのは嫌だってこと？　随分とバカにしてくれるね」

敦子の顔に明らかな不快感が広がる。

「いや、そういうのとは違うんだよ」

「なにが違うのよ」

「だからさ……」

どう説明すればよいのか分からず龍一が口ごもると、敦子は呆れたように腕を組んだ。

「上野、あんた頭がどうかしちゃってるんじゃないの？　あの子になにを言われたかは知らないけど、どうやって女子が男子選手になるのよ。なれる訳ないでしょうが」

「でも、もしなれたらどうする？　もしさ、雪村が男子選手に見えるようになるとしたらさ、そのときは協力してくれるか」

敦子の渋面に構わず、龍一は勢い込む。

「雪村のブレストなら、絶対、月島の穴を埋められる」

「ちょっと、待って」

敦子の眼が大きく見開いた。

「上野、あんたまさか……あの子にタケル君のパートを泳がせるつもり？」

「だって岩崎も見ただろう？　あいつのフォーム、月島のとそっくりだ」

そう続けた途端――。

「そんなの嫌っ、絶対認めない！」

いきなり敦子が大声で叫ぶ。

「あんた、あの子をタケル君と置き換えるつもりなの？　私はそんなの絶対に嫌！」

あまりの剣幕に、龍一は驚いた。

「なに言ってるんだよ。置き換えるつもりなんてないよ。それに、岩崎だって春日に頼むことには反対しなかったじゃないか。なんで春日ならよくて、雪村だと駄目なんだよ」

「だってあの子なんて、タケル君のことなんにも知らないじゃない。なのにどうしてあの子がタケル君のパートを泳ぐの？」

「おい、どうしたんだよ。お前、少し……」

おかしいぞ、と言いかけて、龍一は口を噤む。

敦子の眼鏡の奥の眼尻に、涙が小さく滲んでいた。

「話ってそれだけ？」

「あ、ああ……」

「そう！」

敦子は肩で大きく息をつく。

「それならそんなバカな話、私は認めないから。上野も少し頭を冷やして考えてみなよ。女子が男子として水泳の試合に出場するなんて話、聞いたことない」

硬い声でそう言うと、敦子は龍一の顔を見ようともせず部室を出ていった。

取り残された龍一は、茫然とする。

常に建設的な意見を出してくれていた敦子が、ここまで猛烈に反対するとは思わなかった。

女子を男子選手として迎え入れるという話は、確かに尋常なものではない。

かくいう自分も未だに煮え切らない部分があるくらいだ。だが、あの反応はいささか大げさだ。

しかも敦子は泣いていた。タケルの葬式《そうしき》のときにさえ涙を見せなかった彼女が涙を滲ませていたことに、龍一は考え込む。

窓の外では、昨日と同じ小雨が、相変わらず降りしきっている。


五時限目の予鈴が鳴り、教室へ戻ろうとする生徒たちがばたばたと廊下を走っていく気配がドア越しに伝わってきた。

敦子は女子トイレの手洗い場で、顔を洗っていた。

幸い、トイレの中は敦子一人だ。敦子は流れてくる涙を、冷たい水で洗い落とす。

もう、大丈夫だろうか。

鏡を見ると、どこか虚《うつ》ろな表情が、頼りなくこちらを見返していた。丁寧に眼元をこすり、洗い場の上に置いておいた赤縁の眼鏡をかける。

大丈夫。いつもの自分だ。

敦子は自分に言い聞かせて女子トイレを出た。

「ちょっとあっちゃん、なにしてたの、遅いよー」

一組の教室に入ると、島崎《しまざき》ユリが駆け寄ってくる。

「次、家庭科じゃーん、教室移動あるのに、あっちゃんがなかなか戻ってこないから、やきもきしちゃったよ」

「ごめん、ごめん」

女子たちの間には、教室移動は仲よしグループ皆でいく、という、不文律のようなものがある。バカバカしい気もするが、ここからはみ出ると、それはそれで厄介なのだ。

「じゃあ、いこう」

手早く家庭科の教科書やノートをまとめ、敦子は数人の女子に合流した。

ときとして鬱陶しいこともあるが、今のような心の状態を、ふんわりと包み込んでもらえるのは悪くない。

敦子が属しているグループは、あまり自己主張の激しくない、大人しめの女子が多かった。ターゲットにされるのを怖れて小さな群れを作っている、草食動物に少し似ている。

他愛もないことを喋りながら廊下を歩いていくと、三組の前に、すらりとした人影が立っているのが眼に入った。もうすぐ授業が始まるのに、一人で廊下に立ち、窓から校庭を見下ろしている。

人影がはっきりしてくるに連れ、敦子は鼓動《こどう》が速くなるのを感じた。

自分たちと同じ野暮ったい制服を着せられているとは、とても思えない。まるでファッション雑誌のページから抜け出してきた、ヨーロッパの少女のようだ。こんなに垢抜《あかぬ》けた女子は、この学校に一人しかいない。

敦子は凍りついたように、雪村襟香の姿を見つめた。

私の誘いはあんなに無下に断ったくせに。

プールサイドでの冷たい態度を思い出していると、ふいに襟香が自分のほうを向いた。敦子はぎくりとして、視線を外すことができなくなる。

又、無関心に視線をそらされるだけだろう。

そう思って身構えたのに、襟香は軽く顎を引くようにして、会釈《えしゃく》してきた。

え……？

敦子は我が眼を疑う。

その途端、いつも敦子の頭の中にいる月島タケルのすぐ隣に、襟香がするりと立った気がした。

敦子の中の張り詰めていたものが、音をたてて割れる。

気がつくと敦子はグループを離れ、つかつかと襟香の前に進み出ていた。

「なんで……」

呟くと、襟香が不思議そうに見返してくる。

その眼差しに、敦子は益々混乱した。

普通の女子なら、こんな眼で同性の同級生を眺めたりしない。

相手に好意を持てるかどうか、さしあたっての力関係がどうなるか、ちょっとした値踏みのような表情を浮かべるものだ。なのに、襟香は無機物でも見るように、全く感情の読めない眼差しで自分を見ている。

分からない。

大抵のことは理性的に見通せる自分なのに、この人のことは、なんだか全然分からない。

その得体の知れない、けれどどの女子よりも美しい襟香が、タケルのすぐ隣に立っている。

「なんでよ！」

敦子はついに大声をあげた。

「どうして私たち女子とは一緒に泳げないの？」

後ろでユリたちが驚いている気配がするが、とめることができなかった。

「どうして、あんたなんかがタケル君の代わりをやるの？　あんたなんて……、あんたなんて、タケル君のこと、なんにも知らないくせに！」

くすぶっていた感情が爆発し、生理的な涙が頬を滑り落ちていく。

襟香は瞳を見開いて、敦子の泣き顔を見返していた。

「あっちゃん、どうしたの？」

ユリが駆け寄ってくる。

「なんでもない、なんでもないよ」

敦子は涙を拭って、襟香に背を向けた。

「ごめんね、このままじゃ本当に遅刻しちゃうね。急ごうね」

口調を変えて言うと、敦子はユリたちに合流した。もう襟香のことは、決して振り返ろうとしなかった。

その日の放課後、龍一は襟香を部室に呼ぶことにした。

「べっぴんさんや！」

襟香が部室に入るなり、有人が拳を突き上げて躍り上がる。弘樹も興奮したように頬を赤く染めた。麗美とマトマイニは、眼を丸くしている。

「べっぴんさん、入部ですかいな？」

有人が手もみしながら近づくと、襟香は硬い表情をますます強張らせた。

「ま、そういうことだ」

答えようとしない襟香に代わり、龍一が頷いた。

本当はこういうときこそ、しっかり者の敦子にいてほしかったのだが――。

「皆、聞いてくれ」

龍一は軽く咳払いをする。

「こちらは三年生の雪村だ。雪村には、男子部員と一緒に練習をしてもらう」

当面、これくらいの説明で乗り切ってしまうつもりだったが、意外にも部室内は静まりかえった。

「なんでや」

すかさず有人にそう聞かれ、龍一は口ごもる。

「えーと……」

襟香が背後で俯く気配がして、冷や汗が流れた。

「なんでですかぁ」

こういうときに限って、普段はぼんやりしている麗美までが聞いてくる。

「は……速いから……」

苦し紛れにそう言うと、再び部室内がシンとした。いたたまれなくなったのか、襟香が出口に足を向ける。

そのとき。

「せやな」

有人が屈託《くったく》なく頷いた。

そして、明らかに腑に落ちない顔をしている一年生の聖の肩をぽんと叩く。

「あんなー、ひじり、このお人めっちゃ速いんやでぇ。ホンマ、男の俺らより速いねんてぇ。せやから一緒に練習したら、俺らも速くなるかもしれへんな」

気安く肩を叩かれて、聖は飛び上がった。

「誰が『ひじり』だ！　俺のは『きよし』って読むんだ！　って言うか、苗字で呼べよ、苗字で」

「分かったでー、ひじりィ」

有人相手にこの返しはかえって逆効果だった。有人に「ひじり、ひじり」と連呼され、聖は襟香に対する不審どころではなくなったようだ。

「あたしも別に構わなーい。だって、男子、女子って言ったって、単にコース分けするだけでしょう？　あたし遅いから、逆にそのほうがいいかもー」

「よろしくお願いします」

麗美に続き、マトマイニが丁寧に頭を下げる。弘樹も深く頷く。

襟香は眼が醒めたような表情で、後輩たちの曇りのない笑顔を眺めていた。その頬に、シャールの店にいたときと同じ精気がさしてくる。

「私も賛成」

部屋の隅から地を這うような低い声がした。

ギョッとして振り返ると、壁と同化するように、莉子がじっと立っている。

い、いたのか——！

その存在の消しっぷりに、龍一は圧倒された。

「だってそんな速い人、女子でいられたらライバルが増えるだけだもんね」

莉子は俯いたまま、長い前髪の奥からけけけけと笑った。

それぞれの受け取り方に多少の差異はあっても、襟香が男子部員として水泳部に受け入れられつつあることに、龍一は安堵した。

もっとも、一人を除いてではあるのだが——。

「あれぇ、せっかく新しい先輩が増えたのに、岩崎先輩はぁ？」

龍一の心を読んだかのように、麗美が無邪気な声をあげる。

「岩崎には、後で俺が紹介する」

苦し紛れにそう言ったとき、ズボンのポケットの携帯が震えた。

メールを開き、龍一は小さく舌打ちをする。

そこには、しばらく部活に出ないという、敦子からのメッセージがあった。

14　梅雨晴れ

襟香の入部は正式に決まったが、代わりに敦子が部活に出てこなくなった。

何度メールを送っても返信はない。

龍一は朝食を食べながら、先程から小言を連発している睦子に、上の空で相槌を打ち続けた。

一体なにが原因なんだ？

敦子の抱えているわだかまりが、龍一には分かるようで分からなかった。

「ちょっと！　さっきから空返事《からへんじ》ばっかりして、あんた、人の話、ちゃんと聞いてるの？」

ついに睦子が怒声をあげた。

「どうしてあんたはいっつも人がせっかく作ったおかずを腐らすのよ。夕飯は必ず用意してるんだから、わざわざ外でジャンクなものを食べてこないでよ」

「俺にも俺のつき合いってもんがあるんだよ」

「中学生にそんなものがある訳ないでしょ！」

「はいはい、分かりました。以後気をつけます」

下手に口答えをすると猛攻が返ってくることを熟知している龍一は、敢えて母親には逆らわない。

「まったく、あれもこれも食べてないんだから」

珍しく有給を取った睦子は、パジャマ姿のまま冷蔵庫の中の点検を続けている。

せっかく休みを取ったんなら、大人しく寝てろよな――。

昨夜も深夜に帰ってきた母親を横目に、龍一は内心呟いた。

「そうだ、龍一」

プラスチック容器を手にしたまま、睦子が振り返る。

「なんでございましょうか」

「あんた、クラスのアンケートに、全部〝微妙〟って書いたって本当なの？」

思わず飲みかけの牛乳を噴きそうになった。

新学期も半ばにさしかかり、もうすぐ一次考査が始まる。

地味顔の担任教師桜井は、受験生を受け持つのが初めてらしく、ホームルームでも酷くぴりぴりとした表情を浮かべていた。

〝皆さんは今年ついに高校受験の年を迎える訳ですが、なにか問題があれば、ぜひ今のうちに知らせてほしいと思います〟

ホームルームで盛んにそう繰り返していたが、龍一には、それが問題提起を促すというより、なにかを未然に防ごうとしているだけのようにしか思えなかった。

アンケートが配られたのは昨日のことだ。

クラスの雰囲気はどうですか　　微妙
先生の教え方はどうですか　　微妙

ホームルームの時間は有効に使われていますか　　微妙
なにか不満なところはありますか　　微妙
確かに十項目、すべてに〝微妙〟と書いた覚えはある。

だが昨日の今日で、母が既にそのことを知っているというのはどういうことだ。

「昨日、気の弱そうな女の先生が、わざわざ私の携帯に電話してきたんだからね。『私になにか問題があるんでしょうか〜』って泣きそうな声で言われたわよ！」

龍一は絶句した。

「今の若い先生は真面目なんだから、悪ふざけしてんじゃないわよ！　この件については、今晩もう一度じっくり話すからね」

「冗談じゃねえ」

龍一は立ち上がる。

別に悪ふざけしているつもりはない。

本当に〝微妙〟だから、〝微妙〟と書いたまでのことだ。

襟香に口どめされていたからそれ以上のことは書かなかったが、あいつら教師は教室内の不穏なムードになに一つ気づかない。守っているのは生徒じゃなくて、自分たちだ。

「俺、もういくから」

テーブルの上の弁当をひったくって玄関へ向かう。

「ちょっと、なんなのその態度は」

「うるせえな。俺は今、それどころじゃねえんだよ」

言い募ってくる睦子に、龍一は人差し指を立ててみせた。

「俺はね、今、そんなことに関わってる場合じゃない、ふかーい問題を抱えているんだよ」

睦子が怯んだ隙に、玄関の扉をあけて「いってきます」と外へ飛び出した。


「なによ、あの態度」

龍一が玄関のチャームを鳴らしながら出ていってしまうと、睦子は憤慨の声をあげた。

母親をバカにしてくれちゃって……。

二度寝する気にもなれず、睦子はぶりぶり怒りながらパソコンの電源を入れる。

「あれ？」

休止状態だったディスプレイにグーグル検索の画面が立ち上がり、睦子は手をとめた。

ヤフーユーザーの睦子はグーグル検索をあまり使わない。

と、いうことは……。

睦子の顔に笑いがこみ上げる。

よーし、これで履歴を調べまくって、あやつがどれだけエロサイト巡りをしてきたか、証拠をしっかり押さえてやろうじゃないの！

睦子は笑いを嚙み殺しながら、サイトをチェックしていった。

ところが。

「え、え、え、えー⁉」

開くサイト開くサイト、すべてがトランス・ジェンダーに関わるものばかりだった。

「あの子、まさか……」

ついには女装の男たちの写真で埋めつくされているページにいき当たり、睦子はぽかんと口をあける。

〝俺はね、今、ふかーい問題を抱えているんだよ……〟

先刻の龍一の言葉が生々しく甦り、あいた口元に掌を当てた。

気がつくと、ディスプレイいっぱいに、強烈な厚化粧のドラァグクイーンのどアップがダウンロードされ始めている。ダウンロードが百パーセント完了した途端、大音量のハウスミュージックがスピーカーから流れてきて、睦子は悲鳴をあげた。


その日の最後の休憩時間、三年一組の教室で、敦子は机の上に突っ伏していた。

「あっちゃん」

ユリに呼ばれ、渋々顔を上げる。

「三組の大野さんがきてるよ」

「なんで」

「知らない……」

六時限目は歴史。つまらないオヤジギャグを連発する教師の授業を五十分間やり過ごし、ショートホームルームを終えたら、今日も真っ直ぐ家に帰るつもりでいる。

部室に寄って、龍一と顔を合わせるのは嫌だった。

その龍一と同じクラスの女子が、自分になんの用だろう。

教室の後ろを見ると、見知らぬ数人の女子が、眼を爛々《らんらん》と輝かせて自分を待ち構えている。

敦子は重い頭を振って、仕方なく立ち上がった。

「えっとさぁ、岩崎さんだよねぇ」

中心人物らしい女子が勇んで話しかけてくる。

「〝あっちゃん〟だっけぇ、この間は本当、災難だったよねぇ」

この子が大野？

腫れぼったい一重《ひとえ》目蓋にアイテープを食い込ませている大野美恵の顔は、近くで見ると酷く不自然だった。一度も同じクラスになったことがなく、又なりたいと思うタイプでもない子に〝あっちゃん〟と呼ばれ、敦子はどういう顔をすればよいのか分からなかった。

敦子の反応などお構いなしに、美恵は上機嫌だ。

「あっちゃん、あんたを任命するよ」

「なんのこと？」

「『雪村襟香を反省させる会』一組支部の会長にだよ！」

満面の笑みを浮かべ、美恵が敦子の肩をぽんと叩く。

敦子は絶句した。

どうやら先日の廊下での襟香との一件を、美恵に聞かれてしまっていたらしい。

「なにがあったのかは知らないけどさぁ。あたしたち、あんたの気持ちはよーく分かってるつもりだよ。あたしたちも、雪村にはほとほと迷惑かけられてるからねぇ」

一体なにが分かると言うのだろう。

美恵の馴れ馴れしさに、敦子の心に不快感が湧く。

襟香を一方的に怒鳴りつけてしまってから、敦子の気持ちはずっと晴れることがなかった。部室にもいけないし、龍一からのメールも開けずにいる。自分の憂鬱がどこからきているのかも、よく分からなくなっていた。

襟香がタケルのパートを泳ぐことを考えると、今でも胸が痛い。

毎日喪章をつけ、誰よりもタケルを身近に感じようと努力をしていたのは自分なのに。突然現れた美しい少女が易々《やすやす》と自分を出し抜いて、タケルのすぐ側に立ってみせている。そんなのは許せない。

でも。

だからと言って、こんな子に〝仲間〟呼ばわりされる覚えはない。

違う。

自分は、彼女たちとは違う。

断固とした思いが湧き起こり、敦子は眼差しをきつくした。

期待した反応を得られないことに苛立ったのか、美恵の眼にも白いものが混じる。

「やぁっぱノリ悪いわ、黒ゴムの真面目ちゃんは」

すっかり眼を据わらせると、美恵は今までとは打って変わったどすの利いた声をあげた。突き放すように、敦子の肩をどんと突く。

敦子は少しよろけたが、美恵の顔から視線を外そうとしなかった。

「やっぱ、〝あっちゃん〟じゃないわ。あんた、だっせえ〝黒ゴム〟だわ」

結局先に視線を外すことになった美恵は、悔し紛れに言い捨て、取り巻きたちと一緒に廊下に出ていった。

「黒ゴムー」「だっせー」

席に戻りかけると、廊下から罵声《ばせい》が響いてくる。

やがて足音は遠ざかっていったが、美恵たちはしつこく罵《のの》り続けていた。

六時限目のチャイムをこれほど待ち遠しく感じたことはなかった。


放課後、敦子が沈んだ思いのまま家に帰ろうとすると、校門の前に龍一がいるのが見えた。

少しだけ迷ったが、龍一のほうへ歩み寄る。これ以上煮え切らない態度を取り続けるのは、自分でも嫌だった。

敦子の姿を見ると、龍一は「おう」と片手を上げた。

「今日、時間あるか」

「なんで」

「一緒にきてほしいところがあるんだけど」

「どこ」

「とりあえず、きてくれれば分かるから」

敦子は暫したためらったが、話す気持ちがないなら端から近づいたりはしなかったのだと覚悟を決める。

前を歩く龍一の後を、敦子は黙ってついていった。路肩のタチアオイが、大きく見張った瞳のような丸い花をいくつも咲かせて二人を見送っている。

龍一は駅前に向かっているようだった。

予備校？

春日とでも、約束しているのだろうか。

敦子が俯いていた顔を上げると、龍一は予備校の対面に足を向けていた。

「え……？」

妖しいエスニック調のお香の匂いが立ち込める店先に並べられているのは、虹色《にじいろ》のサリー、スパンコールが鱗のようにちりばめられたド派手なドレス、そしてたくさんのハイヒール。

『ダンスファッション専門店　シャール』

書き文字で書かれた看板と龍一の顔を、何度も見比べてしまう。

「こ、ここ……？」

「まあね」

茫然と尋ねる敦子に、龍一は少し困ったように頷いてみせた。

「ちょっと、会って欲しい人がいるんだよ」

吊るされている色鮮やかなドレスをかき分け、龍一が店の奥へ進んでいく。

「シャールさん！」

「はあいー」

龍一の呼びかけに、店の奥から野太い声が響いた。

カウンターの向こうのカーテンが揺れ、ショッキングピンクのウイッグが現れる。

「え……！」

ショッキングピンクのウイッグをかぶっているのが、クレヨンで描いたような厚化粧をした大男であることに、敦子は言葉を失った。

「あらあ、賢《かしこ》そうな眼鏡っ子ねー、その子も水泳部ぅ？」

棒立ちになっている敦子を意に介した様子もなく、男がごく自然に声をかけてくる。

「ええと、こちらはこの店の店長で、ドラァグクイーンのシャールさん」

龍一に紹介され、敦子は慌てて頭を下げた。

「い、岩崎敦子です」

「敦子ちゃんね、よろしくぅ」

シャールが眼を細めて微笑む。

「まあ、ゆっくりしていってちょうだい」

岩塩ランプがぼんやりと灯るカウンターに通され、ジンジャーティーを振る舞われると、敦子は幾分落ち着きを取り戻した。隣の龍一のほうが、よほど落ち着かない様子で何度もスツールに座り直している。

店の中をよく見れば、ただ単に派手なばかりではなかった。

繊細なビーズをあしらったキャンドルシェードや、トルマリンのはめ込まれたリングホルダーなど、女の子なら誰でもときめいてしまうような素敵な小物もたくさんある。低く流れているガムラン・ドゥグンの音色も、この店の不思議な雰囲気によく似合っていた。しかもカウンターの奥の本棚には、敦子の好きなサリンジャーやサガンの本がたくさん並べられている。

いつしか敦子は、不思議な洞窟に迷い込んだような気持ちを半ば楽しみ始めていた。

「ちょっと少年、きてみてよ！」

ふいに、スタッフ・オンリーの扉の向こうからシャールの声が響く。

傍らの龍一がスツールを降りていった。

「うおおお」

今度は龍一のうめき声が聞こえた。

何事かと視線をやり、敦子は眼を見張る。

シャールと龍一に伴《ともな》われて現れたのは、雪村襟香だった。

襟香は、首元、両肘、両膝までを覆う、銀色のスーツタイプの水着を着ていた。

市営プールで出会ったときも、彼女はスーツタイプの水着を着用していた。

だが、今回驚いたのはそのフォルムだ。肩幅が厚くなり、腰の括《くび》れが消えている。完全に、少年の体型だった。

ま……まさか、この人、男だったとか。

ありえないと思いつつも、むしろそのほうが襟香を分かりやすく感じている自分に気づき、敦子は混乱する。

「どうよ、どうよ、どうなのよー！」

シャールが得意げな声をあげた。

「まぁ、これでキャップかぶってゴーグルつけちゃえば、どこからどう見ても男だな」

「でしょ、でしょ、そうでしょー！」

呟いた龍一の後頭部を、シャールがはたきたおす。

あまりのことに、敦子は呆然とすることしかできなかった。

だが、先日一方的に詰め寄った自分を前に、襟香が少しきまり悪げにしているのを見て、チクリと胸が痛む。

「どう、動きづらくない？」

シャールに言われて、襟香はいくつかストロークのフォームを取ってみせた。

「水の中で試してみないとなんとも言えないけど、今のところ、痛いところや突っ張るところはない」

「じゃあ主将さん、早速プールで試さなきゃだわねぇ。楽しみじゃない？」

シャールは本気でわくわくしている。

とんでもないことを思いついたものだと、敦子は少年体型の襟香を眺めた。改めて眼が合うと、思わず緊張で鼓動が速くなる。類まれなる美少年とはこのことだ。

龍一が振り返ったので、敦子は小さく瞬きした。

シャールと襟香が再びスタッフ・オンリーの扉の向こうに消えていくと、龍一がスツールに戻ってきた。

「あのさ」

ためらいがちに尋ねてくる。

「岩崎、性同一性障害って聞いたことある？」

敦子はしばらく龍一の顔を見ていたが、やがて恐々と聞き返す。

「雪村さんって、もしかして本当に、そうなの……？」

「多分ね」

龍一の返答に、敦子の口から大きな溜め息が漏れる。

頭では知っていた。

しかし、それはなにかで読んだことのある知識にすぎなかった。活字の向こうの出来事がいきなり眼の前に差し出された生々しさに、敦子は深く項垂れる。

同時に、襟香に感じた違和感が、急速に氷解していくのを感じる。

自分に向けられた無機質な眼差し。あれは男子の眼だ。

男子がなんの気もなく女子を見るときの、利害関係を度外視した無防備な眼差しだ。

「上野は最初から知ってたの？」

「いや、俺はこの言葉自体知らなかった」

「それで……、それが分かった上で、本気で彼女を男子部員として受け入れるの？」

敦子の言葉に龍一は頷いた。

「後輩たちは？」

「速いから男子扱いするという説明で、今のところ納得してる」

「さすがだね」

後輩の面々を思い浮かべ、思わず苦笑する。

「柳田先生は？」

「あいつ、部活なんかきやしないよ。大会だって、こちらでやりますと言えば、問題ない」

「大会の登録は？」

「こっちで記入すれば、多分ちゃんと読みやしないね」

「水着規定は？」

「学区域戦は親善試合だから基本的に制約はないし、市大会も、今年までセーフだ」

「更衣室をやりすごせば、誰も女子が男子選手になりすましてるとは思わないよね」

「基本そんなことする必要ないからな」

互いにじっと見つめ合った。

「やれるかもしれないね」

「うん。俺はやれると思ってる」

スツールの上で姿勢を正し、龍一が改めて敦子の顔をみる。

「だから俺は、岩崎に協力してほしい。こんなことやれるのは、多分今しかない」

敦子は、昼間自分を訪ねてきた大野美恵たちの様子を思い返した。

そこに、クラスから逃れるように一人廊下に立ちつくしていた襟香の姿が重なる。

「残そう。水泳部」

　龍一の言葉に、敦子はゆっくりと頷いた。


　敦子の了解を取りつけた龍一が鼻歌交じりに家に帰ると、睦子がなにやら思い詰めた表情をしていた。

　又しても〝微妙〟の件かと早々に自室に逃げ込もうとしたが、「リュウ」と深刻な声音で呼びとめられた。

「なんだよ」

　仕方なく振り返った龍一の腕を、睦子はしっかりとつかんでくる。

「リュウ、私あんたのことなら、どんなことでも絶対受けとめてみせるからね」

「はぁ？」

　なんのことだかさっぱり分からなかったが、睦子は妙に真剣な表情をしていた。

「はいはい、そうですか」

　追及すると面倒なことになりそうなので、龍一は適当にあしらい、強くつかんでくる手を腕から外した。

　相変わらず意味不明な母親だぜ……。

　心に呟きながら居間に入ってテレビをつける。お笑いタレントたちが、有人とたいして変わらないセンスのギャグを連発しているのを見るともなしに眺め、ソファの上に座った。

まずは、いくつかの決め事をしなければいけない。

女子の更衣室は、時間差で使うようにする。他の女子の着替えが終わるまで、襟香は更衣室に入らない。逆も又然り。三中の水泳部員に、襟香が女子であることは話さない。

どれも「なぜだ」と追及されれば返答に困るようなものばかりだったが、後輩たちの信任が厚い敦子のフォローがあれば、きっと乗り切っていけるだろう。

これでやっと、一丸となって活動ができる。そのことが、ことのほか嬉しい。

あれ――？

胸の奥に微かな疑問が兆す。

自分が水泳を好きなのは、己の実力一個で勝負ができる、個人競技だったからではなかったか。

まあ、細かいことは気にすまい。

龍一は、ソファの上のクッションをぽんと叩いた。


梅雨晴れの放課後、ついに襟香が部活動に登場した。

銀色のスーツ水着を着用し、完全な少年体型でプールサイドに現れた襟香を見て眼を丸くしたのは、一年生の聖だけだった。

「なんや弘樹、お前正解や。雪村先輩、ほんまは男やったんやな」

有人はなんでもないようにそう言って、弘樹の腹をつっついた。弘樹はさもありなんと言った様子で鷹揚《おうよう》に頷いている。

麗美は最初、いつもどおりにぽやーんとしていたが、そのうち瞳を見開き、豊満な全身をわなわなと震わせ始めた。

「レミちゃん、どうしたの」

異変に気づいた敦子が声をかけると、それが引き金になったように麗美は大声をあげた。

「ユ……ユンロン大佐あぁああ！」

叫びながら突進し、驚いた襟香に身をかわされ、そのままベンチに激突する。

うわ、又泣く。

龍一は身構えたが、麗美はいつものようにぐずぐずと泣かなかった。くるりと襟香を振り返り、うっとりと頬を染める。

「本当に本当に、どこから見てもユンロン大佐」

言われてみれば、今の襟香は、麗美が最初に水泳部のポスターに描いた妙に艶めかしい半裸の男によく似ていた。

「ねえねえ、ユンロン大佐だよねぇ。すごーい、コスプレしてないのにユンロン大佐」

しつこく周囲に同意を求める麗美に、弘樹だけが真剣な表情でウンウンと頷いている。

襟香が困り果てた表情をしているので、龍一はなんだかおかしくなった。敦子も笑いをこらえている。

「よーし、まずはバタ足から！」

龍一が声をあげると、後輩たちはビート板を持って次々とプールの中に入っていった。

新しい〝仲間〟を迎え、心なしか全員の気合が違う。

窓から降り注ぐ梅雨の晴れ間の日差しを受け、波打つ水面がプリズムのように光の破片をきらきらと躍らせる。

本格的なプールの時間がやってきた。

15　変化

一次考査が終わると、蒸し暑い毎日が続いた。

校庭ではシーシーと初夏の蟬《せみ》が鳴き始めている。

水泳部の活動も、週二から週三へと変わった。月曜と金曜は三中のプールを借り、間の水曜に陸上トレーニングを行う。

襟香の男子部員扱いは、今では自然に受け入れられていた。初日に襟香が飛沫の立たない吸い込まれるような飛び込みと見事な四泳法を披露すると、不服そうだった聖もそうした態度は見せなくなった。実際黙って泳いでいれば、襟香は男子選手となに一つ変わらなかった。

襟香の件は落ちついたが、龍一にはもう一つのミッションがある。

リレーに出場するためには、あと二人の選手を育てなくてはならないのだ。

可能性があるのは有人とマトマイニだ。自分がクロール、襟香が平泳ぎ、有人がバタフライを泳ぐとなると、マトマイニには是非にも背泳ぎをマスターしてもらう必要がある。

「マトマイニ、とりあえず仰向けになって水に寝てみてくれないか」

その日、龍一はマトマイニを仰向けに浮かせるところから始めようとした。

ところが背泳のフォームをまったく知らないマトマイニは、背中から勢いよく水に倒れ込み、ごぼごぼと水中に沈んでいってしまった。

なんでいきなり沈むんだよ……。

苦労もなく泳げる龍一には、まずそこからが理解不能だった。

敦子は向こうのレーンを使って、麗美と莉子にビート板を使ったキック練習をさせている。

その隣のレーンでは、相変わらず有人が息継ぎのたびに足をつきながらバタフライを泳ぎ、一番端のレーンでは弘樹が水中歩行にいそしんでいる。なぜか聖は、もうプールサイドに上がっていた。

こちらもビート板かプルブイを使って、基礎練習から始めたほうがいいのだろうか。

もっとも龍一は、初心者向けの練習など、なにをどうすればよいのか分からなかった。元々、泳げない人間が水泳部に入ってくるべきではないと思っていたのだ。

水を飲んでゲホゲホと咳き込んでいるマトマイニを前に、龍一は思案に暮れる。

そのとき。

前方から、銀色の影がスーッと水底を滑ってきた。

「腹筋に力を入れるんだ」

澄《す》んだアルトの声が響く。

浮き立つように水面に現れた襟香は、両腕を真っ直ぐに伸ばし、頭上で両掌を重ねてみせた。

「やってみろ、腕で頭を挟むようにするんだ。そう、腕の位置は、耳の少し後ろくらいでいい。そのまま腹筋に力を入れて、ゆっくり水の上に寝てみろ」

言われるまま、マトマイニは恐る恐る体を倒す。

「そうだ、そして少しだけ腰を引け。真っ直ぐ寝たんじゃ沈む。腹に力を入れて、少しだけ体をくの字にするんだ」

「く、くとは、一体どの〝く〟ですか」

なにやら大混乱しているマトマイニに、襟香は空中に手文字で「く」と書いてみせた。

「よ……よかった。平仮名ですね？」

そりゃ当たり前だろう。

一体こいつはどうやって、漢字の苦だか句だか区を、体で表現しようとしてたんだ。

龍一は呆れたが、それ以上に驚いた。

これだけの会話の間、マトマイニはしっかり水の上に浮いていたのだ。

「あ、でも今度は足が沈んでいきます」

「いいんだ、それが自然だ。そこで、沈まないようにキックを入れろ」

「分かりました！」

マトマイニが、凄まじい勢いでキックを始める。噴水のような水飛沫が上がり、龍一と襟香は「うわ」と叫んで顔を覆った。

「力任せにキックするな。キックは力じゃないんだ」

マトマイニに一旦水から出るよう促し、襟香は自らもプールサイドに体を引き上げる。新しいスーツ水着で体の線を隠すようになってから、襟香は水から上がっても背筋を伸ばして堂々と立つようになった。もう、大きなバスタオルを全身に巻きつけたり、過剰な警戒心を張り巡らせたりすることはなくなった。

「サッカーのインステップキックは分かるか」

「ここでボールを蹴るのことですか？」

マトマイニが自分の足の甲を指差す。

「そう。そのとき足はどうなってる？」

襟香の言葉に、マトマイニは右脚を上げ、足の甲をすっと伸ばしてスイングさせた。

「そう！　それだ。それを水中でもやるんだ。力は必要ない。足の甲は伸ばしたまま、柔らかく、しならせるようにキックするんだ。お前ならできるはずだ」

次に水に入ると、マトマイニは見違えるようなキックを見せた。

「そうだ。つま先はもう少し内側に、キックの幅をもっと狭く……そう、うまい！」

仰向けでもすっかりバランスが取れるようになったマトマイニの口元に、生き生きとした笑みが浮かぶ。

「次はそれに腕をつけろ。右からでも左からでもいい。腕は少し外側に、小指から水に入れたら肘を柔らかく使って、掌で水をつかんで足のほうに向かって押すんだ。ただ回せばいいんじゃない、押すんだ」

その言葉に龍一はハッとした。

〝背泳ぎはね、ただ腕を回せばいいんじゃないよ。水を押すんだ……〟

一瞬、プールサイドに立つ襟香に、後輩を指導するタケルの幻影が重なった気がした。いつの間にか、敦子ら女子たちも練習をやめて、マトマイニの上達振りを感心したように眺めている。

「お前、凄いな」

再び水に入ってきた襟香に声をかけると、照れたように下を向いた。

「俺、小学校のとき、かなり本格的なコーチに個別指導を受けてたから。理論的なことを、ある程度は叩き込まれてるんだ……」

襟香は普段、部員の前では「私」と自称していたが、龍一と二人きりになると「俺」に戻ってしまう。心を許されているのだと考えれば、悪い気持ちはしない。

だが龍一にとって、それはやはりどこかギョッとさせられる響きを伴った。

マトマイニがぐんぐん進んでいくレーンの向こうでは、有人が足をつきつきバタフライで泳いでいる。

龍一は、もっと襟香の意見を聞いてみたくなった。

「じゃあ、三浦についてはどう思う？　フォームはそこそこ綺麗なのに、なんであいつは息継ぎができないんだ」

「他の泳ぎができても、バタフライの息継ぎができない人は結構多いよ。でも三浦は今は放っておいて大丈夫だ。バタフライの基本の頭から飛び込む動きができているし、足をついている時間も短くなってきてる。肩を持ち上げるタイミングで呼吸が終われるようになれば、後はつながる。要するにタイミングの問題だ。それを合わせるためには腹筋と背筋、心肺機能の向上だ。それがマトマイニのほうが圧倒的に強い。三浦はロードワークと筋トレを増やしたほうがいい」

「なるほど、あいつは陸《おか》トレを増やして、とりあえずここでは放っておいていいってことか」

龍一が頷くと、向こうサイドに辿り着いた有人がくるりと振り返る。

「なにが放っておいていいやねん。ちゃんと聞こえてんねんてぇ。俺は誉《ほ》められて伸びるタイプなんやから、ちゃんと誉めてなぁ」

今の段階で、どこをどう誉めろというのだろう。

「うるさい！　お前は学校に戻ったら、校庭十周だ」

「えー、なんでぇ？　今日陸トレの日やないやん。苛《いじ》めや苛めや、上野先輩のしごきやぁ！」

有人が駄々っ子のように水を叩いた。

先にゴールしていたマトマイニが、にこにこと笑いながら有人に声をかける。

「僕も走りますよ」

「私も走る」

襟香も手を挙げてみせた。

「えー、じゃあ、私も私もぉ」

女子のレーンから、麗美が興奮して身を乗り出してくる。

「皆で走るんだ。今日からプールトレーニングの後にもロードワークを取り入れる」

龍一が宣言すると、つい先程まで嫌がっていた有人がなぜか真っ先に「いよっしゃあっ」と声をあげた。

「ちぇ、なんだよ。いっぱしの〝部〟並みじゃん……」

一人だけさっさとプールサイドに上がって休憩していた聖が不服そうに呟く。目ざとく気づいた有人が、「ひじり、お前もやるんやで。大体もうバテるなんて、お前体力なさすぎや。お前は十五周やな」と指を差し、「だから、ひじりって呼ぶなぁ！」といつもの応酬が始まった。

「それと、陸トレの件だけど……」

二人の後輩の大騒ぎを後目《しりめ》に、襟香が龍一に近づく。

「俺は、チューブを取り入れるべきだと思う」

「チューブ？」

襟香はゆっくりと頷いた。

「水泳は力じゃない。大事なのはフォームとバランスだ。それを短期間で身につけるには、体幹《たいかん》を鍛《きた》えるのが一番なんだ。俺は、ほとんど毎日、背筋と腹筋をチューブで鍛えてる。やり方は簡単だし、チューブは百均《ひゃっきん》でも買える」

積極的な提案に、龍一は驚く。

最初は襟香のことを、「自分たちと同じ言語系統がない」とさえ思っていた。だがそれは、まったくの誤解だった。

襟香は今、その心を縛っていたものから、ほんの少しだけ解放されている。

がんじがらめに縛られていた心には、自分たちと同じ、否、それ以上に熱い血潮《ちしお》が通っていた。

龍一が頷くと、襟香はほんの少しだけ口元をほころばせた。

「よし、やろう」

職員室に入るのは、毎度気が重い。しかも話をするのが、あの柳田となると、重力は一気に倍増する。

龍一は覚悟を決めて、扉を勢いよくあけた。

「柳田先生！」

奥の席でパソコンの画面を睨みつけていた柳田は、龍一の姿を見ると露骨《ろこつ》に眉を寄せた。その態度に一瞬怯んだが、思い切って用件を口にする。

「先生。部費をいただきたいんですが」

「部費ぃ？」

柳田はことさらに語尾を上げた。

「はい。大会に向けて、陸トレに、チューブトレーニングを取り入れようと思います」

「大会ねぇ……」

皮肉な口調でそう言うと、柳田は龍一に向き直る。

「この間の模擬試合、あのざまは一体なんだ。わざわざ他校のプールを借りて活動するっていうのに、あれじゃうちの学校の面汚しだ。あんな状態で、お前は本気で大会に出場するつもりか」

「そのためにも、強化訓練が必要になると思っています」

「訓練ねぇ……」

　さもどうでもよいように、柳田はそっぽを向いた。

「まぁ、いい。それでそのチューブっていうのは、一体いくらぐらいするものだ？」

「百均でも買えるそうです」

「ヒャッキン……？　ああ、百円均一か」

　柳田はおもむろに首を横に振る。

「買うなら、ちゃんとしたスポーツ用品店で買え。保証のないものを使って怪我でもされたりしたら、後々面倒だからな。まず値段《ねだん》を調べて申請書を出せ」

　そう言うと、柳田は高圧的な眼差しで龍一を見た。

「だがな、上野。もし弓が丘杯で本当にリレー優勝できなかったら、水泳部は即刻廃部にするぞ」

「廃部？」

「当たり前だ。あんな状態の部員しか集められない水泳部じゃ、活動しても意味はない。三中にも迷惑だ」

　皮肉な口調で柳田は続ける。

「だがな、約束だけは守ってやる。お前の都大会申請は通す。まぁ、今年出場するのは結局お前一人だけどな。いいか、俺は約束を守ったぞ。だから次は、お前が約束を守るんだ」

「分かりました」

　踵を返しかけた耳に、捨て台詞が響く。

「もっともお前は自分が都大会に出られさえすれば、後は水泳部が廃部になったところで、どうでもいいのかもしれんがな」

無言で頭を下げると、龍一は職員室を後にした。


後日、龍一は襟香と敦子とともにスポーツ用品店にいき、販売員の説明と襟香のアドバイスを元に、一番一般的な硬度といわれる赤色のトレーニングチューブを購入した。

体育館に人数分のトレーニングチューブを持っていくと、後輩たちは眼を輝かせた。

「なんやこれ、縄跳《なわと》びかいな?」

「僕知ってます。これ、陸上でも使いますよ」

マトマイニはチューブの真ん中を両足で踏み、リズムをつけてスクワットを始めた。

龍一と襟香も前に立って、見本を示す。

動作はそれほど難しくない。基本、足で踏んで負荷をつけたチューブを、両手で前後左右に引っぱるだけだ。二十回をワンセットに数回繰り返し、応用で椅子に座ったまま行うレッグプレスも追加した。最後に、マトマイニがやってみせたスクワットを二十回。

造作もないことのように思われた。

「楽勝やで!」

有人が叫び、小柄な莉子も、体力の劣っている麗美も弘樹も聖も余裕の表情を浮かべていた。

ところが。

翌日、ほとんどの部員が倒れた。

普段鍛えている龍一ですら、体のあちこちに痛みを覚えたのだ。部室にいってみると、有人が爺さんのように傘で杖をつきながら現れ、「立ってられまへんがな」と訴《うった》えてきた。麗美と聖が死んだように机の上に突っ伏し、弘樹に至っては白目をむいている。敦子も心なしか青い顔をしていた。

これがチューブトレーニングの本当の威力であり、恐ろしさでもあった。

「大丈夫、続けていけばすぐに慣れる」

悶《もだ》え苦しむ部員たちを前に、襟香とマトマイニだけがへっちゃらな顔をしている。

「ほんまかいな、俺、このまま死ぬんとちゃうやろか？　あー、儚《はかな》い人生やった……」

大げさに嘆いている有人に龍一は告げた。

「死ぬなら、大会に出てからにしろ」

「大会？　学区域戦のことでっか」

「もちろん、学区域戦もある。でもその後に、弓が丘杯がある」

「弓が丘杯……」

龍一の言葉に、突っ伏していた麗美や弘樹も顔を上げる。

「今、水泳部には俺たちしかいないんだ。だから、今いる全員に、代表選手になってもらう」

後輩たちの瞳に力がこもった。

その眼差しを見て、なぜこの二年生たちが逆風の中、水泳部への残留を選んだのか、龍一はわずかながら分かった気がした。

今なら告げても大丈夫だ。

「柳田は、水泳部を廃部にしようとしている」

部室内が水を打ったようにシンとする。

「でも、諦めるのはまだ早い。皆には、これからの学区域戦で実績を積み、弓が丘杯出場を目指してもらう。弓が丘杯リレー戦での優勝が水泳部存続の鍵《かぎ》だ。昨年と同じようにリレー戦で優勝し、今いる一人一人が実績を残せば、廃部は確実に阻止できる」

龍一は力強く言い切ったが、相変わらず部室内は静まり返っていた。

敦子が心配そうにこちらを見る。

「リレー戦でぇ……、優勝するのぉ……？　誰がぁ……？」

やがて、心細げな麗美の声が響いた。

「お、俺はやだ。絶対無理！」

部屋の隅で、聖が怯え切ったように首を振る。

「なんでや。まだ負けると決まった訳やないで。弓が丘杯まで一ヶ月もあるやん」

「嫌だ、嫌だ、絶対に嫌だ。そんなこと強要されるなら、今すぐ部活やめる」

有人がとりなしても、聖は頑なに首を振り続けた。

「努力すりゃなんでもかなうなんてのは、大嘘《おおうそ》だ。そういう嘘を振りかざして、できない人間を追い詰めるのがどんなに残酷なことか、お前みたいな天然バカに分かるもんか！」

悲痛な叫びに、再び部室が静かになる。

すると。

「大丈夫です」

マトマイニの真っ直ぐな声が響いた。

「ヒジリさんが心配しなくても、大丈夫です。リレーは僕たちが出ます」

ゆっくり頷きながら、マトマイニが順番に顔を見回す。

「僕と、アリト先輩と、ウエノ先輩と……それからユキムラ先輩が、リレー泳ぎます」

マトマイニが自分と同じことを考えついたことに、龍一は驚いた。

聖は一瞬ホッとした表情を浮かべたが、すぐに「え、え、えー？」と声を上ずらせる。

「なに、言ってんの？　第一、この人、本当は男じゃない……」

聖の指先が襟香に向けられそうになったとき――。

「そぉっかー！」

いきなり麗美が大声をあげて掌を打ち鳴らした。

「そぉうだよねー、今あたしたち、ユンロン大佐がいるんだもんねぇー。だったら、ぜぇったい、ぜぇったい、地球人なんかに負けっこないよねぇー」

先刻の不安げな様子をさっぱりと拭い去り、麗美は満面の笑みを浮かべる。

「はぁあああ？」

襟香に向けかけていた指を麗美に当てて、聖が奇声をあげた。

「この人、ちょっとおかしいんじゃ……」

言いかけた途端、背後から迫ってきていた弘樹に口を塞がれる。

「もちろん、リレーだけじゃないぞ。東山も宇崎も、他の皆も、全員、レースに出るんだ」

「ユンロン大佐が出るなら、あたしも出るぅ」

龍一の言葉に、麗美がぽっと頬を染めた。

聖はなにかを反論しかけていたが、弘樹に口を塞がれているので「んごごむがが」としか聞えなかった。

「大丈夫だ」

襟香がポツリと呟く。

「大丈夫。皆、選手になれる」

有人が傘を投げ出し、弘樹と麗美に目配せした。

「いいいいよっしゃあぁあああ！」

後輩たちが声を合わせて拳を突き上げ、けれどすぐに脇腹を抱えて「いたたたたた……」とうずくまる。

そのとき。

「まぁ、当然といえば当然ですね。せっかく入った部活ですからねぇ……。そう簡単に潰れてもらっちゃ困りますよ……」

どこからともなく地を這うような声が響く。

全員がギョッとして振り返ると、莉子がほとんど壁と同化して立っていた。

「うわ、小松！　お前、今までどこにおったん？」

「最初からずっと皆さんと一緒にいましたけど、なにか……」

「お前ほんまに存在感ないなぁ」

「それも私の数ある特技のうちの一つですが、なにか問題でも……」

有人と莉子のやりとりに敦子が噴き出す。

笑いがさざ波のように、部室内を満たしていった。

「ねー、マジ？　皆、マジ？　だって、ありえないでしょ？」

ようやく弘樹から解放された聖が騒ぎ始めたが、

「じゃ、お前がリレーに出るんか」

と有人に凄まれると、渋々黙り込んだ。

問題は山積みだ――。

龍一は、敦子と襟香の顔を見る。

だけど自分たちは変わらなくてはならない。

「勝とう。弓が丘杯」

龍一の言葉に、敦子も襟香もしっかりと頷いた。

16　鳴けない蟬

今年の夏は暑い。

プール練習日も昼間の気温は三十五度近くまで上がり、表では初夏の蟬たちがシーシーと鳴いていた。

ちょうど龍一たちは反復練習に入り、弘樹を除いた全員がノンストップでクロールを泳ぎ始めたところだった。

「おい、お前ら！　やめろ、やめろ！」

白衣姿の柳田がシャワー室の横を通り抜け、あたふたとプールサイドに駆け込んできた。

「おい、上野、やめろと言ってるんだ！」

柳田の大声がプールサイドに響き渡る。

気づいた龍一は、「とまれ、とまれー！」と、手を振って後輩たちを押し留めた。

プールサイドに立つ柳田の険しい表情に、嫌な予感が胸をよぎる。

普段練習を見にもこない顧問が現れるのは、大抵ろくな場合ではない。

「上野、それから雪村はいるか」

襟香の姿を見つけると、柳田は絶句した。

「雪村……、お前、一体、なんて格好してるんだ」

完全に男子化している襟香のスイムスーツ姿に、心底面食らっているようだった。唖然としていた柳田の表情に、やがて明らかな不快感が浮かび上がる。

「二人とも、さっさとプールから上がれ！」

龍一と襟香は一瞬顔を見合わせたが、命令に従わない訳にはいかなかった。

ロッカールームの前までくると、そこが男子用であることに、柳田はちらりと襟香の顔に視線を走らせた。

「まあ、上野が女子更衣室に入るよりはいいだろう」

言い訳めいた呟きをこぼし、扉をあける。

「お前ら、ふざけるのもたいがいにしろ」

ベンチにどっかりと腰を下ろすと、柳田は学区域戦の参加申込用紙を突きつけてきた。

ちぇ、しっかり読んでいやがったか――。

龍一は、内心舌打ちする。

襟香の男子選手登録がばれたのだ。

参加申込用紙の男子選手欄《らん》に、龍一は襟香の名前を書き込んだ。下の名前はシャールの本名を借りて、「雪村清澄《きよずみ》」にしておいた。

「上野、お前も随分と苦肉の策に出たもんだな。リレーで大会に出てみせると啖呵を切っておいて、結局はこんな無理矢理な方法か。所詮お前に、運動部の主将なんてのは……」

柳田が眼を据わらせて龍一を詰り始めたとき。

「違います」

じっと黙っていた襟香がそれを遮った。小さいけれど、しっかりした声だった。

「男子選手の登録は、私の希望です」

不審げに見返す柳田を、襟香は正面から見つめる。

「雪村……」

柳田が、ゆっくりと口を開いた。

「実を言うと君については、担任の桜井先生から何度か相談を受けたことがある。体育のときに他の女子と一緒に着替えるのを拒《こば》んだり、弁当もいつも一人で食べたりで、誰とも交流を持とうとしないそうだな。そして今は、そんな男のような格好をして喜んでいるという訳か。なぜかな？」

襟香は答えなかった。

「君が普通に、クラスの女子と交流できない理由はなんなのかな」

柳田が畳み掛けてくる。

「先生」

龍一は苛立った声をあげた。

「そんなこと、今は関係ないでしょう。それにこれまでずっと放任してたんだ。最後まで俺たちの好きなようにやらせてくださいよ。問題が起きないようにしますから」

「冗談じゃない。女子にこんな水着を着せて男子として泳がせて、それが明るみになったときに問題視されないとでも思ってるのか」

「俺も雪村もこれで卒業です。今回だけ眼をつぶってください」

「いいや、無理だ。なんと言われようと、こんなバカげたことは認められん」

その言葉に、襟香が両拳を固く握りしめる。

「バカなことだとは、思っていません」

襟香の思い詰めた様子に、柳田が改めて向き直った。

「それじゃあな、雪村君……。親御《おやご》さんの了承を取ってこい」

瞬間、襟香がギクリと動きをとめた。

「どういうことですか」

龍一が嚙みつく。

卑怯者。どこまでも逃げ道を作ろうとする、責任逃れの卑怯者——！

それでも大人たちの許可を得ないとなにもできない自分たちの無力さに、龍一は歯嚙みした。

「俺はこんなことの責任は負えん。どうしてもやりたいなら、まずは親御さんの了承を取ってこい」

柳田が開き直ったように繰り返す。

なにか言い返そうと勢い込み、しかし襟香の顔色に気づいて龍一は口を閉じた。ただでさえ白いその顔が、血の気を失い蒼白になっている。

「いいな、上野。お前も主将を引き受けたのなら、もう少し物事をきちんと考えろ」

柳田がベンチから重たい腰を上げた。

「それから少しは受験対策もしてくれ。一次考査が終わったからといって、部活三昧《ざんまい》になっていていいのは、下級生だけだぞ。三年は夏期講習もあるだろうが。二人とも、自分たちが受験生だってことを忘れるんじゃない」

言いたいことだけを告げると、柳田はサンダルを引きずってロッカールームから出ていった。

「あのクソオヤジ……」

姿が見えなくなるのを待ち、龍一は忌々しげに呟いた。

壁にもたれた襟香は、青い顔をしている。

「おい、お前大丈夫？」

あまりの意気消沈ぶりに、龍一は心配になった。襟香はしばらく黙って壁にもたれていたが、やがて苦しそうに顔を上げる。

「ごめん、上野」

いきなり謝られて、龍一は驚いた。

「なに謝ってるんだよ。雪村が謝ることなんて、一つもないよ。それに親の許可なんて、そんなもの捏造《ねつぞう》すりゃ、いくらでも……」

「無理だ」

龍一の言葉を、襟香は遮る。

「ごめん上野。俺、やっぱり無理だった」

苦しげに呟き、襟香は足早にロッカールームを出ていった。


翌日から、襟香は部活にこなくなった。

元々教室では、龍一と襟香は敢えて話をしない。だが、今では視線すら合わせることがなく、授業が終わると、襟香はあっという間に教室を出ていってしまう。

こうも避けられると、龍一も声のかけようがなかった。

「ユンロン大佐はぁ?」

部活で麗美に問われるたび、龍一と敦子は無言で顔を見合わせた。

もう、チューブトレーニングの後、筋肉痛で倒れる部員は一人もいない。マトマイニも、背泳のフォームをほぼマスターしていた。

それでも襟香がいないと、全員の意気が揚《あ》がらなかった。

土曜日の午後。

襟香は自分の部屋で本を読んでいた。

部活へいかなくなってから十日が過ぎた。

再びいくこともないだろう。そう考えると日課の筋トレをする気にもなれない。

なぜだろう。

以前と同じに戻っただけなのに。どうしてこんなにやる気が起きないのだろう。

何度も同じところばかりを読み返していることに気づき、襟香は本を閉じる。

面白い本のはずなのに、ちっとも内容が頭に入ってこない。

襟香は机を離れ、ベッドの上にごろりと横になった。

窓の外からは、盛大な蟬の声が聞こえてくる。

蟬は長い間を地中で過ごし、ようやく青空の下に出てきたら、わずか一週間程度で死んでしまう。だからこれは命の歌だ、絶唱だ。

だけどやっと外に出て「さあ歌うぞ」と蛹《さなぎ》を破ってみたら、蝶の羽が出てきた。

蝶の羽では歌えない。いくら他人が綺麗だと誉めそやしたって、蟬にとって歌えない羽は意味がない。

そんな蟬は、一体どうすればいいのだろう。

〝蝶として生きていけばいいじゃない〟

どこかから優し気な声が響き、襟香は耳を塞ぐ。

そのとき、部屋のドアがノックされた。

「エリちゃん」

優しげな声――。母の洋子《ようこ》だ。

襟香はのろのろとベッドの上に起き上がった。

「どうしたの。どこか、調子がよくないの？」

部屋に入ってきた母は、心配そうに襟香の様子を眺める。

「いや……。大丈夫」

「このごろ部活いかないのね」

襟香が部活を始めると告げたとき、洋子はことのほか喜んだ。

自分が〝人並み〟なことをすれば母親が喜ぶことを、襟香は知っていた。幼少の頃から、自分が〝人並み〟でありさえすれば、必要以上のものまで与えようとする両親だった。

「型崩れをすると困る」という理由で、いつも自分で洗濯《せんたく》し、この部屋で陰干しをしていた銀色の水着を、襟香は収納ボックスの奥深くにしまい込んでいる。

母のことは決して嫌いではない。けれど襟香は、いつも洋子に隠し事をしていた。

その母も、自分に内緒で学校の先生や教育の専門家に色々と相談していることを、襟香は薄々知っていた。

ほんの少し力を入れて触れただけで、粉々に崩れてしまう蝶の羽。

自分と母親の関係も、そんなものなのかもしれない。

「部活でなにか嫌なことでもあったの？」

「いや、なにもない」

「部活で仲よくなったのは誰だっけ。ほら、同じクラスの子に誘われたんでしょう？」

洋子が自分の交友関係を探ろうとしていることに、襟香はだんだん疲れてきた。

「お母さん、私、ちょっと出かけてくる」

「え、どこにいくの？」

「友達のところ。友達に本返しにいく」

「友達って……」

その先を、洋子はなんとか吞み込んだようだった。

襟香は立ち上がり、「着替えるから」と言い訳して、洋子に部屋を出てもらった。

引き出しをあけ、できるだけ地味な色のシャツを選ぶ。カーキ色の丸首のシャツに白のジーンズ。両方とも、無理を言って自分で選んだものだった。

〝エリちゃんはせっかく可愛いんだから、もっと女の子らしい服を着なさいよ〟

洋子はそう言って買うのを渋った。

でも。自分は蝶の羽はいらない。

ただそれを周囲に認めてもらうために、なにをすればいいのか。

襟香は深く息を吐いた。

新しい週がきても、襟香はやはり部活に現れなかった。

午後から雨が本降りになったので、龍一はその日、プール練習後のロードワークを中止にした。

ビニール傘を広げて歩きながら、龍一は駅前に向かう。

やはり最後の頼みの綱《つな》は――。

雨に混じり、エキゾチックなお香の匂いが漂ってくる。雨用の大きな庇《ひさし》の下には、今日も色とりどりのドレスやハイヒールが並んでいた。

「シャールさん!」

龍一はためらいを捨て、勢いよく店の中に突き進んだ。

だが、店内に大柄なシャールの姿は見えなかった。代わりに、水色の制服と制帽をかぶった青年が、カウンターのスツールに腰掛けている。

あれ、お客さんかな……?

戸惑っていると、青年が帽子を取った。

「はあい、リュウ!」

見慣れた角刈り頭が現れ、龍一は仰天する。

「ジャ……ジャダさん?」

「そうよー、今は世を忍ぶ仮の姿の黒光大輔《くろみつだいすけ》だけどねー」

ジャダは角刈り頭を撫で回してみせた。

「本当は、『だいすけ』さんって言うんですか」

なかなか男らしい本名に、龍一は笑いを嚙み殺す。

「やあねぇ、本当はジャダに決まってるでしょ。オネエさんがつけてくれたこの名前、あたしすごく気に入ってるの」

「今日はもう仕事終わったんですか」

「ううん、今休憩中。この時間にやっとお昼なの。でも外食は高いし、コンビニ弁当は美容によくないしー」

ジャダの声をかき消すように、カウンターの奥のカーテンをはらい、シャールが現れた。

「だからって毎日のようにうちの賄《まかな》いを食べにきてんじゃないわよ、このサボリ坊主。駐禁で車もってかれても知らないわよ」

「サボってませんー、休憩中ですー。それに配送中の札かけてきたから、車だって大丈夫ですー」

口を尖らせて反論するジャダの前に、シャールが皿を置く。

「きゃあ、オネエさんの絶品ナシゴレン、しかもプルプル目玉焼き付き！」

途端に、ジャダは両手を頰の横に組んで、少女のようにはしゃいだ。

「まったく……。うちは飲食店じゃないっつーの」

溜め息をつきつつ、シャールも満更でもない様子だった。

「どう？　少年、あんたも食べる？」

「いや、俺、弁当食ってきたんで」

　一応は遠慮する。

「えー、あんたバカじゃなぁい。あんたぐらいの歳なら日に六食ぐらいは楽勝でしょう？　オネエさんのナシゴレン食べないなんて頭おかしいんじゃないのぉ？」

　だがジャダに散々騒がれ、結局龍一もお相伴《しょうばん》に与ることにした。

　色々な穀物《こくもつ》の入ったスパイシーな焼き飯はなるほど美味しい。夢中になってかき込んでいると、シャールがいつものお茶を淹れてくれた。

「そろそろあんたがくるんじゃないかなって、思ってたところよ」

　龍一は匙《さじ》をとめた。

「雪村……やっぱりここにきてますか」

　シャールが黙って頷き、代わりにジャダが喋り始める。

「どうしちゃったの、彼？　あたしも何度かすれ違ったけど、凄い元気ないのよ。前以上に沈んじゃってる感じ。水着は問題なかったんでしょう？　この間なんて部活いかないのーって聞いたら、丸無視されちゃったわよぉ」

「部活でなにかあったの？」

　シャールにも促され、龍一は顧問との顛末を二人に話した。

「なにそれ、ひっどーい！」

　途端にジャダが匙を振り回して憤慨する。

「肉親の問題を持ち出すなんて、酷いわよ。それってあたしたちにとっては一番のタブーなんだからね。あたし、なにが嫌って、お母ちゃんに〝あんたを女に産んであげられなくてごめん〟って泣かれるのが一番嫌。そんなこと言われると、こっちが死にたくなっちゃうのよ……！」

興奮して話しているうちにつらくなったのか、ジャダの声が涙声に変わった。

「大丈夫よ、ジャダ。あんたはちゃんと仮の姿のほうとだって、そうやって折り合いつけているじゃない」

「そうね」

シャールに背中をさすられ、ジャダは涙を拭う。

「でも、なんなのよ、その顧問。その先公、なんて名前？　断固抗議メール出してやるわ！」

「柳田」

息巻くジャダを宥めかけていたシャールが、龍一の呟きを聞いた瞬間、ぴくりとした。

「柳田……？」

シャールが龍一を見返す。

「柳田って、もしかして、柳田敏《さとし》のことかしら」

いつになく重々しい声で聞かれ、龍一は戸惑う。

「下の名前まではよく覚えていないけど、そんなふうだった気もする」

「オネエさん、もしかして知ってる人なの？」

「えっ」

驚いて身を乗り出すと、シャールはじっと腕を組んだ。

随分長い間、眼をつぶって沈黙し、シャールはハーッと大きな溜め息をついた。

「あんたたちの学校が、あたしの母校だってことは前に言ったでしょ。そう……。彼が母校の教師になったって話は随分前に聞いてたけど、まさか水泳部の顧問だったとはね」

言わんとすることが分からず、龍一はジャダと顔を見合わせる。

「いいわ」

シャールが眼をあけた。

「ジャダ、あんた今週の金曜、配送はお休みだったわよね。午後から店番頼めるかしら」

「も……もちろん」

ジャダが戸惑うように頷く。

「じゃあ、お願いね」

次にシャールは龍一を見た。

「今週の金曜の放課後、柳田先生を部室に呼び出してちょうだい。話は全部その後よ。分かったわね」

シャールの重々しい様子に気圧されて、龍一は微かに頷くことしかできなかった。

降りしきる雨の中、襟香は赤い傘をさして校庭の裏をぶらぶらと歩いていた。

早く家に帰るのは嫌だったが、シャールの店へ寄る口実も尽きていた。

図書室へいこうと思いついたとき、マトマイニが傘もささずに歩いてくるのが眼に入る。

「探しました」

率直《そっちょく》な物言いに、襟香は少しだけ呆気にとられた。

あちこちを探し回っていたらしく、コイルのように縮れた巻き毛から雨の雫がぽとぽとと落ちている。

襟香は無言でマトマイニの上に傘をさしかけた。

「あそこで雨よけしましょう」

マトマイニに促され、木造校舎の裏口に向けて歩き出す。

「ここなら、屋根があるから雨がありません」

大きく突き出した庇の下に、二人で腰を下ろした。植え込みが目隠しになった裏口は、人目につくこともない。

隠れ家のような場所に、ホッとする自分を感じて襟香は可笑《おか》しくなった。

自分はいつも、隠れることばかり考えている。

そこには微かに苦い自嘲があった。

「今日、部活は？」

「プール練習は終わりました。雨が降ったから、ジョギングは中止です。日本、本当によく雨が降ります。びっくりです。これではプールに水があるのも不思議ではありません」

「ケニアのプールには水がないのか？」

「はい、プールの設備あっても、水が入っていることはあまりありません」

真っ直ぐな声で答えられ、襟香はたじろぐ。

「でも、地平線がありますよ」

マトマイニは、いつもの混じりけのない笑顔を見せた。

「ナイロビは、街ですけど。建物も車も一杯で空も汚いですけど、少し離れると、公園があります。公園には動物が一杯いて、それから地平線があります。そこにいくと、どこにいても真っ赤な夕日が見られます。地平線に沈む夕日です」

「すごいな」

「はい。日本にはたくさんの便利があります。水や電気はその代表と思います。その代わり、ケニアには地平線と夕日があります。たくさんの動物もいます。僕はどちらも大切と思います」

襟香は黙って頷く。

「でも……」

マトマイニは急に悲しそうな顔になり俯いた。

「お父さんは、日本だけがいい国と言います。日本は世界で一番安全で便利な国、だから……、僕に大人しく走れと言います」

「走れ?」

「そうです。走って学校のために記録を作れば、日本にいられる。……僕のお父さんは、昔交換留学で日本にきて、たくさん走ってたくさん記録を作りました。僕は、小さいときからお父さんに日本語教えられて、日本で走るように言われてきました。それが嫌な訳ではありません。お父さんが仕事で又日本にくることになって、僕を一緒に連れてきてくれたことは本当に嬉しいです。僕の国には、勉強したくてもできない人たちが一杯います。日本にまできて勉強できる僕は、本当に幸福です。それはよく分かっています。だけど……」

黙り込んでしまったマトマイニに、襟香はそっと声をかける。

「ケニアに帰りたい？」

マトマイニは細い首を垂れた。

「お母さんに会いたい……」

聞き取れないほど小さな声だった。

「お父さんの言うことは絶対です。でも僕知っています。お父さん、日本に女の人がいます……」

襟香は答えることができなかった。

戸惑う表情を見て、マトマイニは少しだけ笑ってみせる。

「アフリカではときどきあることです。お金のある人は奥さんがたくさんいます。ただ……、その日本の女の人は、僕のことを邪魔に思っています。そこがアフリカとは全然違います」

「マトマイニ……」

「平気です。僕、日本でもう少し勉強したら、自分でお金をためて、ケニアに帰ります。お父さんは許さないかもしれないけれど、きっとできると思います。そのときはお母さんにたくさんのお土産《みやげ》を買っていきます」

「マトマイニは、お母さんが好きなんだな」

「はい、お母さんが焼くチャパティーは世界で一番美味しいんです」

マトマイニはどこまでも率直だった。大きく澄んだ瞳を見つめながら、襟香はぼんやりと自分の母を思う。

母は常に、不安そうな眼差しで自分を見ていた。

どうして嫌なの?

どうして、どうして?

幼少期から繰り返された押し問答。

髪の長いお人形、果物や花の形のブローチ、レースのリボン……。

母が差し出してくるものは、どれもこれも気に入らなかった。

エリちゃんは可愛いのに。

その母の口癖《くちぐせ》も嫌だった。

「この子は、女の子らしいものには興味がないんだよ」

そう言って、父がミニカーを買ってきてくれたときは本当に嬉しかった。

だがそのことが、子供心に忘れられないほどの両親の口論につながった。

あなたがそんなふうに甘やかすから、この子がどんどんおかしな方向にいってしまう。

学校の先生からも言われているの。この子は男の子とばかり遊んで、ちっとも女の子と遊ばない。女の子のお友達がいないなんて、おかしいと思わないの?

母の険しい表情が、今も目蓋の裏に焼きついている。

それでも、やっぱり耐えられなくなった。

赤いランドセルを公園に投げ捨てて帰宅したとき、襟香は生まれて初めて母親から平手打ちにされた。ショックのあまり立ちすくんでいる自分の前で、大声で泣き出したのは母親のほうだった。

以来、襟香はずっと努めている。母を悲しませないように。

自分のために、両親が口論しないように。

だから、毎日プリーツスカートをはき、胸にリボンを結び、女子制服に身を包む。

「でも……日本にいる間は、思い切り泳ぎたい」

マトマイニの言葉に、襟香は我に返った。

「僕、泳ぐの好きです。水、好きです。でもあなたのおかげで、もっともっと好きになりました。あなたが教えてくれたから、僕、今自由に進めます。本当に、自由になった気がします」

マトマイニが、明るい眼差しで襟香を見る。

それは、とてもよく分かる。

水の中で重力から解放されると、体だけでなく、心も軽くなる。

幼いときに習い事の中から水泳を選んだのは、母が習わせたがっていたバレエやピアノから逃げるためだった。だが、いざ水の上に体を浮かばせてみると、その解放感に襟香は夢中になった。変わり者の娘が鬱々とふさぎこんでいるより、なにかに熱中していたほうが安心だったらしく、両親は幼い襟香に専属のコーチまでつけた。

そこで叩き込まれたフォームは、襟香を益々自由にしてくれた。

泳ぐという行為は、人間が体感できる中で、最も飛ぶ感覚に近いものを与えてくれるのかもしれない。

一番得意なブレストを泳いでいるとき、襟香はそれを強く感じた。勢いよく水をかき、水流に体を任せると、陽光がゆらゆらと揺らめく青い水の中に、そのまま吸い込まれていきそうになる。

そんなとき、襟香は自分が蒼天を滑空する軽やかな燕《つばめ》になったような気がした。

もっともその熱中は、第二次性徴が表れ、男女が別々に着替えさせられるようになったところで一旦途切れた。

しかし後にシャールに出会い、「本当の自分を取り戻したければ、体と精神を鍛えろ」と諭されたとき、襟香が選んだのはやっぱり水泳だった。

人の少ない日曜日の早朝のプールで、毎週三キロ泳ぐことを自分に課した。

無心に泳いでいると、再び翼《つばさ》を手に入れたような気分になった。泳いでいる間だけは、なにもかもを忘れることができた。

そして。

そこで、上野龍一と出会ったのだ。

もし彼と出会わなければ、部活に入ることなど到底ありえなかったろう。黒人の少年に泳ぎ方を教えることも。

彼の国では、プールに回す水の余裕がないと知ることも——。

そのときふいに、〝選べない〟のは自分だけではないのかもしれないという思いが閃いて、襟香はハッとした。

「こんな贅沢、ケニアに帰ったらもうできません。だから」

マトマイニが襟香に手を差し出す。

襟香がつられて手を出すと、マトマイニはそっとつかんで優しく上下に振った。それは相手への敬意を示す、ケニアの正式な挨拶の仕方だった。

「又、部活にきてください。今のうちに、僕にもっと泳ぎ方を教えてください。あなたの泳ぎ、とても綺麗。まるで銀色のサマキのようです」

「サマキ……？」

「お魚のことです」

手を離した途端、軒下《のきした》に隠れていた雀《すずめ》がチチッと高くさえずり、勢いよく表へ飛び出していった。

空が随分明るくなっている。もうすぐ雨がやむのだろう。

雀のさえずりと共に、いつしか蟬の合唱が始まっていた。

17　再会

金曜の放課後。

紙袋を抱えたシャールが一中の校門に現れた。

「柳田先生と水泳部のことで面会を」

警備室の職員に、にこやかに申し出る。

「お約束は？」

「放課後、部室でと承っております。実は私、この学校の卒業生なんです。水泳部の部室は旧校舎でしたよね。あの校舎は私の時代にもあったので、とても懐《なつ》かしいです」

「へえ、そうだったんですか」

若い職員は疑う様子もなく、シャールを通してくれた。

シャールは真っ直ぐに旧校舎に向かい、下駄箱《げたばこ》で来賓《らいひん》用のスリッパに履き替えた。身長百八十を超えるシャールが歩くと、板張りの廊下はぎしぎしと盛大な音をたてる。踏み抜くことがないよう、慎重《しんちょう》に歩かなければならなかった。

にぎやかな歌が聞こえてくる。

舌足らずな幼女声が繰り返す奇妙な歌が流れる一角に、敦子の姿が見えた。敦子は突然やってきたシャールの姿を、不思議そうに見返している。

小さく手を振れば、訝《いぶか》しげに眉を寄せた。

「ちょっとぉ、あたしよあたしぃ」

それでも敦子は眼鏡の奥の眼を大きく見張っている。

「もう、覚えてないのぉ、眼鏡っ子！」

「シャールさん？」

しなを作ってみせると、敦子はようやく驚きの声をあげた。

「やあねぇ、そんなにいつもと違うかしら」

「全然違いますよ！　誰かと思いましたよ」

今日のシャールは短い髪を七三に分け、夏用のスーツを着ていた。もちろん化粧はしていない。

「一体、どうしたんですか」

「ちょっとね、柳田先生とお話があってきたの」

「先生と？」

「そうよ。悪い話じゃないから、安心してね」

頭をぶつけないよう、背をかがめて部室に入る。

部室内には、部員らしい子供たちがいた。全員が、大男の突然の登場に、眼を丸くしている。

シャールは構わず窓際の席に腰を下ろし、紙袋からおもむろにスタンドミラーを取り出して机の上に置いた。細々とした化粧品を並べ、鏡を覗き込みながらファウンデーションを塗りつける。

太いアイラインを描き始めたところで、ついに小柄な少年がこらえきれなくなったように大声をあげた。

「オ……オカマや！」

「あらぁ、坊や。オカマだなんて、品のない口をきくのはおよしなさい。あたしはね、ＴＰＯをわきまえた品格のあるドラァグクイーンなのよ」

「ド、ドラッグストアー？」

「まぁ、面白い子ねぇ」

眼を皿のようにして固まっている有人に、シャールは穏やかに笑いかける。

「あ、あのう……。それはどこの部族の盛装ですか」

鳥の羽のような付け睫毛を装着していると、今度は黒人の少年が怖々と声をかけてきた。

「あら、あなた、お国はどちら？」

「ケニアです」

「まあ、アフリカ。日本語上手ねぇ。そうね……しいて言えば、誇り高きマサイ族ってところかしら」

「マサイ族、実は商売上手です。皆、ロレックスの腕時計してます」

「あらまぁ、なんか夢が壊れる世の中ねぇ」

仕上げに真っ赤な口紅《くちべに》をしっかりと塗り込み、ワイシャツの上から虹色のパシュミナショールを羽織って、にんまりと笑ってみせる。

ものの十分ほどで、先刻までのサラリーマン風の男とはまるで別人のド派手なドラァグクイーンが鏡の中に出現した。

「ほえー」

「す、すごいです……」

「なんかぁ、アブドラ伯爵のコスプレみたぁい」

見事なまでの変身振りに、その場にいた少年少女が口々に感嘆の声をあげる。

「あたしはシャールよ。皆さんのお名前は？」

「はいっ！　三浦有人でっす」

真っ先に手を上げた小柄な少年に続き、黒人の少年、おっとりした女の子、恰幅の良い少年がそれぞれに名乗った。

「有人君に、マトマイニ君に、麗美ちゃんに、弘樹君ね」

一人一人確認していると、引き戸がガタガタと音を立てる。

部室に入ってきたのは、龍一と柳田だ。部員に囲まれて窓際の席に座るシャールに、龍一も少し驚いているようだった。

しかし。

誰よりも仰天しているのは――。

「お……おい……！　これは一体どういうことだ」

柳田がシャールを指差しながら、口をパクパクさせている。

「う、上野……お、おおお、お前、雪村に男の水着を着せたと思ったら、こ、ここ、今度は一体なんの冗談だ。そ、そそそそ、それとも新手の嫌がらせか！」

すっかり呂律が回らなくなった柳田を見て、有人が弘樹の腹をぽんと叩いた。

「見てみぃ、先生が、弘樹みたいになってんでぇ」

「本当だ、おそろいー」

麗美がコロコロと声をたてて笑う。

「お、お前らなぁ……！」

生徒たちの呑気な会話に柳田が眼をむいた。

「落ち着け、柳田」

シャールが低い声を出す。

「はぁあああ？」

名前を呼ばれた柳田がぽかんと口をあけた。

「柳田、俺だ。御厨《みくりや》だ」

「まさか、お前……」

薄汚れたレンズの奥の小さな眼が、皿のように丸くなる。

「み、御厨清澄か？」

シャールはゆっくりと頷いた。

「な、ななな……、なんで……」

柳田が一歩後じさる。

「なんで、オカマなんかに……」

「先生、違うでー、オカマやなくて、ドラッグストアーやねんてぇ」

有人の屈託のない声に、茫然としていた柳田は、はたと我に返ったようだった。

「そうか……」

やがて柳田の眼もとに、じわじわと不快感が滲み出す。

「そういうことだったのか」

なにかを一人で納得すると、柳田は眼を据わらせてシャールに向き直った。

「ここ一連の出来事は、どうも生徒たちだけの仕業にしちゃ手が込みすぎていると思ってたんだ。なんの冗談かはしらないが、お前が後ろで糸を引いてたんだな」

その態度が突如、挑むようなものに変わる。

「柳田？」

「大体なんでお前が、そんな格好をしてここにいるんだ。確かお前はニューヨークかどこかにいったんじゃなかったのか？　よくもそんな姿で、俺の前に顔を出せたものだな」

「ちょっと待てよ、柳田、聞いてくれ」

「うるさいっ！」

柳田が視線をとがらせて大声をあげた。

「生徒たちの前で、妙な言動をすることは、この俺が許さん。どうやってもぐりこんだのか知らないが、今すぐここを出ていけ」

「だから、話を聞いてくれってば」

柳田の剣幕に、シャールは慌てて立ち上がる。

「黙れ」

だが、柳田に取り付く島はなかった。

「お前がどういう気紛れでこんなことをしているのか知らないが、うちの生徒に妙な影響を与えるのだけはやめてくれ。とにかくここを出ていけ。そして生徒たちに二度と関わるな。いいな、俺は十分後にここに戻る。そのときにまだお前がいたら、本当に警察を呼ぶ」

そう宣言すると、柳田は龍一に視線を向ける。

「上野、お前には、本当にうんざりだ。これ以上訳の分からない問題を引き起こすなら、俺はお前らに即刻活動停止を言い渡す」

「待って！」

シャールの口から、これまでとは打って変わった甲高い声が出た。

「あたし、今、駅前でファッション店をやってるの。今度時間があるときにゆっくり……」

「よせ！」

途端に、柳田の眉が吊り上がる。

「俺の前で……、生徒の前で、気味の悪い話し方をするな！」

声を振り絞《しぼ》って叫んだ後、柳田は努めて冷静にシャールを見据えた。

「いいな、十分だ。十分で出ていけよ」

そう念押しすると、柳田は引き戸を開け放ち部室を出ていった。

振り返ることもなく去っていく後ろ姿を、シャールも龍一も無言で見送る。

「又のお越しをー」

有人が小声で呟きながら、ガラガラと引き戸を閉めた。

部室の中がシンとする。

隣から媚び声のアニメソングが漏れ聞こえてくる中、シャールは深く溜め息をついて、全員を見回した。

「驚かせちゃってごめんなさいね。あたしと柳田先生は、この学校のＯＢよ。あたしたち、同級生だったのよ」

龍一をはじめ、全員がぽかんとしている。

くたびれきった中年と化している柳田と、年齢も性別も不詳のシャール。あまりにかけ離れすぎていて、同級生という言葉のイメージがつかみきれない様子だった。

「これでもねぇ、生徒会の会長選挙を二人で争ったこともあったのよ」

シャールの口元に、苦笑が上る。

「やっぱり、この格好を見せたのはまずかったかしら。ごめんなさい……なんだか逆効果だったわね」

寂《さみ》しく笑うと、龍一が首を横に振った。

「なぁなぁ、ほんまに活動停止になるんかいねぇ」

有人が小声で囁きながら、心配そうに弘樹の腹をつっつく。

「なったって、俺たちは泳げばいいさ」

龍一のきっぱりとした口調に、全員の顔に安堵の色が浮かんだ。

一言で場の雰囲気を変えた龍一を、シャールは黙って見つめる。

そのとき、引き戸がガタガタと鳴った。

柳田が戻ってきたにしては早すぎる。全員が振り返ると、建て付けの悪い引き戸を苦労して引きあけていたのは襟香だった。

「ユキムラ先輩！」

久々に襟香が部室に姿を現したことに、マトマイニが顔を輝かせる。

「シャールさん……？」

シャールが部員たちと一緒にいるのを認めて、襟香は意外そうな顔をした。

西日が部室に差し込み、戸口に立つ襟香の頰を黄金色に照らしだす。シャールはつと襟香に近寄った。

「きたわね、襟坊」

大きな掌で、襟香の両肩をがっしりとつかむ。

「よく聞きなさい。ここにいる子たちが、あんたを男子選手として認めてくれるって言うなら、それがすべてなのよ。こんなことで挫けてたら、この先やっていけない。あんたが絶望するのは、まだ早すぎるわ」

べっこう飴《あめ》のようにたゆたう西日を浴びながら、襟香は微かに頷いた。

「その意気よ」

シャールは満足げに微笑み、化粧道具をすべて紙袋に詰め込んで、虹色のパシュミナショールを頭からかぶりなおす。

「それじゃ、先生が戻る前に、あたしは退散するわね。皆さん、ごきげんよう」

優雅に頭を下げ、シャールはドラァグクイーンの姿のままで引き戸をあけた。

「ぎゃあああ、オカマー！」

廊下に出ていたアニメ漫画研究部の部員たちがシャールに気づき、辺りに響き渡る大声をあげる。

「ええ？　ウソウソ、どこにオカマぁ？」

「うわあああ、オカマ、オカマ、本当にオカマー！」

あっという間に、廊下中が悲鳴の海と化した。

シャールは毅然と顔を上げ、きたときと同じように丁寧な足取りで、板張りの廊下をゆっくりと歩いていった。


夏休みが近づいている。

柳田教諭はパソコンでスケジュール表をチェックしながら、扇子《せんす》で顔を扇いだ。

生徒と保護者宛の注意事項をまとめ、夏期講習のスケジュールをチェックし、生徒たちの自主学習用の教材と課題を作る他にも、進路指導や保護者相談等、やらなければならないことが山ほどある。三年生の学年主任にとって、夏休みは休暇《きゅうか》どころか大きな山場の一つだった。

一昨年前から職員室だけには空調が導入されたが、温度制限が厳しく、西日が差し出すと、ほとんどその用を成していない。額に噴き出てくる汗を拭いながら、柳田はパソコンの画面を睨んだ。

〝駅前でファッション店をやってるの……〟

先週以来、なにをしていても、変わり果てた姿で自分の前に現れた、かつての同級生の声が耳に甦る。気がつくと、又してもマウスの上の手がとまっていた。

御厨清澄。

もう何年も、彼のことを考えたことなどなかった。

しかし、忘れていたのとは違う。

確か、十年以上前の同窓会で、顔を合わせていたはずだ。大手証券会社に勤務していた彼は、そのとき海外支店への転勤が決まっていて、途中から同窓会は「御厨の壮行会《そうこうかい》」へと変わっていった。

いつもそうだ。

本人が意図していてもいなくても、御厨は常にその場をさらっていってしまう。

学生時代、柳田も常に成績はトップクラスだった。だが、御厨はそれだけではなかった。運動もできるし人当たりもよい。おまけにハンサムだ。そしてそれ以上に、内側から光を放つような強い輝きがあった。誰もがその輝きに憧れて彼の周りに集まり、気がつくと、その場はいつの間にか、すべて御厨のものになっている。

この中学にいたときには、生徒会選挙を争ったこともあった。結果は今更言うまでもない。生徒会長となった御厨の姿を思い返すと、副会長だった髪の長い少女の面影《おもかげ》が甦る。もう四半世紀以上も前のことなのに、柳田はうっすらと胸が痛むのを感じた。

「壮行会」のときも、彼女は御厨の側に座っていた。

彼女はあいつに会いにきたのだと、なんだか白けた気持ちになった。

その海外にいったはずの御厨が、なぜ。

なんで、〝オカマ〟なんかになったんだ。

マウスに手を置いたまま、柳田はじっと考え込む。

しかもなぜ、水泳部の部室にいたのだろう。本当に彼が、雪村襟香を男子の格好で泳がせることに、一役買っているのだろうか。だとしたら、なぜ。

盛んに「話を聞いてくれ」と繰り返していた、御厨の様子が胸をよぎる。

あのとき彼は、自分に一体なにを言おうとしたのだろう。

「警察を呼ぶ」と脅《おど》した後、結局柳田は部室へは戻らなかった。自分の知っている御厨なら、生徒に害を及ぼすことなどしないと、本当は分かっていた。

ただ、あれ以上〝オカマの御厨〟と対峙することが耐えられなかったのだ。

柳田は眼鏡をはずし、眉根をギュッともみ込んだ。ふと、デスクの端の水泳部の活動表が眼に入る。

今日は、三中のプールでの練習日。

柳田はしばらく活動表を見つめていたが、やがてパソコンの電源を落とした。

原付二輪車のキーを手に、柳田は立ち上がった。


硝子越しに、柳田は呆然と生徒たちが泳ぐ様子を眺めていた。

わざわざ三中まで出向いてきたにも拘《かかわ》らず、上野龍一を呼び出すことができずにいる。

なぜなら――。

生徒たちの練習風景を眼にした途端、つい引き込まれてしまったのだ。すぐにでも練習をとめようと思っていたのに、踏み込むタイミングを逸してしまった。

そこには、先々月の模擬試合で無様な姿をさらした面々とは思えないほど充実した流れがあった。

銀色のスーツ水着に身を包んだ襟香の泳ぎは、改めて見てみると実に素晴らしい。男子たちと泳いでいても、引けをとらないどころか、それを凌《しの》いで余りある迫力がある。息継ぎができなかったはずの有人も、小柄な全身をバネのように動かして、全力でバタフライを泳いでいた。マトマイニの背泳も水を切る勢いだ。

後輩を指導してみせると言った龍一の言葉は、あながち嘘ではなかったのかもしれない。このままいけば彼らが本当にリレーで大会に出場することも、夢幻ではなさそうだ。

生徒たちの上達振りに、柳田は半ば見惚れていた。

「短期間でよくここまで仕上げましたね」

後ろから声が響く。

振り向くと、三中の水泳部顧問の吉沢教諭が笑みを浮かべて立っていた。

「中心だった月島君があんなことになって、相当ショックだったでしょうが、よくここまで立て直したものだと感心します。柳田先生のご指導の下、一中は本当に頑張《がんば》っていますよ。プールをお貸しする甲斐もあるというものです」

吉沢教諭に称賛され、柳田は気まずくなる。

しかし……。

なにがあいつらをこんなに変えたんだ。

すべてが平均以下からのスタートだったはずなのに。

なんだか狐にでもつままれたような気分になり、柳田は自分がここになにをしにきたのかさえ、よく分からなくなっていた。

それから三十分後。

見るからに妖しげなファッション店の前で、柳田は一人立ちすくんでいた。

生徒たちの上達振りに圧倒された後、気がつくと、原付を駅前に走らせていた。

しかし、いざそれらしい店を前にすると、とても一人で入っていく勇気が出なかった。

ぷんぷんと漂ってくるエキゾチックなお香の匂い。所狭しと並べられている巨大サイズのハイヒール。

眺めているだけで、毒気に当てられて眩暈が起こりそうだった。

やはり無理だ――。

柳田が踵を返しかけたとき。

ラメ入りのマキシドレスの裾《すそ》を翻《ひるがえ》しながら、ジョウロを持ったシャールが店頭に現れた。

その長身がショッキングピンクのボブウイッグをかぶっているのを見て、柳田はあんぐりと口をあけた。

大口をあけている柳田の顔を、シャールも驚いたように見返す。

「柳田……」

「御厨……」

学生時代とは変わり果てた姿の二人が、それでも同じ制服に身を包んでいたときと変わらぬ口調で、互いの名を呼び合った。

岩塩ランプがぼんやりと灯るカウンターで、柳田は手渡されたマグカップに口をつけた。一口飲んで、顔をしかめる。

飲んだこともない味のお茶だった。普段インスタントコーヒーしか飲まない柳田は、それを一旦テーブルの上に置いた。

「きてくれて嬉しいわ」

ショッキングピンクのウイッグをかぶったかつての同級生が、大きくカールした付け睫毛の奥から自分を見つめる。柳田は思わず眼をそらした。

「昔話をしにきたんじゃない」

「分かってるわ」

改めてカウンター越しに向かい合い、互いの様子を窺い合う。

やがて柳田が大きく溜め息をついた。

「お前、エリート街道一直線だったんじゃないのか。なんで又……」

再びオカマと言いそうになって、柳田は口を噤む。これでは前回の応酬と同じになってしまう気がした。

「そうね……。エリート街道だったかどうかは分からないけど、毎日毎日数字を追いかけてたわ。あっちの市場《しじょう》、こっちの市場、市場が動いている間は、ほとんど端末を見っぱなし。特にあたしたちが社会に出た頃はなにもかもがイケイケだったものね。随分派手に働いて、随分派手に遊んだわ」

柳田は内心鼻白む。

やはりこの男は、地元の中学教師になった自分の知らない、華やかな世界を生きてきたのだと思った。

「その挙げ句の果てがオカマかよ」

ついい、皮肉を言わずにいられなかった。

「確かに挙げ句の果てだったわね……」

シャールが考え込むように呟く。

「でもあたしは、あなたとは本音で話したかったの。だから学校でも、本当の姿をさらしたのよ」

正面切ってそう言われ、柳田はたじろいだ。二人が沈黙すると、お香の甘い香りが一層きつくなったような気がした。

「なにがあったのかは知らないが、お前がオカマになった理由なんて、本当はたいして聞きたいと思わない。だがこれだけは言っておく、うちの学校の生徒に手を出すな」

「手を出してるつもりはないわ」

「それじゃ聞くが、雪村のあの格好はなんだ。〝雪村清澄〟っていうのは一体なんなんだ」

「あのね、柳田」

シャールが覚悟を決めたように向き直るのを、柳田は手をかざして遮る。

「オカマってのは大体偉《えら》そうにものを語りたがるみたいだけどな、お前らが好き勝手なことを言っていられるのは、社会に属してないからだ」

「柳田……」

「俺は違う。俺は教師なんだ。教師ってのはな、トラブルシューターなんだ。少なくともあいつらがこの学校にいる間は問題を起こさせない、それが最大の任務なんだよ」

「柳田。あたしの話を聞いて」

「うるさい。俺は本当は、お前のそんな口調を聞くだけで虫唾が走る。今日ここへきたのは生徒のためだ。あの雪村襟香というのはそもそも問題児なんだ。親御さんも担任も困ってる。お前の存在は、あの子には毒だ」

「違うのよ」

「なにが違う。なに一つ責任のない気楽なお前が、口当たりのいいその場しのぎの理解を示して、生徒を籠絡《ろうらく》してるだけじゃないか。お前は今の自分を肯定するために、あの子を利用してるんだ」

柳田は一息に捲《まく》し立てた。

半分は自己弁護で、半分は八つ当たりだった。

だが、一般的にはこれが正論だと、柳田は心の中で言い訳する。

女装した旧友が、途中からなにも言い返してこなくなったのが不気味だった。

柳田がスツールの上の体をもぞもぞ動かし始めたところで、長い溜め息がカウンターに響いた。

「そうね……。あたしが今の自分を肯定するために、あの子たちに依存しているというのは、確かに少しはあるのかもしれないわね」

物憂《ものう》げに呟き、シャールが頬杖をつく。

「あたしが今の格好をしているのは、あたしの意志よ。あなたのように、今のあたしの姿を見て、不愉快になる人はたくさんいるわ。それを覚悟で、あたしはあたしのわがままを貫き通しているの。でもね……」

シャールは柳田を見据えてゆっくりと言った。

「あなたの生徒はあたしとは違う」

「どう、違う」

シャールの真剣さに、柳田も意識を集中させる。

「あの子は生まれながらにして、自分の心と体の不一致に悩んでいる。多分、両親にも友達にも本当のことを言えなくて、たった一人で苦しんでいる。GIDって、聞いたことがあるでしょう？」

今度は柳田が鼻から長い息を吐いた。

「……あの子が、雪村襟香が性同一性障害だって言うのか」

「その可能性は極めて高いわ」

再び息を吐いて、柳田は頭に手をやる。

「そうした話は、他の学校でもたまに聞くけど、俺はどうにも懐疑《かいぎ》的だ。別に医者の診断書がある訳じゃないんだろう？　あれくらいの年齢の女の子が少年性に憧れるのはよくある話だし……」

「でも彼女は本当に、苦しんでいる」

「それをどうやって立証する？　相手はたかだか十五歳の子供だろう。本当に自分のことが分かる年齢じゃない」

「いくつになったって、本当のことなんて分からないわ。でも生まれたときから、分かってしまうことだってあるじゃないの」

「なにがどうあれ、生徒を特別扱いするのはよくない。どこで反動が起こるか分からないし、一々言い分を認めてやるのが本人のためになるとは限らない」

「別にそれを公表しろと言ってる訳じゃないわ。本人だってそんなことは望んでないでしょうし」

「じゃあ、俺は一体、なにをどうすればいいんだ」

情けないと思いつつ、柳田は弱音を吐いていた。

「追い詰めないであげて。理解しなくてもいいから」

「つまり、見逃せってことか……？」

シャールが微かに頷く。

「生徒のわがままを見逃せってか」

半ば自棄《やけ》のように吐き捨てた柳田に、シャールは今度は首を横に振った。

「わがままじゃなくて、願いよ。誰にだってそれはあるわ」

「それで、お前の願いはオカマかよ」

わざと挑発《ちょうはつ》的にそう告げた。

けれどシャールは動じなかった。

「そうね。さっき挙げ句の果てって言ったでしょう。あたしの場合、本当にそうだったのよ」

静かにそう言うと、シャールはピンク色のウイッグに手をやり、それをばっさりと脱ぎ捨てた。微かな産毛しか残っていない、ほとんど無毛の頭部が出現する。

柳田は自分の表情が凍りつくのを感じた。

無言の柳田の前で、シャールは再びウイッグをかぶりなおした。

「この間学校にいったときも、実はかつらをしていたの。抗癌《こうがん》治療でね……。アメリカにいたときに見つかったの」

シャールはドレスの胸元の薔薇模様のラメを、そっと指で撫でた。

「病気になって、生まれて初めて医師から余命を宣告されて、あたしも踏ん切りがついたって訳。ようやく本当の願いに素直になれた。あと何年って言われて御覧なさい。大抵のことは気にならなくもなるわ」

「御厨、お前……」

柳田の声の震えに気づき、シャールが微笑む。

「大丈夫よ。治療は続けてるし、お酒も煙草《たばこ》もストレスフルな仕事も、体に悪いことは全部やめた。食事もマクロビに変えて、ヨガもしてるわ。今じゃ前より体調がいいくらいよ。こういうこと、あたしは全部ニューヨークのドラァグクイーンたちから教えてもらったの。彼らの中にはHIVを抱えている人だっているわ。でもね、二つの性を生きるあたしたちは強いの。決して諦めたりしないのよ」

シャールは退職して日本に帰り、空き店舗《てんぽ》となっていたこの店を借りた。長年働いた証券会社からの退職金と癌保険が味方となってくれたという。

「最初はこんな地元じゃ受け入れられないだろうと思ってたけど、意外にもお客さんは多いのよ。ほら、駅前のスーパーがあるでしょう？　あそこのレジ打ちのオバちゃんたちが社交ダンスのクラブをやっていて、よくドレスを注文にきてくれるの。マリー・アントワネットみたいなドレスをね、パートで地道に稼《かせ》いだお金で買いにきてくれるの。人間って、皆いじらしいものだと思うわ」

「ババアの社交ダンスなんて、百鬼夜行《ひゃっきやこう》くらいにしか思ってなかったけどな」

柳田が口を挟むと、シャールは噴き出した。

「そりゃそうよ。だって普通に見たら、あたしだって〝化け物〟でしょう？　でもね、あたしは思い知ってしまったの。人生は一度きりだって」

柳田は黙った。

自ずと自分の半生を思い返す。三十のときに、大学時代から交際が続いていた同級生と結婚。三年後に娘が生まれた。可愛かったのはほんの数年で、娘は今では自分とろくに口をきこうともしない。一人でここまで育ったような顔をしている。だが、どこの家庭も同じようなものだと思う。

学校では、ひたすら問題を起こさないようにやってきた。生徒に特別な思い入れをすることも、独自の教育論を振り回すこともなく、ＰＴＡと悶着を起こさず、教頭や校長の意見には逆らわず、メーデーにも参加しない。そうやって、いつの間にか学年主任になった。情熱はどこにもない。けれどそれだって、皆同じようなものだと思う。

だがもし、命があと何年と宣告されたら、自分は今の自分をどう思うだろう。それでも「皆同じ」と、開き直ることができるだろうか。

「確かにあの子たちはまだ十五歳だけど、十五歳だって一度きりしかないじゃない。皆必死よ。

のよ」

あたしも必死、あなたも必死、オバちゃんも必死。でも、あの子たちだって同じように必死な

冷めてしまった柳田のお茶を、シャールが淹れなおしてくれる。

「それを見逃してあげたって、バチは当たらないと思うわ」

眼の前にマグカップを置かれ、柳田は項垂れた。

「でも、俺にはやはり、よく分からない」

「そりゃあそうだわよ。なにが正解かなんて、あたしにも分からない。でもしょうがないわよ。教師もオカマも神様じゃないんだから」

シャールの声が、穏やかに耳に響く。

湯気《ゆげ》を立てるお茶を見つめたまま、柳田は無言で考え込んでいた。

18　強化訓練

学区域戦が迫っていた。

シャールが部室に現れて以来、襟香は前と同じように部活に参加している。

選手登録は棚上げになったままだったが、襟香がいつもと変わらぬ様子で練習に励んでいるのを見ると、龍一はホッとした。

その日、背泳を完璧にマスターしたマトマイニに対し、襟香は次に、大会の「武器」となるバサロキックやクイックターンの指導を始めた。

襟香にばかり任せてはいられない。

龍一も、バタフライを泳いでいた有人をプールサイドへ呼び寄せた。

「三浦、お前は小柄だから、どうしても飛び込みで差をつけられる。だから、水中ドルフィンキックでそれを取り戻す作戦を取ったほうがいいと思う」

「水中ドルフィンでっか?」

「そう。お前は足首が柔らかくてキックがうまい。ストリームラインも綺麗だ。そういう選手は水中キックで距離を稼いだほうが断然有利なんだ」

水中には空気の八百倍以上の抵抗がある。抵抗は速度に比例するので、ラインが綺麗でキックが得意な選手の場合、腕のストロークで動きをつけるより、水中キックだけで進んだほうが抵抗を受けず、むしろ速度が出る場合があるのだ。

体の柔らかい有人にこれをマスターさせれば相当のタイムを稼げるのではないかと、龍一は踏んでいた。

「ぎゃあああああっ」

ところが潜水《せんすい》して十メートルほどキックしたところで、有人が悲鳴をあげてプール底に足をつく。

「キーン、言うたで、頭がキーン言うた。カキ氷の早食いしたときとおんなじや!」

「あー、そりゃ鼻に水が入ったなぁ」

隣のコースからも「ぎゃあああ」という悲鳴が聞こえてきた。マトマイニが頭を抱えて悶絶している。

水中ドルフィンを仰向けで行うバサロは、通常の潜水泳法以上に鼻に水が入りやすい。

「二人とも、鼻に水が入らないように、少しずつ鼻から息を出すんだ」

襟香がアドバイスをしたが、今度は距離が伸びなかった。どうやら二人とも、力を入れて吐きすぎているらしい。

「もっと小出しに、静かに吐くんだ」

「そないな器用なことできへんてー」

「つべこべ言わずにさっさとやれ」

「あー、しごきや、しごきや、上野先輩の苛めやで」

「アリト先輩、僕ももう一度やりますから、一緒に練習しましょう」

駄々をこねだした有人をマトマイニが宥める。

その後、何度やっても二人の潜水距離はあまり伸びなかった。

「おかしいな。あの二人ストリームラインは綺麗だし、キックもうまいんだから、水中泳法は向いてるはずなんだけどな」

「やっぱり鼻に水が入るのが怖いんだろう。それで強く息を吐きすぎている」

「潜水はいい手だと思ったんだけどな」

龍一と襟香は、すぐに浮いてきてしまう二人の後輩の様子を眺める。

「学区域戦って、どこでやるんだ」

襟香の問いかけに、「四中」と答えた。

「四中のプールって短水路《たんすいろ》だろ？　クイックターンとバサロをマスターすれば、マトマイニは相当有利になる」

「だよな」

短水路の二十五メートルで百メートルを泳ぐ場合、スタートを含めて四回の潜水ができる。潜水泳法をマスターすれば、そのたびにタイムが稼げる。

「それじゃマトマイニは俺が見るから、三浦のことは上野に任せたぞ」

「分かった」

龍一が答えると、襟香は見事な水中ドルフィンで隣のレーンへと消えていった。

「む、む、無理ですぅ～、や、や、やっぱり飛べませぇ～ん」

今度は後方から泣き声が聞こえてきた。

飛び込み台の上で、麗美が石のように固まっている。

「でもねぇ、レミちゃん、飛び込みができないと、いつまでたっても得意のバタフライでは大会に出場できないんだよ」

「無理です～」

敦子の説得に、麗美はぐずぐず泣き声をあげた。

「うっぎゃあああああ！」

再びマトマイニの絶叫が響く。

水中で一回転するクイックターンに挑戦した際に、鼻から大量の水を吸引してしまったらしい。頭を抱えてのたうち回るマトマイニの横で、襟香が途方に暮れている。

まったく。どいつもこいつも……。

龍一は頭を抱えた。

基本フォームをマスターしたところで、誰もが〝選手〟になれる訳ではない。

やはり問題は山積みだ。

一番端のレーンでは弘樹が水中歩行に励み、聖は又しても早々にプールサイドに上がっている。

えーと、もう一人いたような気がするが……。まぁ、いいや。

大きく息を吸い込み、龍一は自分に気合を入れる。

今までは、こんなことで思い煩ったことは一度もなかった。できない奴らは放っておけばいい、ずっとそう考えていた。

けれど今年は違う。主将として、彼らを率いていかなくてはならない。

自分の選手登録が棚上げになっている襟香ですら、こうして後輩の指導に当たってくれているのだ。

こんなところで挫けてはいられない。


日曜日の朝。龍一たちは隣町の市営屋外プールに集まった。

いつもは三中の室内プールを借りて練習をしているが、学区域戦の試合会場となる四中のプールは屋外にある。初級のスイマーは環境の変化に影響されやすい。

後輩たちが学区域戦で実績を積むために、屋外プールでの練習を取り入れるべきだと龍一は考えた。

今年の夏は例になく暑い。朝とはいえ、陽が昇ると気温はすぐに三十度を超えた。

「あっつーい」

麗美がつま先立ちで、白いプールサイドの上を歩いていく。その横を「あちあち」と叫びながら、有人が小走りで走り抜けた。マトマイニだけが、熱く焼かれたコンクリの上を平然としてすたすたと歩いていた。

「おい、宇崎」

有人たちの指導を襟香と敦子に任せ、龍一はいつもプールサイドでサボっている聖を呼び寄せる。

「なんすか」

「お前さ、別に泳げない訳じゃないだろ。選抜リレーに出ろとまでは言わないが、できないならできないなりに、もう少し練習に身を入れろ。学区域戦は学区域内の親善試合だけど、新人戦の意味合いもあるんだぞ。一年生はここで記録を作って、来年の都大会出場に備えるんだ。お前はブレストだったよな。いいか、ブレストの都大会の制限タイムは……」

「あー、いいっすよ、そんなの。別に俺、大会なんか出たくもないし」

捨て鉢な言い草に、龍一はムッとした。

「じゃ、お前、なんで部活やってんだよ」

「そんなの俺の勝手でしょ。いいじゃない、別にあんたたちの邪魔するつもりもないんだから」

「なんだと」

「ああ、ああ、分かりましたよ。今日は真面目に練習します。それでいいんでしょ」

聖はふいと視線をそらして踵を返す。その猫背の後ろ姿に、龍一は憤然とした。

一体、なんなんだあいつは。

初対面のときから感じの悪い奴だと思っていたが、実際はその上をいっている。いつも斜に構えていて、話しているときでも決して人の眼を見ようとしない。

それにしても、解《げ》せない。

やる気もないし、大会の話が出れば極端に怯えるし、練習もいい加減なくせに、だったらなんであいつは毎回毎回部活に出てくるんだ？

ただの内申対策なら、幽霊部員になればいいだけだ。それなのに聖は、こうした休日の部活にまで律儀《りちぎ》にやってくる。

龍一は首を傾げた。

「どぉわーっはっはっはっは！」

そのとき、有人の素《す》っ頓狂《とんきょう》な笑い声がプールから響いてきた。

今度は三浦か。一体、なにを騒いでるんだ……。

嘆息がてらに視線をやると、敦子までがプールの中で倒れ伏しそうになって笑っている。襟香が口元を引き締めて無言で震えているが、どうやらこれも笑っているらしい。

「どうした、なにがあった！」

皆に囲まれているマトマイニがくるりと振り返った。

は……？

「うわーっはっはっはっは！」

思わず龍一も指差して笑ってしまう。

マトマイニが、下唇で上唇を思い切り持ち上げて、それで鼻の穴に栓をしていた。それだけでも凄い顔なのに、なぜか両眼が真ん中に寄っている。

「わ、悪い……、私が教えたんだ……。でも別にふざけてる訳じゃない。確かに変な顔になるが、これは正式の方法で、プロの選手でもこれを使う人はいる。水中で息を吐くのが苦手な選手にはこれがいい方法なんだ。でも、顔の筋肉があまり動かない日本人では、できる人は、あまりいないらしい……」

そこまで言うと、襟香はついに噴き出した。

「実を言うと私も、今日初めてできる人を見た」

マトマイニは皆が笑うのが嬉しいらしく、益々両眼を寄せている。

「あかん、あかん、マトちゃん、皆笑い死にしてまうで……！」

見れば周囲の他の人たちも、必死になって笑いをこらえている。水中歩行の弘樹は、水を叩いて大笑いしている。

龍一もしばらく笑いがとまらなかったが、その間抜けな顔を見るうちに、あることに気がついた。

「おい、三浦。お前もやってみろ。あの顔、もしかして、お前の得意などじょうすくいの延長じゃないのか？」

どじょうすくいと聞いて、俄然《がぜん》有人の眼が輝いた。

「そうか！　こうでっか？」

有人が唇を思い切りたこ口にして、鼻の穴を塞ぐ。

「うわ、できてる」

龍一と襟香は驚いたが、周囲は全員倒れ伏した。

「ちょっと、そこ！　さっきからなに騒いでる……」

プール内で引きつけを起こしたように笑っている一団に、監視員がプラスチックメガホンで怒鳴りかけた。

しかし。

プールの中央でくるりと振り返った黒人少年と小柄な少年が、揃って唇で鼻の穴を塞いでいるのを見た途端、メガホンから監視員の爆笑が響き渡った。


二時間の使用時間をたっぷり使って練習をした後は、心地よい疲労感に包まれる。天候に左右されることのない室内プールは練習には便利だが、ただ泳ぐだけなら、龍一は野外プールのほうが好きだった。

青い水の中、差し込む陽光がゆらゆらと揺れる。水面に昇っていく小さなあぶくを見ながら、そこをかき分けていくときの爽快感《そうかいかん》は格別だ。

トイレの個室で着替えている襟香を待ち、龍一は一緒に外へ出た。

他の部員たちは敦子が引率し、先にバス停にいっている。

「今日はうまくいったな。この分だとあの二人、学区域戦でも結構いい線いくかもしれないぞ」

着替えを終えてきた襟香が、明るい眼差しで龍一を見た。

事実、〝変顔〟の効果は絶大なものだった。二人の潜水キックの距離は、今日一日で飛躍《ひやく》的に伸びていた。

「変顔の効果は、笑いだけじゃなかったな」

話しながら広い駐車場を歩いていると、ちょうど話題にしていた有人が、一人で大通りに向かっているのが眼に入る。

「おい、三浦」

龍一が声をかけると、有人がびくりとして振り返った。

「どこにいくつもりだ？　皆バス停にいったんじゃなかったのか」

有人が少々ばつの悪そうな顔になる。

「先輩、俺、歩いて帰りますわ」

「なんで」

「バス代が……」

有人はもじもじし始めた。

顧問の柳田はそもそも休日の部活になど顔を出す訳もなく、部費を預かった敦子が前もって皆にバス代とプールの利用料を渡していたはずだった。

「のうなってもうてん……」

けれど有人は悪びれもせずに、コンビニで買ったスナック菓子の袋を掲げてニッと笑ってみせる。

「おまえなぁ、いい加減……」

「先輩堪忍してや、だってこれ、一号と二号にお土産やもん」

龍一の言葉を最後まで待たず、有人はスキップするように飛び跳ねた。

「大丈夫ですわ。この大通り真っ直ぐいけば駅前やろ？　迷ったりせえへんから」

「そういう問題じゃない。部費を使い込むな、このクソ坊主」

有人を捕まえようと足を踏み出した途端、「待てよ！」と背後から声がかかる。

いつの間にか、聖がきていた。

「あれ、宇崎、他の皆は？」

「バス停にいます。こいつが消えたから、俺が探しにきた」

聖が有人を指差す。

「俺、走って帰ります。ほな、さいならー」

龍一が聖に気を取られている隙に、有人がスナック菓子の袋を抱えてそそくさと走り去っていった。

「あ、おい、こら待て、三浦！」

追いかけようとすると、腕を捕まれる。

「だから、待てって言ってんじゃんよ」

「なんなんだよ、お前は」

不可解な邪魔をする聖に、龍一は声を荒らげた。

「だってさ……あれ、又一号二号へのお土産でしょ？」

「その一号二号ってのは、一体なんなんだ」

龍一の詰問に、聖は覚悟を決めたように顔を上げる。

「人んちの事情を喋るのもどうかと思うけど、俺、五十嵐さんから聞いたんすよ」

「五十嵐から？　なにを？」

「あいつ、いつも一号二号のためって言って、必ずもらった食べ物家に持って帰るから。一号、二号ってなにって聞いた」

するとと弘樹は答えたのだそうだ。

〝お……弟。アリやんの、双子の弟。ア、アリやんのお母さん、一号二号生んだ後すぐ、な、亡くなってしまった。ア、アリやんのところ、お父さんと、後は男ばかり、四人兄弟。一番上のお兄さん、高校出た後、働いていたけど、去年、しゃ、借金作って、に、に、逃げちゃった……〟

「ここまで聞くのに、なんとまあ、三十分くらいかかりましたよ」

聖は大仰に肩をすくめてみせた。

龍一は黙って口元を引き締める。初めて聞く話だった。

以前に自分が弁当を渡したときも、有人はすぐに食べようとはしなかった。「手作りハンバーグや！」と瞳を輝かせた後、思い直したように弁当の蓋をそっと閉め、「先輩、これ、持って帰ってもええか」と聞いてきた。

片親なのは自分も同じだが、父親と母親の不在はやはり違う。

弁当を忘れたり、平気でおかずを腐らせたりしていた自身の行為を、龍一は初めて恥ずかしく思った。

「だからさ……あれくらいは見逃してやってよ」

聖が有人の走り去ったほうに顔を向ける。

「で、でも、あいつ、本物のバカっすよ」

照れ隠しのように、聖は急に捲し立て始めた。

「結構悲惨な話なのに、いっつもあんなにヘラヘラしちゃってさ。見たでしょ？　今だってスキップしながら去っていきましたよ。ありえませんよ」

拾ってきたとしか思えないぼろぼろの自転車や、いつも着ている古びたシャツ。

それなのに。あいつはあんなに明るいんだ。

礫《つぶて》が落ちたように、龍一の心が小さく震える。

「分かった。このことは不問だ」

低い声で告げると、聖の顔にホッとした表情が浮かんだ。

週明けの昼休み。龍一は東棟の図書室にやってきた。

水泳部の主将を引き受けて約二ヶ月。

いつしか龍一は、自分が都大会に出場することより、襟香や有人たちと一緒に弓が丘杯に出ることのほうが、余程大切に感じられるようになっていた。

まだまだやるべきことは多い。聖のブレストの煽《あお》り足《あし》が気になるし、弘樹もこのままずっと水中歩行部員という訳にはいかないだろう。すべての後輩たちの指導を、襟香一人に押しつけることもできない。

遅まきながら、自分も「水泳理論」を勉強してみようと思い立った。

学校生活の中でたびたび思うのは、人は決して平等に生まれついていないということだ。勉強でも運動でも、それほど無理をしなくてもそつなくこなせてしまう人間もいれば、その逆もいる。今までずっと自分は前者だと思ってきたし、つき合ってきた友人も自分と似たタイプが多かった。

けれど最近になって龍一は、自分は随分たくさんのことを見落としてきたように感じるのだ。有人のことも。

かつての自分なら、どじょうすくいと〝いよっしゃあ〟の段階で、ただのバカとしか思わなかった。それ以上のことを知りたいとも思わなかった。

でも――。

そろそろ自分は、今まで「関係ない」と簡単に切り捨てていたことと、きちんと向き合ってみるべきなのかもしれない。

龍一はそんなふうに考えるようになっていた。

襟香の選手登録のことも、彼女の気持ちに沿う形でやり遂げてみたい。その可能性を、簡単に諦めたくない。

図書室に着くと、手当たり次第に水泳の手引き書や入門書を集めてみた。苦もなく泳げる自分には、なんの意味もないと思っていた初心者用の本ばかりだ。

龍一たちの図書室の設備は古い。

データ登録が当たり前の今、未だに手書きの図書カードを使っている。

個人情報とか、うるさい時代なのにさ――。

どうせ学年主任の柳田あたりが、「中学生に個人情報など必要ない」とかのたまって、経費をケチっているんだろうな。

そんなことを考えながら、何気なく一冊の裏表紙を開いてみて、龍一は動きをとめた。

慌てて二冊、三冊と確認する。

本を手にしたまま、龍一は目蓋を閉じた。その内側を、熱いものがこみ上げてくる。こぼしてはなるまいと、龍一はしっかりと眼をつぶる。

こらえきれず眼をあけると、滲んで見えるカードの上に、ぽたりと涙の雫が落ちた。

月島タケル。

彼も又、後輩たちの指導のために、この本を手にしていたのだ。

龍一が選んだどの本の図書カードにも、その名がしっかりと書き込まれていた。


学区域戦を控え、水泳部も朝練を始めた。龍一、襟香、有人、マトマイニは七キロコースを、敦子が残りの後輩を連れて五キロコースを毎朝走ることにした。

働く母親たちの朝は早い。七時を過ぎると、公団のベランダにはもう洗濯物が干され始めていた。

龍一たちは朝の日差しを浴びながら、軽快に足を進める。

裏門の階段を上がると、今日は珍しく五キロ組が先に到着していた。

「随分ペース上がったな」

水飲み場で水を飲んでいる敦子に、龍一が声をかける。

今までは七キロ組のほうが先に到着している場合が多かったのだ。

「そうね、今日はレミちゃんがよく頑張った。早く〝ユンロン大佐〟と合流したいらしいよ」

麗美、弘樹、聖の三人は、完全にへばって植え込みの木陰《こかげ》の下で伸びていた。

「しかし、五十嵐、さすがに絞れてきたな。最初はただのデブだったけど」

「でも彼、チューブ見てても思うんだけど、関節が強いのよ、その……」

「デブの割にだろ」

「デブ、デブ、言わないでよ」

敦子が龍一を睨みつける。

一年半に亘《わた》る「水中歩行」は、決して無駄ではなかった訳だ。

「こらぁ、ひじり、なに寝てんねん」

「う……うるさい、こっちは『朝まで時事討論』最後まで見た後なんだ。ほっといてくれよ」

「かねがね思っとったんやけど、お前の前世は蚊トンボかなんかと違うんか？　生まれたての小鹿《こじか》でも、もうちょい体力あると思うで」

有人が絡み始めたが、聖には応酬する気力もないようだ。

へたり込んでいる後輩たちを残し、龍一は新校舎に部室の鍵を取りにいった。

職員室に入り、鍵置き場から部室の鍵を取る。フックに引っかかっているそれを外したとき、龍一は微かな違和感を覚えた。昨日とは逆向きにかかっていたような気がしたのだ。

ま、気のせいかもね――。

たいして気に留めることもなくそれを短パンのポケットに押し込み、龍一は大股で渡り廊下を歩いていく。

部室の前では、既に部員たちが集まっていた。

古い鍵に手こずりながら、ようやく引き戸をあける。

「あれ？」

誰もいない部室の机の上に、一枚のプリント用紙が載っていた。

「なんだ、誰かプリント忘れたか。又、三浦じゃないのか」

無造作に手にして、龍一はハッとする。

はやる動悸《どうき》を抑えながらもう一度確認した。

「やったぞ！」

大声で叫ぶと、全員が龍一を見た。後輩の頭越しに、龍一はプリントを襟香に差し出した。

受け取った襟香の頬に血の気がさす。

「やったじゃない！」

敦子も覗き込み、襟香の肩を叩いた。

「なんね、なんね」

「見せてぇ」

「俺にも見せろよ」

「私も……」

「うわ、小松莉子、お前、今までどこにおったん」

「だから最初からずっといましたけど、なにか……」

一枚のプリントが、全員の手に次々と回される。

最後にマトマイニの手に渡ったとき。

「これで、僕たち、リレーに出られます」

マトマイニが襟香を真っ直ぐに見て、にっこり笑った。

それは、学区域戦の登録用紙だった。

三年生参加選手の中に、〝雪村清澄〟の名が登録されている。

ついに襟香が、男子選手として大会に出場することになったのだ。

19 学区域戦

大会に出場するに当たり、龍一たちは水泳の特訓の他に、もう一つ〝作戦会議〟を開く必要があった。

学区域戦には本弓が丘学区域内五校の学校の水泳部が参加する。

襟香のような選手が突然登場すれば、当然どの学校も驚く。注目を集めることは必至だ。だが龍一たちの目標は、その後の弓が丘杯への出場だ。それまで襟香が女子選手であることに、気づかれる訳にはいかなかった。

「いやあ、四中マジ怖い。ヤンキー率マジ高し。捕まったら洒落《しゃれ》にならんところやった」

試合会場となる四中の更衣室に勝手に忍び込んできた有人が、聖の携帯を部室の机の上に置いた。

「でも、ばっちり、偵察はできたで」

「おいおい、お前、あんまり無茶するなよな」

有人の無謀なやり方に、龍一は少々心配になる。

「別に女子更衣室を撮ってきた訳やないんやし、盗撮とはちゃうでぇ。まぁ見つかったら、ひじりの名前叫びながら逃げるつもりやったけど。どうせこの携帯ひじりんやし」

「ふざけんなよ！」

突っかかっていく聖を制し、龍一は敦子がパソコンに取り込んだデータ写真を眺めた。

「まあ、でも、確かこの情報は貴重だな。四中の更衣室、やっぱり、個室もカーテンの仕切りもない。雪村、こりゃお前、最初っから服の下に水着着といて、その場でサッと脱ぐしかないね。俺は多分、大会側とのやりとりとかであんまり側にはいられないからな。その際、マトマイニが雪村をカバーして、誰かが雪村に気づきそうになったら三浦、お前が相手の気をそらせろ」

「了解。そういうの、俺、得意やでー」

「インパクトという点では、僕、負けません」

マトマイニが胸を張る。

「そうね。学区域戦に留学生が出場するのは初めてだものね。マトマイニ君が注目を集めてくれれば、雪村さんがそんなに目立たなくてすむかもね」

「僕、絶対ユキムラ先輩守ります」

敦子の同意に、マトマイニは益々自信たっぷりに微笑した。

襟香はそんな皆の様子を黙って見つめていたが、やがて小さく肩を震わせた。

「どうして……」

押し殺した声が漏れ、全員が襟香を見る。

襟香は困惑したように皆を見返した。

「どうしてこんなに認めてくれる？　私がやろうとしていることは、おかしいのに」

言ってしまってから、襟香は自分の言葉にいたたまれなくなったようだった。

その瞳が不安そうに揺れている。

自分に向けられる好意に、戸惑っているらしい。

俯いている襟香に、龍一は一歩近づいた。

「でも、雪村はそうしたいんだろう？　だったらそうしろよ。それだけの権利、お前にはあるよ」

すると次々に声があがる。

「雪村さんがいなかったら、ここまでの進歩はなかったもの」と敦子。

「そうやで、俺、先輩おらんかったら、今でも息継ぎできへんで」と有人。

「僕も、ちゃんとしたフォームで泳げませんでした」とマトマイニ。

「別におかしなことじゃないですよぉう。私が入ってるもう一つの部活にだって、〝僕《ぼく》っ娘《こ》〟

や〝男の娘《おとこ》〟は一杯いますしぃ」

しかし麗美がそう言うと、

「あのさぁ、東山先輩。そういうオタ業界の常識が、一般社会に通用すると思わないほうがいいっすよ」

と、聖が白い視線を向けた。

「同じ種目の速い女子は、一人でも少ないほうがいいですからねぇ……」

その背後で莉子が俯いたまま、ヒヒヒと不気味に笑っている。

正直、後輩たちの受けとめ方にはかなりのバラつきがあるようだが、一つだけ確かなことがあった。

つまり――。

「俺たちは、お前を認めるってことだよ」

龍一が言うと、それまでてんでんばらばらに騒いでいた後輩たちが、揃って大きく頷いた。

敦子が襟香の肩にそっと手を置く。

長く俯いていた襟香が顔を上げたとき、その瞳に涙が滲んでいるのを見て、龍一はハッとした。

あまりに力の籠もった眼差しに、軽く圧倒されてしまう。

〝あの子のいく道は、険しいわ〟

ふいに、シャールの呟きが甦り、胸が苦しくなった。

襟香の存在は、考えれば考えるほど矛盾《むじゅん》に満ちている。そう易々と理解や解決ができるものではない。

でも、だからこそ。

自分たちはただ単に、彼女と〝普通に〟接していくしかないのかもしれない。

「勝とう、学区域戦」

「そうやで！」

龍一の呟きに、すかさず有人が呼応した。

「模擬試合のリベンジや！　絶対勝ちましょな、雪村先輩！」

襟香が力強く頷く。

猛烈に空気が読めなくて、調子外れで――。

けれど柔軟性と個性に富んだ後輩たちが、ままならない現実に、温かな風穴をあけていく。

龍一は初めて、後輩たちになにかを教えられている気がした。

それは、口当たりのよい上辺だけのつき合いの中では、決して手に入れられないものだった。


学区域戦の当日は快晴だった。

襟香は本人の強い希望で、今回はリレー戦だけに出場することになった。確かに個人戦に出てへたに上位入賞してしまい、注目を集めすぎるのも危険だった。

メドレーリレーは当初の龍一の思惑どおり、背泳マトマイニ、ブレスト襟香、バタフライ有人、そしてアンカーのフリーをクロールの自分が泳ぐという布陣になった。

各校の主将が別室に集められ、大会の注意事項が言い渡される間、龍一は気が気でなかったが、途中、聖の携帯から「更衣室、万事順調」のメールが入って胸をなでおろした。

だが次に入ってきたメールが「毒をもって毒を制す」「敵を欺《あざむ》くにはまず味方から」となってきたのには首を傾げた。

一体なにやってんだ、あいつら……。

一抹の不安と戦っていると、背後から三中の長嶋が声をかけてきた。

「おい上野。性懲《しょうこ》りもなく、本当に学区域戦に出てきやがったか」

「まあな」

「どうせ今年も俺たちが優勝する。もっとも学区域戦なんて新人戦だ。俺も樋浦も見学する。それでも今年の新人は皆速いぜ。おまえんとこの屑《くず》とは比較にならない」

「そうか。俺は今年はリレーも出るぞ」

「へー、そりゃ意外だな」

長嶋は驚きの声をあげたが、一中にそれほど部員がいないことを思い出したようだった。

「まぁ、今までお前が屑どもを放り出さずにきただけでも、立派なものかもしれないけどな」

長嶋は挑発的に顎を上げる。

「ともかく、俺らが練習時間削ってプール提供してやってんだ。あんまり恥ずかしい試合見せるなよ」

「望むところだよ」

龍一が落ち着き払った様子でいることに長嶋は怪訝そうな顔をしたが、すぐにくるりと踵を返した。

「前回と同じじゃ、月島が泣くぜ」

長嶋の捨て台詞に、少しだけ茫然とする。

短く息をつき、龍一も更衣室へと足を向けた。


更衣室に入った途端、龍一は眼を見張った。

聖のメールの意味がようやく分かった。そこにはある意味、完璧な一対がいた。

マトマイニがスーツ水着をまとい、大きなゴーグルをつけて襟香と並んでいる。

褐色の肌に、漆黒のスーツ。白い肌に、鈍い銀色のスーツ。そして、顔の半分を隠すお揃いのゴーグル。

普段のマトマイニはどちらかというとあどけなさが勝る容貌だが、こうしてゴーグルをつけて沈黙していると、既に成人黒人男性特有の迫力を漂わせていた。背後から、ギャングスタラップの重いビートが響いてきそうな雰囲気だ。色白で美形の襟香に多少興味を持つ者がいても、とても近寄れない様子だった。

部屋の隅から、有人、弘樹、聖の三人がピースサインを出しまくっている。つられて龍一も、ピースサインを出していた。


上野の奴、妙に落ち着き払ってはいたけれど——。

たかだか数ヶ月で、あんな屑たちが簡単に上達するものか。

どうせ、前回と同じ惨状が繰り返されるのだろうと、長嶋は高《たか》を括《くく》ってベンチにもたれた。

前半の個人戦で、一中はブレストの男子がいきなり試合を棄権した。模擬試合でも棄権した、青白い顔の銀縁眼鏡だ。

やっぱり、上野のあれはただの開き直りだ。

長嶋は、やれやれと首をすくめる。

結局一中の水泳部は〝月島部〟だ。所詮上野のような男に、主将が務まる訳がない。

一中の試合など見るだけ無駄だと、長嶋は眼を閉じた。

「おい、あの留学生……」

隣に座っていた樋浦が声をかけてくる。

「え！」

長嶋は驚いた。

前回犬かきのように反り返って息継ぎしていた黒人留学生が背泳に転向し、力強いバサロキックを繰り出している。

「規定ぎりぎりの十五メートルで上がってきたぞ。こりゃあ相当練習したな」

潜ってしまえばプールサイドから〝変顔〟は見えない。マトマイニは水面に浮上した段階で、既にその組のトップに立っていた。

「あれだけバサロができれば、ターンのたびにタイムを稼げる。うちのチームは勝てないんじゃないか」

ジャージ姿の樋浦に真顔で問われ、長嶋は返す言葉を失う。

なんと、次のバタフライでも同じ展開が起きた。

息継ぎのたびに足をついていたチビが、飛び込み直後の水中ドルフィンで一気に加速し、トップに躍り出たのだ。

背泳ぎとバタフライの上位を一中に奪われて、長嶋は愕然とした。

あのダメダメ集団に、一体、なにが起きたというのだろう。

「まずいな……。クロールは上野だろう。このままだと、優勝持っていかれるぞ」

樋浦の呟きに、長嶋は初めて龍一を怖いと感じた。

今までは、たとえ個人戦で競り勝つことができなくても、敬意を払ったことは一度もなかった。一人で泳ぐことしかできない選手なんて、主将の器《うつわ》ではない。

しかし。

これから立て直す。

毅然として言い放った龍一の姿が甦り、長嶋は息を吞む。

各校の新人が束になってかかっても敵わず、クロール戦は、上野龍一の圧勝となった。

一中は女子も大いに健闘した。

ぽっちゃりした大柄な女子が、見事な飛び込みとダイナミックなバタフライを披露し、小柄なおかっぱ頭の女子も、不気味なほど静かなブレストで、人知れずいつの間にかトップでゴールインしていた。

黒いリストバンドを腕にはめたクロールの女子は、去年、都大会にも出場した選手だった。

彼女もそつなく綺麗にフィニッシュを決めた。

後はリレーを残すのみ。

一中の大躍進に、各校のベンチが揺れる。

長嶋は一中のベンチを注意深く窺った。およそ運動選手らしく見えない部員ばかりに囲まれて、けれど龍一は自信に溢れていた。

長嶋はそこに、〝月島部〟の残骸《ざんがい》ではなく、初めて新しい第一中学水泳部が誕生したのを見た気がした。

大会最後のプログラム、男子四百メートルメドレーリレー戦が始まる。

龍一と襟香の眼が合った。無言で頷き、襟香が羽織っていたジャージを脱いだ。

ついに襟香が大会にデビューする。

背泳ぎ、ブレスト、バタフライ、フリー。

リレーの順に合わせ、マトマイニ、襟香、有人、龍一がコースの前に並んだ。

龍一が皆の顔を見回すと、各々から気迫の籠もった眼差しが返ってくる。

トップバッターのマトマイニが水中に入り、飛び込み台の下のグリップをしっかりと握った。

ホイッスルが鳴るのと同時に、頭を腕で挟んで勢いよく水中に飛び込み、バサロキックを繰り出す。

個人戦と違い、選抜リレーには大会実績を持っている二年生や三年生も出場してくる。さすがに代表選手戦だけあって、新人ばかりの個人戦よりも全員が格段に速い。それでもマトマイニは上半身を必死にローリングさせて食いつき、完璧なクイックターンを見せると再びバサロで一気に加速した。

先頭から少し遅れてマトマイニが戻ってくる。

襟香が足首を慣らしながら、飛び込み台の上に立った。色白で線の細い姿は、逆三角形の胸板のブレスト選手が居並ぶ中で頼りなくも見える。

襟香は周囲のことなどまったく眼に入らぬ様子で、マトマイニの姿だけを見つめていた。マトマイニが三着でプールサイドにタッチした途端、銀色の肢体が勢いよく宙を飛んだ。

見事な跳躍《ちょうやく》に、一瞬周囲が静まり返る。

流線型のフォームが、吸い込まれるように水中に消えると大歓声が響き渡った。

優秀な選手は、飛び込みだけで頭角を現す。

どの学校のベンチも、突如現れた超新星に度肝《どぎも》を抜かれていた。

一かき一蹴りで水中をぐんと進んだ後、浮上した襟香は力強いストロークを繰り出した。勢いよく水を切り、再び水に飲み込まれる。水底を流れるように銀色の影が滑っていく。襟香はしっかりと前を見据え、次々に水を切り裂《さ》き、いつしかトップへと躍り出た。

青く晴れ渡った空を映す水面に、人魚のような肢体が躍る。

龍一の眼に、それはもう、月島タケルとだぶっては見えなかった。

そこで泳いでいるのは紛れもなく、雪村襟香、その人だった。

力強く真摯《しんし》な存在が、龍一を打つ。

こい、こい、こい！

龍一は、飛び込み台に立つ有人の横で、襟香を待った。

男でも女でもない真剣な魂《たましい》が、全力で自分たちに向かって突き進んでくる。

先頭で戻ってきた襟香の指先がサイドにタッチした瞬間、有人が小柄な体を宙に舞わせた。

小柄な分どうしても飛び込みの飛距離は伸びないが、水中ドルフィンで懸命な加速を試みる。

途中後方の選手たちに追いつかれ、再び順位がじりじりと下がり始めた。それでも有人は全身をバネのように使って、大柄な選手たちに食らいついた。

肩から腕が盛り上がり、頭が綺麗に水の中に入り、ドルフィンキックが小気味よく決まっていく。つい最近まで息継ぎのできなかった有人が、今ではこんなに堂々と百メートルを泳ぐのだ。

大丈夫。

龍一は心の中で呼びかけた。

お前はお前の泳ぎをしろ。

遅れはこの俺が、後からいくらでも取り返してやる。

踏ん張って踏ん張って、マトマイニと同じ三位の順位を守りながら、有人が戻ってきた。

先輩！

タッチの瞬間、その耳にはっきりと、有人の叫びを聞いた。

有人の激情をダイレクトに引き継いで、龍一は飛ぶ。

龍一はこのとき初めて、個人競技とは違うリレーの魔力を知った。他人の力を引き継ぎ、自身の中で増幅させていく、稀有《けう》なるプロセスに巡り合った。

羽ばたくようにして水を切る。鳥が風を読んで滑降するごとく、水が気流のように流れていく。

完全に、水に〝乗った〟。

もう、なんの抵抗も感じなかった。手を差し伸べていくだけで、体はどんどん進んでいく。

クイックターンで壁を蹴り、伸びて伸びて伸びて伸びて――。

龍一は完全に試合に出ていることを忘れていた。

マトマイニの、襟香の、有人の思いと熱が、連玉振り子の衝撃のように、自分の中に響いてくる。躍動する力に押し出されるように、龍一はただ腕を遠くへ遠くへと差し伸べた。

気がつくと、二往復が終わっていた。壁にタッチし水底に足をつき、龍一は暫し茫然としてしまう。

他のコースの選手たちが上げる水飛沫が、まだ後方に見える。

トップだったんだ……。

ようやく悟った瞬間、大歓声に包まれていることを自覚した。

敦子や麗美や弘樹たちが駆け寄ってくる。プールサイドでは、ほとんどの観客が立ち上がって拍手をしてくれていた。

先に泳ぎ終わったマトマイニが、手を差し伸べて龍一をプールサイドに引っぱり上げた。

「センパーイ！」

感激のあまり、有人はベソをかいている。

タオルで身を包んだ襟香と眼が合った。ゴーグル越しにその表情は知れない。けれど。

〝ありがとう〟

その唇が動くのを、龍一は確かに見た。

「あれは誰だ？」

三中のベンチで、樋浦が立ち上がる。

「あんなブレストの選手、模擬試合のときはいなかった。それにあいつ、個人戦には出ていなかった」

その瞳がぎらぎらと燃え立つようだ。いつも冷静な樋浦の興奮した様子に、長嶋は軽く気圧された。

「三年の選手みたいだな……」

リストを見ながら答えると、樋浦がそれをひったくる。

「三年生？　まさか。なんであんな奴が、今までどの大会にも出てこなかったんだ」

長嶋から奪い取ったリストを、樋浦は食い入るように眺めた。

「雪村清澄？　お前知ってるか」

「いや」

長嶋も、聞いたこともない選手だった。

だが、あいつの泳ぎは……、月島タケルにそっくりだ。

樋浦と月島が共にブレストで全国大会にまで出場したことは、もちろん長嶋も知っている。

月島の不在を、樋浦が無念に思っていることも。

だが。

その月島と、そっくりのフォームの選手が現れた。しかも、今までどの大会でも見たことのない幻のような選手だ。

「長嶋先輩、樋浦先輩！」

そこへリレーで負けた三中の選抜選手たちが、水を滴らせたままでやってきた。

「やってられないっすよ」

ベンチに戻るなり、一人がそう吐き捨てる。

「一中の奴ら、四人中二人がスーツ水着じゃないすか。あれじゃ公平な試合とは言えないっす」

「そうそう、おまけに一人筋肉留学生だし」

「公式戦なら完璧に失格だね」

彼らの負け惜しみに、樋浦が眉を逆立てた。

しかし樋浦が口を開く前に、主将として長嶋が前に出る。

「スピード水着でタイムに差が出るのは、百メートルで〇・五秒がいいところだ。三秒近くも差をつけられて負けた人間が、つまらないことを言うな！」

長嶋の剣幕に、後輩たちは気まずそうに口を閉じた。

彼らは模擬試合で惨状をさらした相手に負けたことを、あくまで認めたくない様子だった。

しかし試合の結果は、火を見るよりも明らかだった。


夕刻、龍一たちが賞状を部室の棚に収めていると、引き戸がガタガタとあけられた。

「ちわす。お届けものでーす」

扉の向こうに、水色の制服姿の配送員が立っている。

「ジャ……ジャダさん？」

その後ろに男性姿のシャールと、柳田までが揃っているのを見て、龍一たちは唖然とした。

ジャダとシャールは、ケータリング用の大きなボックスを持っている。

「本当はさ、あたしたちだって応援にいきたかったのに、このオヤジ、本当に踏ん切り悪くてさ。顧問のくせに、会場いかないなんて、もう、なんなのって感じ」

ジャダの憤慨に、柳田はきまり悪そうに頭をかいた。

「なにか問題があれば、ちゃんと出ていく心づもりだったんだ」

「またー、ウソウソ、どうせ責任逃れしたかっただけでしょ？　本当に煮え切らない先公よね」

顧問がオカマ口調の角刈り青年に言い込められているのを見て、有人たちが眼を丸くしている。

「ちょっと、ジャダ。あなた、皆に会うの初めてでしょ」

シャールがジャダをたしなめた。

「え、そうだっけ？　ちわーす」

ジャダは悪びれた様子もなく頭を下げる。

「ごめんなさいね。ジャダは昔ヤンキーだったから、言葉が悪くて」

「だぁってさぁ、あたし本当に応援いきたかったのよー。だって会場の四中ってあたしの母校よー。よく窓硝子割ったり、ストーブに爆竹投げ入れたりして停学処分食らったもんだわ。懐かしいわー」

「おい、生徒の前でなんてこと言うんだ」

「うるさいわよ、意気地なしの先公」

「ムゼイ！」

言い合いしながら、三人《おじさん》は部室の中に入ってきた。

シャールを見るなり、マトマイニが飛びついていく。

「あら、マトちゃん、水着どうだった？」

「ガビーサ！　最高でした！　僕たち優勝しました」

マトマイニの言葉に、柳田が顔色を変えて龍一を見た。

「おい、本当か」

龍一は頷いて、棚に入れたばかりの賞状を指差す。すかさずそれを取り出し、柳田は大声をあげた。

「男子四百メートルメドレーリレー、四分二十四秒三五？　おい、これ本当か。凄い記録じゃないか！」

「そうそう。個人戦も絶好調で、総合優勝やで」

有人が両手を組んで、顔の左右で振ってみせた。

柳田は眼鏡を外し、賞状に顔を近づけて詳細を読んでいる。

「この人たちなに？　オカマ？」

勝利ポーズを続けている有人の裾を引っぱり、聖が囁く。

「ちゃう。ドラッグストアーのおっちゃんと、もう一人は四中の元ヤンやって」

「四中の元ヤン……」

眉を剃《そ》り落《お》としているジャダを窺い、聖はそれ以上の感想を口にするのをやめておいた。

「ところでおっちゃん、なに持ってきたん？」

「そうそう。差し入れを持ってきたのよ。冷めないうちに食べてちょうだい」

シャールがボックスの蓋をあけると歓声が沸いた。

「うわぁー、美味しそぉうー」

「あたりまえよぉ。全部オネエさんの手料理よ」

「五穀米のお稲荷《いなり》さんに、全粒粉のサンドイッチ、テンペのサテと、大豆《だいず》のハンバーグ。焼き野菜のマリネもあるわよ」

「すごい、これ全部マクロビですよね？」

「あら、さすがは賢い眼鏡っ子。よく知ってるわね」

いつものスパイシーなお茶が振る舞われ、あっという間に部室はちょっとしたパーティー会場へと変わっていった。

にわかには信じられないらしく、柳田はまだ手元の大会記録を熱心に読んでいる。

龍一は、サテを食べている敦子の隣に腰を下ろした。

「しかし今日、東山はよく飛び込みできたよなぁ」

「ああ、あれにはちょっと秘密があってね……」

敦子が含み笑いする。

「実は、五十嵐君がね……」

スタートの直前。緊張でがちがちになっている麗美のところに、弘樹が襟香を連れてやってきたのだそうだ。

襟香が麗美に向かって厳かに告げた。

〝レミー・キャット・ルーク、お前ならできる。私はお前を信じている〞

その途端、麗美が魔法にかかったように表情を変えた。

〝ユ……ユンロン大佐……！〞

〝そう。私は銀河の青い流星。キャプテン・ユンロン・ウルフだ〞

「いや、ちょっとした名演技だったよ」

敦子はおかしくてたまらない様子で笑っている。

「あの雪村がねぇ……。しかし五十嵐もよく考えたもんだな」

　龍一は感心した。

「彼ね、アニメ漫画研究部で嫌がらせに遭って、それでレミちゃんがうちの部に連れてきたみたい」

「嫌がらせ？　なんで」

「よく分からないけど、オタクにはオタクのヒエラルキーみたいなものがあるらしくて、五十嵐君、一部の女子から〝キモオタ〟って言われてたんだって。ほら、太ってるしね」

「なんだそりゃ、太ってようが痩せてようが、オタはオタだろう。俺から見ればあいつらなんて、皆同じだ。オタ女のくせになに言ってやがる」

「レミちゃんも抗議したらしいんだけど、結局、五十嵐君は居づらくなっちゃってね」

　それで弘樹は麗美が兼部している水泳部にきた。

　当時の主将のタケルは、泳げない彼を「水中歩行部員」として受け入れた。

「でもそしたらね、彼、それが楽しかったんだって。水の中では体も軽いし。プールが〝好き〟になっちゃったんだって」

　聞きながら龍一は、ようやく納得する。

　そうか。あいつが〝好き〟だったのは、俺じゃなくて〝プール〟のほうか。

　よかったぜ。

　見れば弘樹は、幸せそうに稲荷寿司を食べている。

　試合後、弘樹は一人で龍一の元へやってきた。

〝せ、先輩。じ、自分も、泳ぎたいっす……。し、試合に、出てみたいっす〟

最初は自分同様、たいして泳げなかった有人や麗美やマトマイニが別人のような雄姿を見せたことに、弘樹は大きな感銘《かんめい》を受けたらしかった。

ふと視線を上げると、窓側の席の襟香が眼に入る。

襟香はシャールと話しながら、焼き野菜のマリネを食べていた。

その頰が薔薇色に輝いているのを見て、龍一は密かに胸を熱くした。

20　叢雲《むらくも》

学区域戦での総合優勝は、水泳部の部員全員の大きな自信となった。

これまで朝練はレベルに合わせて二組に分かれていたが、今では全員が朝から七キロのロードワークをこなすようになっていた。チューブトレーニングとストレッチで体幹を鍛え、プール練習では三キロのインターバルトレーニングを行う。

水中歩行部員の弘樹も、龍一の指導の下、まずは体を浮かせるところから泳ぐための訓練を始めた。

物理的な実力のばらつきはあっても、心理的には一丸となっていた。

だが、後輩たちに手がかからなくなると、なぜか敦子は一人だけ気が抜けたようになった。

龍一と襟香の指示に応えて、どんどん成長していく後輩たちの姿に、自分の役割は終わったようにも感じてしまう。

なんだろう、この気持ち。

今まで夢中になってここまでやってきた反動か、敦子は自分がなにか大切なことを忘れているように思えてならない。

ああ、そうか。

タケルの新盆《にいぼん》が近いのだと、敦子はうっすら考える。

だが弓が丘杯に向けて益々練習に力を入れていく龍一に、それを言い出すことはできなかった。

よーい、へーイ!

龍一のかけ声がプールサイドに響くたび、後輩たちが次々とプールへ飛び込んでいく。それはタケルがいた頃と、なんら変わらない光景だ。

龍一の主将ぶりはすっかり板についていた。そしてその傍らには、常に襟香がいる。敦子には、二人が後輩たちを引き連れて、あまりに先にいってしまったように思える。自分もそこへいこうとするのだが、水の中で足踏みしているように頼りない。

それにもう、自分の出る幕は、これ以上ないような気もする。


日曜日。敦子は一人でタケルの墓参《はかまい》りに向かった。

制服に喪章をつけて、白い百合《ゆり》の花を買ってバスに乗った。

バスの車窓《しゃそう》からは、丹沢《たんざわ》連峰の青い山並みが見える。この時期、霊園に向かうバスの中には、仏花を手にしている人が多かった。

終点でバスを降り、丘を登る。

広々とした霊園の敷地には、季節の花々が植えられ、一年中彩《いろど》りが絶えることはない。今も午後の微かな風の中、芙蓉《ふよう》が大きな花弁をふわふわと揺らしていた。

日当たりのよい丘の中腹に、タケルの墓はあった。

敦子が手桶《ておけ》を手に墓の前までくると、既にタケルの母がしゃがみこんで両手を合わせていた。線香の清涼な香りが、静かに周囲を満たしている。

タケルの母は敦子に気づくと、にっこりと微笑んだ。敦子も丁寧に頭を下げる。

「敦子ちゃん、いつもありがとうね」

月命日に敦子が花を手向けにきていることに、タケルの母は気づいているようだった。

並んだ二人の影を映し出すほど、御影石《みかげいし》の墓石は真新しい。元水泳部の部員たちがきたらしく、墓石の下には「先輩へ」と書かれた手紙の入った花籠《はなかご》や、バスケットに入ったお菓子が供《そな》えられていた。

花籠の端に、敦子は持参した百合の花をそっと重ねる。

「お母さんから聞いたけど、学区域戦優勝したんですってね」

タケルの母の言葉に、敦子はハッとした。

「よかったわね。次はいよいよ弓が丘杯じゃない。きっとタケルも喜んでると思うわ」

しかし次の言葉を聞いた途端、心に黒い雲が湧く。

死んでしまったタケルが「喜ぶ」なんてことが、本当にあるのだろうか。

そんなこと。

ある訳ない。

タケル君なら、まだたくさんやれることがあったのに。

あんなに突然にこの世を去ってしまって、タケル君はどうしようもなく途中で断ち切られたまま、未だに闇《やみ》の中に宙ぶらりんになっているのではないだろうか。

そう考えるたびに湧き起こる黒い雲が、どうしようもなく敦子の心を覆いつくす。

「ちょうどお盆だし、きっとタケルも帰ってきて応援にいくと思うわ」

タケルの母の思いやりを知りつつ、敦子はいたたまれなくなって下を向いた。

そんなこと、ある訳ない。

タケルの心がまだ残っているように感じるのは、置いていかれた側の勝手な思い込みだ。タケルはもう、戻ってこない。なにをしたって。

幼い頃、少し泣き声をあげればすぐに側にきてくれたあの温かな眼差しは、もう二度と自分を見ることはない。

だから自分は、最後まで悲しんでいようと決めたのだ。皆がタケルの死んだことをいつか忘れてしまっても、自分だけは忘れない。宙ぶらりんのタケルのことを、ずっとずっと覚えている。

そう思って、毎日喪章をつけた。

仲のよいユリですら、喪章をつけ続けている自分のことを煙《けむ》たく思っていたのは知っていた。

龍一が、何度も物言いたげな視線を送ってきたことにだって気づいていた。

それでもやめることができなかった。

だって。

私は悔しい。悔しくて悔しくて、やりきれない。

龍一から水泳部再建の話を持ちかけられたときは、それが道理だと思った。

タケル君の水泳部がなくなるのはおかしい。

だけど、今あるのは〝タケル君の水泳部〟ではない。

そして。

それが自分は寂しいのだ。

そう自覚した途端、敦子は愕然とした。

宙ぶらりんのタケルのために悲しんでいたつもりなのに、そこには既にタケルの姿がないように思えた。

敦子はついに、龍一だけでなく、タケルからも置いてきぼりにされてしまっていた。


友達と約束がある――。

車で一緒に帰ろうと言ったタケルの母にそう言い訳し、敦子は一人、バスに乗って駅前まで戻ってきた。

本屋にいってみたが、読みたい本は見つからなかった。

よりどころなく歩いていると、エキゾチックなお香の匂いが漂ってきた。いつの間にかシャールの店の方向に歩いてきたようだ。

店の前では、クロアゲハ蝶の羽のような振袖のドレスを着たシャールが、ジョウロで水を撒いている。

ショッキングピンク色のウィッグをかぶり、鼻歌を歌っている女装の大男の姿を、敦子はしばらくぼんやりと眺めていた。ベッドタウンの休日の午後、その光景は非現実そのものだった。

やがて視線に気づいたのか、シャールが顔を上げる。

「あら、敦子ちゃん」

声をかけられた途端、張り詰めていたものが音もなく割れた。

「シャールさん……」

敦子は一歩足を踏み出す。

不思議の国から突如現れた魔法使いのようなこの人にならなにを言っても許される気がした。

「好きな人が、死んじゃった」

気がつくと、今まで誰にも言えなかった胸の内を告げていた。

視界がぼやけ、一気に涙が込み上げる。

タケルの葬式でも、墓の前でも流れることのなかった涙が、とめどなく溢れ出した。両手で顔を覆って、敦子はしゃくりあげる。

ふわりとなにかに包まれた。いつの間にか、シャールの振袖の中に包み込まれている。

蝶の羽に守られながら、敦子は大声で泣いた。

「私、分からない。分からないよ、シャールさん。いくら本を読んでも、どんなに大人ぶってみても、全然、全然分からないよ。この世の中のことには全部意味があるなんて、絶対嘘だ。なんで……」

シャールの厚い胸を拳で叩く。

「なんでタケル君は死んじゃったの。どうしてタケル君が死ななきゃならなかったの。それに……」

敦子は声を震わせた。

「どうして私は、それを忘れていっちゃうの。同じように悲しんでいようと思ったのに、どうして変わっていっちゃうの。私はもしかして、タケル君のことを、いつか忘れてしまうの？私嫌だ、そんなの絶対に嫌だ……」

黒地に赤い斑点の散った蝶の羽の中で、幼い頃のように泣きじゃくる。クロアゲハ蝶の大きな羽が、敦子を周囲から遮断してくれていた。

「……ごめんなさい」

どのくらい時間がたったのだろう。

ようやく落ち着きが戻り、敦子は小声で呟いた。

「いいのよ」

シャールが静かに微笑む。

「敦子ちゃんが言うとおり、この世界はときどきどうしようもなく不公平なの。だから泣きたいときは、思い切り泣いていいのよ。賢い敦子ちゃんは、それを我慢してきたんでしょう？」

シャールは敦子の肩を抱き、店の中に招き入れた。

「ちょっとだけ待っててね」

スツールに敦子を座らせ、一旦カウンターの奥に消える。

戻ってきたとき、シャールは手に薔薇のコサージュを持っていた。

「敦子ちゃん、あたしは今はシャールだけど、〝清澄〟だったときのことを忘れている訳でも忘れたい訳でもないのよ。人の記憶はそういうものなの」

喪章の上に、シャールがそっとコサージュを重ねる。

「これから敦子ちゃんはたくさん恋をして、もしかしたら誰かと結婚して、子供だって産むかもしれないわ。でもそれは、その好きだった人を忘れることとは違うのよ。世界は確かに不公平だけど、明けない夜はどこにもないの。だから変化を恐れては駄目よ」

敦子は黒い布の上に添《そ》えられた、薔薇を見つめた。

本当に？

思わず薔薇の花に問いかけていた。

私が変わってしまっても、タケル君は私のことを覚えていてくれるの？

返事はどこにもなかった。けれど敦子は泣きやんでいた。

置いていかれたのなら。歩いていくしかないのかもしれない。

その先にタケル君がいなくても。

指先が小さく震える。

敦子は意を決して昨年の冬からつけ続けていた喪章を外し、代わりにそこに薔薇のコサージュをつけてみた。

「今日、敦子ちゃんに会ったのよ」

その日の夕方、タケルの家の仏壇《ぶつだん》に線香を供えにきた龍一は、タケルの母から昼間敦子が一人で墓参りにきていたことを聞かされた。

声をかけてくれれば自分も一緒にいったのにと思ったが、きっと敦子は一人でいきたかったのだろうと考え直す。

「いよいよ来週は弓が丘杯ね。ちょうどお盆の時期だし、タケルも帰ってきて応援にいくと思うわ」

タケルの母が微笑む。

そうだと、いい。

龍一は頷いた。

今の水泳部を、タケルにも見てもらいたい。

人数は半分以下に減ってしまったが、頼もしい後輩が揃っている。しかも二年生の三人は、タケルが主将だったからこそ、水泳部に入ってきた三人だ。

龍一は線香に火をつけ、掌を合わせて眼を閉じる。

俺は、お前の〝バトン〟をちゃんと運べているだろうか。

個人戦以外はまったく興味がなかったのに、ようやく俺にもリレーの楽しさが分かってきたよ。本気で後輩を指導しようと思ったとき、図書室で借りてきた水泳指南書の図書カードには、全部お前の名前が記されていた。

歯痒くて煙たくて、自分とは気が合わない奴だと思っていたよ。

でも、そんなふうに思える相手って、実はお前しかいなかった。今ならもっと、違う話ができたろうに。そう考えると残念だ。

だから戻ってこい。お前が始めた水泳部だ。

弓が丘杯を、俺たちと一緒に戦おう。

眼をあけて、遺影の中の変わらぬ笑顔を見つめる。

龍一の思いに頷くように、線香の灰が静かに香炉にこぼれ落ちた。


夏休みに入ると、町で一番大きな体育館を利用しての長水路練習が本格的に始まった。

市内最新の設備を誇る水泳施設を借りきって行われる弓が丘杯は、五十メートルプールが正式会場となる。普段二十五メートルプールで練習を続けている選手が、いきなり五十メートルプールで試合に臨むと、思ったようにタイムが伸びないことがある。特にターンと水中キックに重きを置いて練習をしてきたマトマイニと有人にとって、ターンの回数が減る「長水路」は不利だ。

龍一は、今度は二人に長距離を泳ぎながら加速していく方法を、教えていかなければならなかった。

顧問の柳田も、今では毎日引率に当たっている。たまに配送途中のジャダが部室に顔を出し、そんな柳田に活を入れていた。

それぞれの練習には、一段と熱がこもっていた。有人は飛び込みの跳躍が増してきたし、マトマイニは腕のローリングをよりダイナミックな動きへと変えていった。

龍一自身も負けてはいられない。

速度を上げるため、一直線に水を切るI字型ストロークを極めていく。

敦子も女子の泳ぎに細かく気を配り、襟香と連携《れんけい》してフォームの矯正《きょうせい》に努めていた。

最初麗美は往路五十メートルという距離のプレッシャーに潰されそうになっていたが、〝ユンロン大佐〟の直接指導もあり、徐々に自信を持って練習に当たるようになっていた。

ロードワークやチューブトレーニングも今までと同じようにこなし、全員が連日へとへとになるまで踏ん張った。


その日も、龍一たちは午前中のプール使用時間を目一杯に使って練習を続けた。

練習後、駅前で後輩たちと別れ、龍一は一息つく。

随分と形になってきた。これなら本当に、リレー優勝も夢ではないかもしれない。

思えば長い道のりだったよ――。

龍一は、駅前通りをぶらぶらと歩いた。ふとコンビニが眼に入る。

喉《のど》も渇《かわ》いたことだし、なにか飲み物を買っていこうか。

店内に入った瞬間、見知った顔に振り向かれた。

予備校の休憩時間なのか、春日が飲み物とスナック菓子を買っているところだった。

「うわ、上野、お前なんか焼けてない？」

開口一番、春日は呆れたようにそう言った。

「仕方ないね。俺ら今、朝トレで走ってるからね、こう毎日日差しが強くちゃ、これくらいは焼けちゃうね」

「朝トレ？　そんなことまでやってんの？　相変わらず呑気だなぁ」

それぞれペットボトルを手にコンビニを出る。

「そうそう、お前ら学区域戦で優勝したって本当？」

春日は信じられないといった顔で龍一を見た。

「ま……まあね……」

龍一は曖昧《あいまい》に頷く。襟香のことがある以上、弓が丘杯まであまり話題にされたくはなかった。

「一体なにがあったんだよ。残ったのはカスばっかりだったんだろ？　お前だって俺に、リレーだけでも出てくれって泣きついてたじゃん、奇跡の一年生でも入ったか」

「いや、一年も二年も頑張ってる」

「信じられねえな。二年ってどいつ」

「三浦と、東山と、五十嵐」

「そんな選手いたっけ。俺らが去年都大会に出たときに一緒にいた奴らじゃねえよな」

「いや、去年までは選手じゃなかった」

「ありえん……。あ、でもだからか」

突然思いついたように、春日は改めて龍一を見た。

「それじゃ、あれ、やめてった連中のあてこすりかな。なんか変な噂出てるぞ」

「なに、変な噂って」

「あの美人の雪村が、男の格好して試合に出てたとか」

心拍数が一気に上がる。

だが龍一は、敢えて余裕の表情を浮かべて春日を見返した。

「なにそれ。又学校裏サイト？　なんでわざわざ女に男の格好させて泳がせんだよ。そんなの不利なだけじゃん。それにそんなこと、あの柳田のおっさんが認めると思う？」

春日は不審そうに龍一の顔を眺めている。龍一の腋の下を、気味の悪い汗が流れた。

長い沈黙の後、「だよなー」と、春日が脱力した声をあげた。

「なんか変な話だとは思ったんだよ」

龍一は、内心胸を撫で下ろす。

「当たり前だよ。お前さ、学校裏サイトに書いてあることなんでもかんでも本気にするの、やめろよな。匿名《とくめい》の書き込みなんて、ほとんどがデマだよ。アホらしくて鼻から二重のちょうちんが出るね」

「ま、そうだけどさ。結構面白いことが書いてあんのよ。ああいうの読んでると、性善説なんて全然信じられなくなるけど。ときどき、やめられなくて朝まで読んじゃうよ」

龍一は、不健康にむくんだ春日の横顔を眺めた。

「勝ったら勝ったで、やっかみが大変だぜ、上野主将！　特にお前が中心になってやめてった連中にとっちゃ、今回の優勝が気に食わないんだろうな」

「アホか、戻りたければいつでも戻ってくればいい。俺にそれを拒否《きょひ》する権利なんてないよ」

「龍一君は、本当に我が道をいくだねぇ」

少し寂しそうに春日が呟く。

「誰もがお前みたいに考えられる訳じゃないってことを、少しは知っといたほうがいいぜ」

「どういう意味だよ」

「つまりさ、誰もがお前みたいには自分の考えに自信を持てねえってことだよ。だから、本当はこうしたいって思ってても、つい他人と一緒の方向に流されちゃう訳さ」

「はぁ？　俺だって自信なんかまるでねえよ」

「それでもそうやって、受験の夏休みに平然と日焼けなんてしてるだろう？」

龍一は黙った。

「お前は自分で思っている以上に自己肯定的なんだよ」

「でも、誰だってそうじゃねえの？　自分で自分を否定して、一体なにが残るんだよ」

正直にそう言うと、春日は笑った。

「俺はときどきお前が羨ましいよ」

嫌みではなく、本気で言っているようだった。

「それにしても今回のデマには信憑性があったんだよな。三中のホームページの大会写真にそれらしい写真が載ってるとまで書いてあった」

その言葉に、龍一は凍りつく。

「まぁ、三中のホームページを見てみれば、デマはデマだって分かることさ」

瞬間、龍一は全力で駆け出した。

後ろで春日がなにか叫んでいたが、振り返っている余裕はなかった。

全速力で走って三中に着いたとき、ちょうど長嶋たちが練習を終えてプールを引き上げるところだった。

「長嶋、長嶋、長嶋ー！」

硝子をガタガタと揺さぶって、龍一は三中の女子部員たちから散々悲鳴をあげられた。

「なんなの、まったく」「マジ、野蛮人《やばんじん》」「一中の上野、超サイテー」

女子からは罵られまくったが、おかげで騒ぎを聞きつけて長嶋が現れた。

「なんでだよ」

三中水泳部の部室で二人きりになると、長嶋は腕を組んで龍一を見た。

「うちの部員が写ってるのは、まずいんだよ」

「だから、なんで？」

不機嫌極まりない様子で、長嶋が繰り返す。

二人の前にはパソコンがあった。そこに学区域戦の様子がアップされている。

〝残念、無念、二年連続の優勝ならず〟

大きな見出しと共に掲載されている写真の中の一枚に、銀色のスーツ水着をまとった襟香の姿が見切れていた。

「これくらいの写真、なんで一々削除しなきゃいけないんだよ」

「うちの部員にも肖像権《しょうぞうけん》ってもんが……」

「ふざけんな」

長嶋がにべもなく切り捨てる。

「こいつはでかい事務所のアイドルか？　それともどこかの国の王子様か？　なにが肖像権だ、ふざけたこと言ってんじゃねえ」

「……だよなぁ」

「だよなぁ、じゃねえ！　一体、なにしにきやがった。さっさと帰れ」

龍一は息を吸い込み、長嶋の顔を正面から見据えた。

「じゃあ、一中の主将として話す。でもこの話、主将同士の話として、胸に収めてもらえるか」

長嶋は不審そうに眉を寄せる。

「一体なんの話だよ」

「こいつ、本当は女なんだ」

龍一が一息に言うと、長嶋は妙な表情を浮かべた。

しばらく無言のまま見つめ合う。

「ひゃ……」

突然、長嶋は腹を抱えて笑い出した。

龍一は啞然とする。

笑って笑って笑い転げて、長嶋は腹を押さえながら苦しそうに声をあげた。

「お前が冗談を言うような奴だとは知らなかったな。でもどうせなら、もう少しましなこと言えよ。それじゃ、うちの部員が女に抜かれて負けたとでも言う気かよ」

「それがばれたくなかったら、削除してくれよな」

長嶋が笑うのをやめる。

「その話、本当なのか」

龍一は頷いた。

「どういうことだ」

「俺にだって分からない。でも大事な部員だ」

〝大事な部員〟という言葉に、長嶋が小さく眼を見張る。

「あいつはスーツ水着を脱げないから、公式戦には出られない。だから俺は、なんとしてでも弓が丘杯を成功させたい。それまでに、騒ぎが大きくなると困るんだ」

長嶋はしばらく考え込んでいたが、やがてゆっくりと口を開いた。

「女が男として泳いだのは、そいつの意志か」

「そうだ」

「お前がそれを認めたのか」

「そうだ」

「なぜだ」

「本当のところは、俺もよくは分からない。でもあいつは真剣にそうしたがっていた。ふざけてる訳でも、嘘を言ってる訳でもない」

「つまり……」

長嶋が龍一を見つめる。

「数合わせのためでも、速さのためでもないんだな」

「当たり前だ」

龍一がきっぱりと言い切ると、長嶋は深く頷いた。

「分かった。お前の要請に同意する」

パソコンの襟香の写真を前に、二人の主将が初めて本気の握手を交わした。


これですべてがうまくいく。

龍一はそう思った。

しかし、順調に進んでいた長水路訓練で、予期せぬことが起きた。

龍一がストップウォッチで襟香のタイムを計っていると、突然プールサイドに着衣の中年女性が走り出てきた。

白いロングスカートを履いたその人は、その場にいる全員の注目を浴びながら、周囲をきょろきょろと見回している。

「おばちゃん、服着たままここに出てきたらあかん……」

有人が声をかけかけたが、女性の必死の形相に後の言葉を飲み込む。龍一も茫然として女性を見た。キャビンにいた柳田が立ち上がる。

「奥さん」

柳田が差し伸べた手を、女性は振り払うように遠ざけた。そして、プールサイドに向かって泳いでくる襟香の姿に眼をとめるや、顔色を変えて飛び込み台の近くに走り寄っていく。

女性が戻ってくる襟香を待ち構えているのを見て、龍一は嫌な予感を覚えた。

ゴールした襟香は水面から顔を出すと、固まっている龍一たちを見て、少しの間きょとんとした。

だが、すぐに女性の姿に気づき、たちまち表情を凍らせる。

やがて覚悟を決めたように、襟香はゆっくりとプールサイドに上がってきた。

「エリちゃん、どうして……」

完全に男子体型の水着をまとった襟香が近づいてくるのを見て、女性が口元を押さえる。

やっぱりか――。

龍一は、嫌な予感が当たったことを悟る。

女性は襟香の母親だ。

襟香はしばらく押し黙っていたが、やがて大きく息をついた。

「これが本当の俺なんだ」

襟香が〝俺〟と言ったことに、女性はギョッとしたようだった。

襟香の口から、益々重い溜め息が漏れる。

「もう、こういうの、うんざりなんだ……。頼むから、俺のことは諦めてくれよ、お母さん」

その瞬間、女性の右手が振り上げられた。

空気をつんざく音がした。

痛烈に平手打ちされ、けれど襟香は微動だにしなかった。

唖然としている龍一たちを振り切るように、女性は長い髪を翻してプールサイドを出ていく。

誰も口をきくことができなかった。

殴《なぐ》られた顔を俯けたまま、襟香はその場に立ちつくしていた。

21　前哨戦

「世の中には、暇な奴っているものよね」

ジャダが目玉焼きの黄身を突きながら、憤慨の声をあげる。

その日、龍一はシャールの店のカウンターでジャダと並び、定番の雑穀米《ざっこくまい》ナシゴレンを頬張っていた。傍らでは、柳田までがお相伴にあずかっている。

襟香が男の格好で泳いでいるという匿名の手紙が、雪村家のポストに投げ込まれていたらしい。

襟香の母が皆の前で娘を平手打ちにして立ち去った後、家庭訪問した柳田は、初めてその事実を知らされた。

「それで、そのお母さん、どうしたの？」

「相当ショックを受けていてね、始終涙ぐんでたよ」

柳田が言うと、「カーッ」と叫んでジャダは角刈り頭を抱え込んだ。

「お母さん、分かってないなー。あたしたちには、そういうのが一番こたえるのよぉう」

「で？　あなたはなんて言って説得したの」

お茶を淹れてきたシャールが、カウンターにマグカップを置きながら尋ねる。

「娘さんのことはまだはっきりとしたことが分かっている訳じゃない。でもここで彼女を抑え込むのは得策ではない、とりあえず弓が丘杯が終わってからもう一度考えましょう、といった感じかな……」

「それで、お母さんは？」

「どうだかな……。とりあえず黙って聞いてくれてはいたが、最後にボソッと、私のなにがいけなかったんでしょうって、虚ろな顔で聞かれてしまったよ」

「カーッ」

柳田の言葉に、ジャダがカウンターに突っ伏した。

「肉親ってどうしてそうなっちゃうのかしら。そんなこと言われると、こっちは本気で死にたくなるのよぉう！」

「おいおい、脅かさんでくれ」

「だって本当なんだもん」

「じゃ、君のところはどうやって和解したんだ」

今度は柳田から尋ねられ、ジャダは首を傾げる。

「考えてみれば、結局和解はしてないのよね。でもあたしの場合、こうなって更正した訳で。今ではとりあえず仕事もしてるし、親は安心してるわよね。つまり、慣れだわ、慣れ！」

ジャダにバシバシと肩を叩かれ、柳田は眉を八の字に寄せた。

「それは、雪村君のところの参考にはなりそうもないなぁ」

「でもさーあ……」

髭をくわえたまま、ジャダが柳田ににじり寄る。

「今回は頑張ったじゃない。根性なしの先公のくせに。あたし、ちょっぴり見直しちゃった」

龍一の手前か、シャールは「こらこら」とジャダをたしなめた。

学校裏サイトで話題になっていたという件も含め、龍一は今回襟香の家に手紙を投函した犯人の見当が、なんとなくついていた。

あのアクの強いケバ女と、やめていった部員の誰かが結託しているとなると、面倒なことが起こりそうな気がする。

「先生、弓が丘杯のほうは大丈夫ですかね」

思わずそう聞くと、柳田は曖昧に頷いた。

「これ以上、事が大きくならなければな。念のため、弓が丘杯主催の教育委員会の知り合いには、事情をそれとなくは伝えておいた」

「いよっ！　さすが、責任逃れの天才ね」

「こら、ジャダ」

「違うの。この人、変わったわ。あたし本気で感動してるのよう。先公、すてき！」

「うわ、やめろっ」

ジャダに抱きつかれた柳田は、蛇《へび》にでも絡まれたように絶叫する。

だが龍一は、ジャダの言うとおりだと感じていた。今までの柳田なら、絶対に襟香を抑え込むほうに力を注いだはずだ。柳田は明らかに、以前とは違う。

「ジャダ！」

嫌がる柳田にいつまでも絡みついているジャダに、シャールがついに怒声をあげた。

「食べ終わったなら、あんたはさっさと配送にいきなさい。さもないと、駐禁の店の前に、軽トラが停まってるって通報するわよ」

その言葉に、ジャダは柳田を突き飛ばし、慌てて表へ出ていった。

「まったく……。一体いつからうちはカフェになったのかしら。こうなったら、賄いを出すカフェでも本気で始めてみようかしら」

シャールがぶつぶつ呟きながら、空になったお皿を重ねてカウンターの奥へ消えていく。

いつしか、龍一と柳田の二人だけがカウンターに取り残された。

気まずい沈黙が流れる。元々互いに気の合わない相手だ。

「上野」

やがて柳田が口を開いた。

龍一が見返すと、柳田は視線をそらして口元を歪ませる。

「お前は本当にとんでもない生徒だよ。お前がいなければ、俺はまさか自分がこんなことに手を貸すことになるとは思わなかった。でも……」

苦笑しつつ、柳田が続けた。

「長水路の訓練につき合ってみて、俺は雪村が、あんなにはきはきとものを言う生徒だと初めて知った。俺は最初、あの子を問題児だと思ってたんだ。でも、違ったな。あの子は月島並みに指導力のある、優秀なアスリートだ」

　龍一は黙ってその言葉を聞いていた。

「もちろん、あの子の抱えている問題は複雑だ。親御さんの件も含め、一朝一夕で解決ができることじゃない。でも、でもな……」

　柳田がためらいがちに、視線をさまよわせる。

「あの子が笑っているところを見て、俺はやっぱり驚いた。つまり……、正しいか間違っているかってことを抜きにしてでもだな……」

　言葉を切り、柳田は肩で大きく息をついた。

「俺は……本当は、こんなつもりじゃなかったんだ。月島のおかげでいつの間にか愛好会が部になって、それだけでも負担に思ってたのに、今度はお前のおかげで学区域戦総合優勝の部の顧問にまでなっちまって。本当に、こんなつもりじゃなかったんだ……」

　柳田が再び押し黙る。

　沈黙の中、香辛料のきいたお茶の香りがゆらゆらと揺れた。

　お茶を一口飲み、柳田はしっかりと龍一を見る。

「はっきり言って迷惑だし、今だって自分がなにをしようとしているのかよく分からない。ただ、一つだけ、正直に思う。上野、お前、たいした奴だ」

　いきなりそんなことを言われ、龍一は言葉を失った。

　常にこちらを「子供」だと侮っていた偏見《へんけん》の山が、初めて崩れる。

　柳田が同じ目線で自分を見ていることに気づき、龍一は動揺する。

「学生時代、俺はずっと御厨に敵わなかった。でもお前にもだ。お前は、あの頃の俺にも、今の俺にもできなかったことをしているよ」

そんなの、ただの買い被《かぶ》りだ。

そもそも自分一人が都大会に出たくて、始めたことなのだ。

けれど、柳田が変わったように、その自分もいつの間にか変わっていたのかもしれない。

なぜ――？

自問したとき、頭の中に水泳部の面々が浮かんだ。

一人じゃない。

彼らがいたからこそ、きっと自分は変わることができたのだ。

「でも、これが最後だ」

柳田が再び口元に苦笑を浮かべる。

「こんな危ない橋を渡るのは、もうたくさんだ。お前らが来年卒業でホッとするよ」

柳田の眼差しに一層の力が籠もった。

「上野、約束を守れ。雪村と……、あいつらと一緒に、弓が丘杯のリレー戦でトロフィーをとってみせろ。それが俺とお前の間で交わされた、水泳部存続の条件だ」

挑発的な響きをまといつつも、それは柳田が心から発したエールだった。

「はい」

龍一はしっかりと頷く。

襟香、有人、マトマイニ。

彼らと組んでリレーに出るのは、本当にこの夏の大会がラストチャンスなのだ。

「ありがとうございます」

自ずと言葉がこぼれ落ちていた。

その途端。

「いやー！　ちょっとなんなのあんたたち、愛ね、愛！　燃えるわ、照れるわ、青春だわぁ！」

いつの間にかカウンターに戻っていたシャールに思い切りど突かれて、龍一と柳田は揃ってスツールから転げ落ちた。


大会前日の朝。

「ねえ、だから、なんで取材にいっちゃいけないのよ」

朝練にいこうとする龍一を、睦子が玄関先で呼びとめた。

「あんたたち学区域戦で優勝したんでしょう？　そんなこともちっとも教えてくれなくて。あっちゃんのお母さんから聞いたんだからね。プール設備のない学校で、それって凄いことじゃない。別に身びいきでもなんでもなくて、これは記事になるのよ。大体弓が丘杯なら、去年だって取材にいってるんですからね」

「うるせえな。昨日も言ったけど、駄目なもんは駄目なの。去年は俺は弓が丘杯に出てないし、それに主将はタケルだったろ？　でも今年は俺なの。俺が出るのに、母ちゃんなんかきてたら、皆になに言われるか分からないよ」

「弓が丘杯は市民祭よ。家族が応援にいくのも普通でしょう」

「でも駄目」

「なんでよ！」

「俺、主将だから。主将には主将の面子ってもんがあるの」

頑なに言いはる龍一を、睦子は不満げに睨む。

「あ、そうだ」

ふいに龍一が口調を変えた。

「明日、少し余分に弁当作ってもらえないかな」

「え……　そりゃあいいけど、でもなんで」

「後輩の分」

「それって、もしかして好きな子？」

「はあ？　女じゃあるまいし、なんで俺が好きな奴のために弁当持ってかなきゃならないんだよ。大体その後輩、男だ男」

「え……」

睦子の脳裏に、ドラァグクイーンの強烈な流し眼が甦る。

思わずごくりと唾を呑んだ。

「そ、その後輩の男の子って……、や、やっぱり、好きな子？」

「はあ⁉」

振り返った拍子に、龍一がシューズラックにしたたかに肘を打ちつけた。

「いってぇ」

「だ、大丈夫？」

「大丈夫な訳ねえじゃん」

龍一はうめきながら肘をさすっている。

「とにかくそいつ、チビのくせにすげえ食うからさ。できたら二、三人分頼めないかな」

「いいわよ。材料はたくさん買ってあるし」

そ、それに……。

万一それがリュウの好きな相手なら、これはもう、腕によりをかけて作るしかない！

睦子は内心拳を握って、悲壮な覚悟を固めた。

「任せといてよ。勝利を呼ぶ弁当を作るわ！」

「うん。いつもありがとう」

しかし次に気のないそぶりでそう言われ、睦子は一瞬ぽかんとする。

「え……」

「あ、でも、取材には絶対くんなよ」

龍一はすぐさまいつもの尊大な調子に戻った。

「だから、なんでよ！」

睦子が我に返って怒鳴りつけると、龍一はそそくさと表へ飛び出していった。

龍一の心配をよそに、襟香は毎日朝練に参加し、長水路の練習も欠かすことがなかった。

もっとも、元々表情が乏《とぼ》しく言葉数も少ないので、ショックの深さは傍目には分かりづらい。

その日、最後の長水路練習を終えた後、龍一は思い切って襟香を捕まえた。

「雪村、お前、大丈夫？」

「大丈夫って、なにが」

「なにがって……」

口ごもる龍一に、襟香が小さく笑ってみせる。

「仕方ないよ。遅かれ早かれああなった。俺は、変われないから」

その笑顔の寂しさに、龍一は複雑な気分になった。

あの子の問題は一朝一夕には解決しない――。

柳田の言葉が、胸に迫ってくる。

「ほら、いくぞ。皆、待ってるだろ」

黙っていると、逆に襟香から促されてしまった。

ロビーで他の部員たちと合流し、柳田の待つバス停へ向かおうとしたとき。

「おい、一中！」

突然背後から声をかけられた。

振り向いた龍一たちは、そこに三中のエースの樋浦がいることに驚いた。

啞然としている面々を後目に、樋浦はジャージ姿の襟香にずいと近づく。襟香は慌ててポケットからマスクを取り出そうとしたが、樋浦は気にも留めず一息に告げた。

「今年は月島と戦えないのだけが心残りだったが、学区域戦でお前を見て驚いた。今年は俺も弓が丘杯に出る。だからお前も明日は個人戦に出ろ」

マスクで顔を隠しかけていた襟香が眼を見張る。

「弓が丘杯なら当日の受付枠がある。俺も当日に申し込む。そうすれば、同じ組で泳げる」

それだけ言うと、樋浦はくるりと踵を返し、龍一の前で足をとめた。

「ローカル戦なんてお遊びだと思ってたけれど、今回は俺も参加することにした。あいつ……公式戦には絶対出れないもんな。でも心配するな、口外はしない」

小声で囁き、樋浦は大股でロビーを立ち去っていった。龍一は思わず襟香を振り返る。

襟香は、茫然として樋浦の後ろ姿を見送っていた。

三中ブレストのエースが、わざわざ自分を追ってここまでやってきた。その事実が、襟香の全身を鷲掴《わしづか》みにしているようだった。

白い頬に燃えるような血潮がふつふつと上っていくのが、龍一の眼にも見てとれた。

その晩、襟香はいつものように、母の洋子と二人で静かな夕食をとった。

柳田教諭の訪問を受けて以降、洋子はめっきり口数が少なくなっていた。襟香も、できるだけ淡々《たんたん》と接するように心がけている。

平手打ちにした側もされた側も、まるで何事もなかったように振る舞っていた。

夕食後、自室で明日の準備をしていると、玄関先に父が帰ってくる気配がした。いつも深夜近くにならないと帰らない父にしては、随分と早い帰宅だ。

やがて父の足音が近づき、部屋の扉がノックされた。

「襟香、ちょっときなさい」

ついにきた――。

襟香は体を強張らせる。

だが、薄々は覚悟をしていたことだ。スポーツバッグにタオルを入れ、部屋を出てリビングに向かう。

父と母は一緒にソファに座って自分を待っていた。父は真っ直ぐにこちらを見つめ、母は少し青ざめて下を向いている。

「襟香」

父が口をひらいた。

「男の格好をして弓が丘杯に出るというのは本当か」

襟香は返事をしなかった。

「普通に出るなら、お父さんもお母さんも心から応援する。だが、どうしてわざわざ男の格好をする必要があるんだ」

それでも襟香が黙っていると、父が重ねて尋ねてくる。

「誰かに頼まれたのか」

その途端、母がはじかれたように顔を上げた。

「そ、そうでしょう……？　お友達に頼まれただけなんでしょう？　男子の選手が足りないからって。エリちゃんなら男の子に負けずに泳げるものね。それで、断ることができないんでしょう」

それは途中から懇願《こんがん》に変わった。

母の気持ちを痛いほど知りつつも、襟香はやはり頷くことができない。

「襟香。お父さんもお母さんも、お前を心配してるんだ」

父が静かな口調で促す。

「黙っていたのでは、なにも分からないだろう」

襟香はついに顔を上げた。

「出たいんだ。本当の自分として、弓が丘杯に出たいんだ」

口にした途端、堰《せき》を切って溢れるように、たまらなく熱いものが込み上げる。

なぜなら自分は知ってしまった。

ありのままの自分を認め、必要としてくれる仲間の存在を。

三浦有人を、岩崎敦子を、マトマイニを……、上野龍一を知ってしまった。

初めての〝ライバル〟も現れた。

だから、もう。

自分は自分を殺せない。一人きりには戻れない。

気がつくと、襟香は大きな瞳から涙をこぼしていた。涙は頬を伝い、立ちつくしている足元にポタポタと散っていく。今までずっと隠し続けてきた思いが溢れ出すように、どうにもとめられなくなっていた。

父がソファから立ち上がる気配がした。

「それによってお前が傷つくこともある。それでもいいと言うのなら、お父さんはお前をとめない」

泣き続ける襟香の肩に、そっと手が置かれる。

「お父さん!」と、背後で母が驚いた声をあげる。

襟香は顔を上げることができず、そのまま深く頷いた。

22 弓が丘杯

台風がくるという予報にも拘らず、翌朝は快晴で、朝から蟬たちが大音量で鳴いていた。

「いってきます」

襟香の出がけの声に、朝食を片付けている洋子は答えることができなかった。

扉が閉まる音を聞き、洋子は洗い物をやめた。

襟香の部屋に入り、棚からアルバムを引き出す。幼い頃の襟香の写真を一枚一枚愛おしむようにめくった。

「女の子なのに……」

思わずこぼれた言葉に、ページをめくる指先がとまる。

「こんなに可愛い、女の子なのに……」

ページの上に涙が落ちた。

しかし成長するにつれ、写真の中の襟香から笑顔が消えていくのが分かった。そのうち写真自体を嫌がるようになったので、最近のものはほとんどない。最後のページにあったのは、中学の入学式のときの写真だった。女子制服に身を包み、襟香はどこか虚ろな表情をしていた。

アルバムをしまおうと立ち上がると、勉強机の上に、読みかけの本が置いてあることに気がついた。近づいて手に取れば、一枚の写真が滑り落ちる。

拾い上げて、洋子はハッとした。思わずじっと見入ってしまう。

水泳部の部員と一緒に撮った写真のようだ。

強い眼差しが印象的な背の高い少年、いたずらそうな瞳の小柄な少年、褐色の肌の黒人の少年……。男子選手たちと肩を組んで笑っている襟香の顔。

もう長いあいだ見たことのない、混じりけのない生き生きとした笑い顔――。


弓が丘杯は、最新設備を誇る市内最大の温水プールを貸し切りに、二日間に亘り行われる。

一日目は龍一たちの出場する中学部門と、マスターズ部門の試合で、広い駐車場には朝からたくさんの車が停まっていた。

　バスを降りた部員たちは、会場の大きさに息を呑んだ。

「ここってぇ、水深二メートルって本当？」

　麗美が真青な顔をしている。

「えええっ！　二メートル？　途中で足つこうと思ったら、溺れるで」

　有人が今更のように仰天すると、聖もへの字に口を結んだ。

　マトマイニはバスの中からずっと、スワヒリ語でなにかをブツブツと呟きっぱなしだ。

「おいおい、お前ら大丈夫？」

　初めての大会出場に緊張する後輩たちに、龍一が声をかける。

「三浦、マトマイニ、無駄に緊張している場合じゃないぞ。今回も更衣室における〝清澄〟の安全は、俺たちにかかっている。騒がず、目立たず、声かけさせず。なんとしてもうまく切り抜けるぞ」

　龍一の言葉に、ようやくマトマイニの呪文《じゅもん》がやんだ。

「いよっしゃぁああ！」

　有人がいつもの調子を取り戻して、拳を高く振り上げた。


　午前中の試合は女子の競技から始まる。

トップバッターは、自由形百メートルに出場する敦子だ。

たくさんのライトが下がったアーチ型の天井。満々と水をたたえた巨大プールには、十のコースができている。近隣大学の大会や、スポーツクラブの競技会にも使用される国際競泳場規格を備えた会場は、『緑とスポーツの町』を標榜《ひょうぼう》する弓が丘市ならではの充実ぶりだ。

正面には、学校名と出場選手の名前が点灯する電光掲示板と、大会の様子を映し出す大型ビジョンが据えつけられ、プールの片側には階段状の観客席が迫っている。既に大勢の観客たちが席に着き、競技の開始を待ちわびていた。

去年は観客席で先輩たちを応援していた麗美は、すっかり雰囲気に呑まれてしまい、歯の根が合わぬほどに緊張している。

対して一年生の莉子は、同じく初出場ながらも不動の落ち着きを見せていた。

「レミちゃんをお願いね」

敦子は莉子に告げてベンチを立つ。

人数の少ない一中のベンチには、顧問の柳田以下、全員が揃っていた。

龍一と視線が合い、敦子は微かに頷き返す。

木造校舎の階段の踊り場で水泳部存続について話し合ったときから、季節が一つ巡っていた。

そして今、タケルとの思い出が詰まった弓が丘杯の会場に、敦子は再びやってきた。

電光掲示板に、〝岩崎敦子〟の名前が点灯する。

観客席から歓声が沸き起こった。

「あっちゃん、頑張ってー!」

ユリたちが、応援にきてくれていた。

飛び込み台に向けて歩きながら、敦子は自分の左腕を見る。ずっと巻いていたリストバンドの跡が、そこだけ白く抜け落ちていた。

ふいに心細さが心の中をよぎったが、敦子は振り払うようにゴーグルをつけ、飛び込み台の上に立った。ほぼ中央の四コース。

天井のライトを照り返し、水面はピンと輝いている。周囲の歓声が消えた。

電子音が鳴り響き、選手が一斉にスタートを切る。

敦子は水面の一点を目指して宙を飛んだ。

よい角度で水中に飲み込まれる。

往路の五十メートルを、敦子は順調に泳いだ。

中央のコースの選手が速い。最初は並列に思えた選手たちの頭部に、徐々にばらつきが出てくる。

敦子は先頭の選手に食いついていた。

いける！

リードが縮まってきたことに、敦子は充分な手応えを感じる。

しかし、クイックターンの際、アクシデントが起きた。

勢い込んで回りすぎたせいか、装着の仕方が悪かったのか、ゴーグルがずれた。突然ゴーグルの中に水が入り込んできたことに、敦子は焦った。

近眼の敦子は度入りのゴーグルをつけている。その視界が塞がれた。

バランスが崩れ、呼吸が乱れる。

一旦フォームをとめてゴーグルをつけ直すか、それともこのまま見えない状態で泳ぐのか。

一瞬の躊躇が敦子の順位を大幅に下げていく。

駄目だ。

そう思った瞬間。

あっちゃん……。

頭の中に声が響いた。

敦子はハッとする。

あっちゃん、大丈夫だよ……。残りたった五十メートル。前なんか見えなくたって、泳げない訳がない。

敦子は眼を見開いた。眼に水がしみるのも感じない。

大きく肩を回して頭頂から一気に水をかく、最速のIストローク。前方でつかんだ水を一直線に後方へ押しやり、全身全霊《ぜんしんぜんれい》で水をかく。

タケル君……。

水をかき分けながら、敦子は心の底から告げた。

私ね、タケル君がいなくなってしまってから、毎日毎日後悔ばかりしていたよ。

あんなに側にいたのに、どうして素直に伝えなかったんだろうって。

どうして格好ばかりつけていたんだろうって……。

そう訴えながら、敦子は初めて自分の気持ちに気づく。

そうか。そうだったのか。

だから、私は悔しくて悔しくて、やりきれなかったんだ。切なかったんだ。

本当に宙ぶらりんだったのは、私の〝想い〟のほうだったんだ。

タケル君……、私はあなたのことが、本当に好きだった……。

見えない先をかき分けながら手を差し伸べる。

そのとき、その手が誰かにしっかりと包まれた。

物心ついてからは一度もつないだことのない、けれど幼い頃からよく知っている、柔らかく温かな掌だった。

敦子のタッチが、電光掲示板に走るタイムを一番にとめる。

歓声が耳に甦り、敦子は自分がトップでゴールしたことを知った。ベンチでは麗美が飛び上がり、泣き出さんばかりに感激している。

敦子はゴーグルを外し、自分の掌を見た。まだ、誰かに包まれた感触が、うっすらと残っている。

伝わった。

頬を熱い涙が流れる。

敦子はゴーグルを外し、歓声を送っている麗美やユリたちに向かって大きく手を振った。

敦子に引き続き、後輩の女子部員たちも大いに健闘した。

麗美は当初、水深二メートルという大会プールの深さに怯えまくっていたが、失速からトップに返り咲いた敦子の熱気に感化され、ユンロン大佐の〝催眠術〟を必要とするまでもなく、自力で百メートルバタフライを完泳した。

莉子も初出場ながら、百メートル平泳ぎで、予選をトップで突破する力泳を見せた。初めに自分でも言っていたとおり、莉子はかなりの実力の持ち主だ。模擬試合から今大会に至るまで、ほとんどをトップクラスのタイムで泳いできている。ただ不気味なほどに、存在感がないだけなのだ。


昼休憩の時間になると、既に競技を終えた女子たちはすっかりリラックスムードを漂わせていた。その日、同じことを考えていたのは龍一だけではなかったらしく、敦子も麗美も弘樹も、そして聖までもが余分に弁当を持ってきていた。

龍一の弁当にはソースで「カツ！」と書いてある、大きなカツレツが入っていた。

「随分ベタな母親ですね」

聖がしたり顔で言ったので、龍一はとりあえず、一発蹴りを入れておいた。

噂の一号二号も呼び寄せ、たちまち大騒ぎの昼食会と相成った。一号二号は有人と同じ逆三角形の顔をした、腕白そうな小学生だった。たくさんあったはずの弁当も、あっという間になくなった。

けれどそれを二つ以上食べたのは、どうも弘樹と麗美のようだった。

午後の試合が始まった。

男子戦の先鋒《せんぽう》も、自由形の龍一だ。

龍一はウォーミングアップのストレッチをしながら、鏡のように張り詰めた巨大プールを眺める。こうして見ると、弓が丘杯は、本当に大きな大会だ。

公式戦としての権威《けんい》を持たないローカル戦なんて、当初は出るつもりもなかった。誰でも出られる〝お祭〟なんて、なんの意味もないと思っていた。

しかし実際に後輩を引き連れてみると、ここまでやってくるのはこんなにも大変だった。

それが分かっただけでも、少しは先に進めたのだろうか。

「自由形」。随分と、形骸化した言い方だと思う。

なぜならいくらフリースタイルと言われても、ここでクロール以外の泳ぎをする選手は一人もいないからだ。

肩甲骨《けんこうこつ》を回しながら、龍一は考える。

多分俺は――。

この世の中のすべてのことも、そんな表面的な「自由形競技」だと思い込んでいたのかもしれない。

そこで求められているのは、常に速くて優れたものだけなのだと。

だから己の〝泳法〟にこだわって、そこだけで勝負をすればいいんじゃないかと思っていた。

でも、「自由」という言葉は、本当はもっと奥が深かった。

ある意味、自分は有人のバタフライに敵わない。

マトマイニの背泳ぎに敵わない。

襟香のブレストに敵わない。

なぜなら本当の自由の中では、クロールだけが最速の泳法じゃないからだ。

そのことが、龍一にもやっと少しだけ分かってきた。

以前、春日は自分を自己肯定的だと評した。

けれど自分は今、ようやく己の泳法だけではなく、周囲を見つめる術も身につけ始めているのかもしれない。そしてそれこそが、本当の自由に到達するメドレーリレーの完成に、つながっているのかも分からなかった。

電光掲示板に〝上野龍一〟の文字が点灯し、ベンチが沸いた。

「いってこい」

柳田が龍一の肩を押す。

その後ろで有人がきらきらと瞳を輝かせ、揃いのスーツ水着に身を包んだ襟香とマトマイニが、しっかりと頷いている。敦子も胸に手を当てて、自分を見送ってくれていた。

龍一は、飛び込み台に向けて歩き出した。

遥《はる》か彼方《かなた》、プールサイドの向こう。

明るい髪色の少年が、その髪を翻す。

〝龍一！　お手本を見せてよ！〟

くせのない、穏やかな声が胸に響いた。

分かった。俺は俺なりにやってみる。

でも俺が見せられるものは、お前が見たかったものだろうか。

お前が見たかったものを、俺は今見ているだろうか。

俺は後ろの仲間たちに、本当にたくさんのことを教わった。

そしてなにより、お前から。

もっともっと、言葉にしていけばよかったよ。照れたり面倒に思ったりしないで、言葉を重ねていけばよかったよ。

だから、これから俺はたくさんのことを、きちんと言葉にしていくつもりだ。

まずはタケル、お前に伝えたい。今までも、この先も。

お前は俺の一番大事な友達だ――。

ゆっくりと、飛び込み台の上に立つ。

輝く巨大プールが龍一を待ち構えていた。


電子音が鳴り響き、選手が一斉にスタートを切った。

龍一は宙を飛び、鏡のような水面に指先から入っていく。

眼の前に青い世界が広がった。

窓から降り注ぐ陽光が、青の中にゆらゆらと揺らめく。水底のプリズムを追いながら水中ドルフィンで十五メートルを進み、浮上と同時に肩を大きく回して水面を切る。

呼吸のたびに聞こえてくる周囲の歓声が、ビーコンの如く龍一を招く。

自分の体がぐんぐんと抜き出していくのを、気持ちよく感じる。

一筋の雲を残し、冷たく澄み切った青空を真っ直ぐに突き進んでいく飛行機《ジェット》のように、龍一は潔《いさぎよ》く、伸び伸びと水路を切り開く――。


トップでゴールインした龍一の記録が、電光掲示板の上に出た。

五十三秒コンマ四五。

その瞬間、ベンチの敦子たちが悲鳴のような声をあげて抱き合った。

まともに泳ぐこともできなかった後輩たちに振り回され、悩まされ、怒鳴り、呆れ果て、それでも指導を続け、自らも初心に戻ってトレーニングを続けてきたことは、決して龍一の足を引っぱるものではなかった。

龍一はこの大会で、昨年の都大会での記録を二秒半近く縮める、自己ベストを叩き出していた。


次に登場するのはバタフライの有人だ。

有人は初め、麗美同様二メートルの水深に怖気づいていたが、選手として登場すると正面の大型ビジョンに映し出されることがあると気づき、俄然張り切りだした。

〝三浦有人〟の名が点灯するや、有人はプールサイドに走り出て、観客席に向かって勝利のピースサインを送りまくった。

大柄なバタフライ選手が居並ぶ中、豆粒のような選手の勝利宣言は、会場の笑いを誘った。狙いどおり、得意顔でピースをし続けている有人の全身が、大型ビジョンに捉えられる。

「兄ちゃーん！」

観客席から一号二号の甲高い声援が飛んだ。大画面いっぱいに映る兄の姿に興奮し、幼い二人は夢中で声を振り絞る。

優しい兄ちゃん、いい兄ちゃん。お母さんがいなくて、寂しくて泣くと、いつも面白いことをして笑わせてくれる、僕らのスター。

「兄ちゃーん！　兄ちゃーん！」

千切れんばかりに両腕を振る一号二号に応えようと、有人がどじょうすくいのポーズをとったところで、「いいから、さっさといけ」と龍一がどやしつけた。

ベンチで頭を抱え込んでいる顧問の柳田の姿までがビジョンに映し出され、再び観客たちは爆笑した。

だが今の有人は、どじょうすくいだけでは終わらない。

大人と子供ほどの体格差があるにも拘らず、有人は他の選手に引けをとらない見事な跳躍を見せた。

全身をバネのように弾ませ、ふんばってふんばって。

リズミカルにバタフライを泳ぎ切り、三着に食い込んだ。

プールサイドに上がると、今度は顔の横で両手を組むガッツポーズを披露し、一位になった選手以上の拍手を浴びる。

「兄ちゃーん」「兄ちゃーん」

一号二号の幼い歓声が、いつまでも響き続けた。

有人の頑張りを眼にしたマトマイニも、気合充分で試合に臨んだ。

周囲の選手は初の黒人留学生選手の登場に、それだけで気圧されている様子だった。

マトマイニはスタートで完璧なバサロを展開し、その後も肩を大きくローリングさせるダイナミックなストロークを見せた。

「そうだ、いけ！」

龍一は、襟香がベンチの端で拳を握っているのを見た。

マトマイニは、見事その組の一着でゴールインした。

一分三秒コンマ四九。

それは、弓が丘杯初の黒人選手による記録だった。


残す個人戦は、襟香、弘樹、聖が出場するブレストだ。

ところが試合直前になって、又しても聖が姿を消した。

「あいつ、又棄権するつもりかよ……」

龍一が眉間に皺を寄せると、「どうせ仮病や。俺、保健室いってくる！」と、有人がベンチを飛び出していった。

天窓を見上げると、空がにわかに暗くなっている。どうやら本当に、台風が近づいてきているらしい。風も出てきているようだった。

「私もちょっと見てくるわ」

一号二号にお菓子をあげにいった麗美を探しがてら聖の様子を見てくると言って、敦子もベンチから立ち上がった。


「先輩……」

ロビーに出たところで、敦子はいきなり背後から声をかけられた。

地を這うような声の陰鬱さに、思わず悲鳴をあげそうになる。

振り向くと、莉子がじっと俯いていた。

「り、莉子ちゃん、あなた人の背後に、忍び寄るのはやめてね。びっくりしちゃうから」

「私……、普通に声かけてるつもりですけど、なにか問題でも……」

そう言われてしまうと、敦子もそれ以上の抗議はできなかった。

「どうしたの。なにかあった？」

「あの人たち……なにか、とっても不吉な予感」

この莉子に〝不吉〟呼ばわりされる人たちって、一体――。

視線を移し、敦子はハッと息を呑んだ。

大野美恵とその取り巻きたちが、会場に入ってこようとしている。

「莉子ちゃん、一緒にきて！」

敦子は莉子と共にロビーを駆け出した。

弓が丘杯会場の入り口で、敦子は美恵たちと対峙した。

「一体なにしにきたの？」

「なにしにきたとはご挨拶だね。うちら、応援にきただけだけど」

「嘘ばっかり」

悪びれた様子もなく開き直る美恵に、敦子は詰め寄る。

「嘘じゃないよ。クラスメイトのよしみで雪村の応援にきてやったんだよ。そこどきな黒ゴム！　こっちも雨に濡れるのは嫌なんだよ」

美恵がどすの利いた声を出した。

そのとき、取り巻きの一人が持っていたビラが風に飛んだ。莉子が拾い上げると、そこには女子制服姿の襟香の写真のコピーがあった。

敦子は顔色を変えて、美恵の腕に取り付く。

「ちょっとやめて！　そんなもの持って、今会場に入らないで」

「なにすんだよ、離せよ、黒ゴム！」

「そんなことしてなにが楽しいの？　どうして私たちの邪魔をするの？」

「間違ったことしてるの、お前らのほうだろ？　あたしはお前らを反省させるためにきたんだよ。あたしのやってることには、正当性があるんだよ」

美恵が敦子を突き飛ばした。莉子がすかさず支えにいく。

「あ」

よろけた敦子を受けとめながら、莉子は小さく叫んで背後を指差した。

「なんだよ、この、不気味なおかっぱは。今度はお前が文句言うつもりかよ」

「いえ、私は別になんの文句もありませんけど……。でも、多分帰ったほうがいいですよ。だって……」

莉子が一段と声を潜める。

「あなたのすぐ後ろに、四中ヤンキーの元総長が迫ってきてますから……」

「え？」

美恵が振り返ったとき、取り巻きたちの姿はとっくに消えていた。

特攻服姿の角刈り男が、悪鬼《あっき》のような形相で突っ込んでくる。その両眉が完全に剃り落とされているのを見て、美恵は「ひいい」と声をあげた。

「おらおら、逃げるんじゃねえぞ、このタコがぁあああ！」

凄まじい怒声が駐車場一杯に響き渡る。同時に、稲光が走り、劈くような雷鳴《らいめい》が轟《とどろ》いた。

「きゃあああああっ」

敦子が悲鳴をあげてうずくまったその隙に、美恵がくるりと踵を返す。

必死に逃げていく後ろ姿に、莉子が告げた。

「ちなみにその人、雪村先輩の彼氏ですからー。もうあまり関わらないほうが、身のためですよー」

しゃあしゃあと嘘をつき、莉子はにんまり笑う。

「これでもう邪魔は入りませんよ」

　美恵たちの姿が完全に見えなくなると、「お届けものでーす」とジャダがおどけた。莉子に手を引かれて敦子も身を起こす。

「やだ、ジャダさん。どうしたの？　その格好」

「だって、勝負といったらやっぱりこれでしょう？　それにあたしって、タイミングのいい元ヤンだと思わない？」

　上機嫌のジャダと無言の莉子がハイタッチした。

「オネエさんももうすぐくるわよ」

　ジャダが敦子の手を取る。

「さあさ、応援しましょ。あたし前回見れなかったから、今日楽しみにしてきたのー」

「でもジャダさん、その特攻服は脱いだほうがいいかもよ」

「あら、どうしてぇ？」

　とうとう叩きつけるような大雨が振り出し、三人は大慌てで会場の中に入っていった。


「なるほどねぇ……」

　風に飛ばされてきたビラを拾い上げて、睦子は全てを合点した。

　睦子は龍一に内緒で取材にきていたのだが、血相を変えた敦子がお菊人形みたいな女の子と一緒に表へ出ていくのを見て、どうしたのだろうと後を追ってみたのだ。特攻服男が出てこなければ、自分が仲裁《ちゅうさい》に入るつもりでいた。

でもまさか、あの銀色水着の美形男子が、女の子だったとはね――。

これで龍一がトランス・ジェンダーについて調べまくっていた訳や、取材を頑なに拒否した理由はよく分かった。

まったく……、なかなかやってくれるじゃないの。

もう少しで、いらぬ覚悟をするところだったわ。

でもきっと――。あの子はあの子なりに散々悩み抜いた末に、この大胆極まりない〝掟破《おきてやぶ》り〟を決行することにしたのだろう。

そう考えると、睦子はなんとはなしに誇らしくなった。

「我が息子ながら……、あの子は結構大物だ」

声に出してそう言うと、睦子はビラを引き裂き、取材用カメラに入っている襟香の写ったデータを全て削除した。

その頃、保健室では聖と有人がシーツを引っ張り合って言い合いをしていた。

「嫌だ、嫌だ、絶対出ない！」

「なんでや」

「嫌なものは嫌なんだ！」

「ほんならお前は、一体なんのためにあんなに練習したんや。今のお前なら、百メートルくらい軽く泳げるやろが」

「だって、さっき携帯で調べたら、俺と同じ組の奴、ほとんど去年の都大会出てる奴らなんだもの。冗談じゃないよ、負けるのが分かってて、そんな中で泳げるもんか」

「アホやなー、なんでわざわざそないなこと調べるんかいな。知らぬが仏いう諺《ことわざ》を知らんのかい。そやからひじりはウザイんや、『ウザキキヨシ』やなくて、『ウザイひじり』やな」

「うるさい！　俺はあんたみたいな、絶滅危惧種《きぐしゅ》並みの天然バカとは違うんだ。人前で負けるのなんて、絶対、絶対、耐えられない！」

だから本当は、運動部なんて入るまいと思っていた。それなのに……。

〝そこの兄ちゃん、水泳部に入らんかい！〟

満面の笑みを向けられて、つい心が揺れてしまった。

体育の授業やオリエンテーションで、「周囲の人とペアになってください」と言われるのが怖かった。誰も自分とペアを組んでくれなかったから。

自分の物言いや態度が、人から好かれないことは知っている。でも、それをどう直せばよいのかが分からない。卑屈になれば苛められてしまうから、斜に構えることしかできなかった。

まわりは皆バカばかり、だから友達なんて要らない。

何度も自分にそう言い聞かせてきたはずなのに、あまりに純粋な笑みを向けられて、あまりに無邪気に誘われて、今度こそ本当に、どうしてよいのか分からなくなってしまった。

「でも、でも、俺は人前で負けるのが嫌なんだ。それが最後のプライドなんだっ」

「ええ加減にしいや！」

ついに被っているシーツを剝《は》ぎ取られた。

「それのどこがプライドやねん！　ええか、ひじり、耳の穴かっぽじってよう聞けや」

保健室の床に仁王立ちした有人が、びしりと指をさす。

「ひじりはウザくて、へそ曲がりで、ええカッコしいで、そのくせ意気地なしの役立たずやけどな。この俺が見込んだ男なんやで！　他人に何回負けたって構うことあらへん。けどお前、今のまんまじゃ自分に負けっぱなしやないかい！」

聖は眼が醒めたような表情で有人を見た。

「分かったんならさっさといって、試合に負けて、自分に勝ってきいや！　それが本当のプライドっちゅうもんや。ええか、よう覚えとけ。失敗は成功のパパやねん！」

「それ、冗談でも全然面白くないし、本気で言ってるとしたら、相当ヤバい……」

そこで、聖はベッドから蹴り出された。


ブレストで初めてレースに出た聖の結果は、ブービーに終わった。

泳ぎ終わった後、聖はプールサイドに上がるなり号泣した。自分より遅いのに、強豪の揃うレースに出てきた最下位の選手に感動したのだ。

「ひじりー、二位やったやん！　まぁ、後ろから数えてやけどな」

有人が鼻歌を歌いながら近づいてくる。

聖はまだゼエゼエと息をついている最下位になった選手に声をかけた。

「君！　俺、感動したよ。俺より実力ないのに試合に出た、君の勇気に完敗だ！」

ところが――。

「ナァニィーッ⁉」

それまで涙目で息を切らしていた一見大人しそうな重量級が、いきなりくわっと眼をむいて振り返る。

「てめーら、舐めとんのかぁあああ！」

「ひじり、やばい！　こいつ四中や！」

聖と有人は転がるように自分たちのベンチへ逃げていった。


ブレストの二陣をいくのは、聖同様、大会初出場の弘樹だ。

長らく〝水中歩行部員〟で、水に浮くこともできなかった弘樹の百メートル戦は、ほぼぶっつけ本番となってしまった。

皆と同様にこなしてきた筋トレやジョギングの成果で、筋力は格段に増している。なんとかフォームもマスターした。

後は大会のプレッシャーに負けず、他の選手についていけるか否か。

弘樹に関しては、とにかく完泳さえしてくれればいい。

ロボット歩きのようなぎこちなさで飛び込み台に向かう後ろ姿を、ベンチの龍一は祈るような思いで見送った。

しかし。

状況は想像以上に厳しかった。

水に飛び込んだ弘樹が、そのまま微動だにせずに浮かんでいるのを見て、会場の全員が唖然とした。

他の選手たちがあっという間に十メートル以上を突き進んでいる中、弘樹は一呼吸しかできずにいる。これではいつになったらゴールできるか分からない。やがて場内に失笑が漏れ始めた。

やはり、試合に出すにはまだ早かったか……。

龍一がベンチから立ち上がりかけたそのとき。

「ヒロちゃーん!」

突如、観客席の一角から、よろめくような歓声が起きた。

「ヒロちゃん、頑張れー」「ヒロちゃん負けるなー!」

マスターズのシニア選手たちが、総立ちになって声援を送っている。

それは、早朝市営プールの〝水中歩行隊〟からの大応援だった。

最初は呆れ返っていた他の観客たちも、いつしか爺さん婆さんの熱烈な「ヒロちゃんコール」に感化され、遅すぎるストロークに合わせて手拍子を始めた。

一かき一蹴り、ゆっくりゆっくり。

まさに亀《かめ》の歩みではあったけれど、弘樹は必死に泳いでいた。

他の選手の二倍以上の時間をかけて、ようやく百メートルを完泳する。

プールサイドに上がった弘樹は、シニア選手たちに向かい、大きく両手を振ってみせた。割れるような拍手が弘樹を包み込んでいく。

一中のベンチでは、麗美が敦子に抱きついて大泣きしていた。

龍一も立ち上がり、その誇らしげな顔に拳を握って応えてやる。

弘樹はもう、〝キモオタ〟ではない。

今では立派な〝ブレストのヒロ〟だった。


ブレストの最終組。

ついに襟香がベンチから立つ。

襟香は三コース。奇しくも隣の二コースは、三中の樋浦だ。

二人は、ほぼ同時に飛び込み台の上にあがった。

樋浦がちらりと横の襟香を見る。襟香は前だけを見据え、肩を大きく回していた。その全身から、気迫が漲っている。

電子音が響き、選手が一斉にスタートを切った。

あっという間に、二コースと三コースの頭が抜け出していく。二人は他の選手の追随を許さず、長水路の半分を過ぎたところで、完全に一騎打《いっきう》ちの様相に入っていった。

「うわ、うわ、一体どっちが速いんや、まったく分からへん!」

「ほとんど同時に見えます!」

「ターンのところで分かるはずだ」

興奮する有人とマトマイニに、龍一が告げる。

だがターンのときでさえ、二人はまったく同時に体を閃かせた。

泳ぎ方のくせは違う。樋浦はシャープで、襟香はしなやかだ。

それなのに、タイミングを合わせてでもいるように、ぴったり並んで泳いでいる。張り詰めた巨大プールが、二人の波動で水路を切り開かれていく。

ベンチから見ていると、その波動が扇形《おうぎ》を描きながら広がっていくのがよく分かった。

会場の大型ビジョンも、二人の姿だけを追っている。

凄い――！

龍一は息を呑んだ。

襟香のストロークには花が散り、樋浦のストロークには羽根が舞う。

まるでシンクロしているようだ。傍目にそれは美しいが、二人が死力を尽くして戦っているのが、龍一にはひしひしと伝わってきた。

全会場が固唾を呑んで見守る中、襟香と樋浦はほとんど同時にゴールタッチした。

どっちだ……！

龍一は目を凝らす。

電光掲示板のトップが三コースに点灯した。

襟香だ！

コンマ六の僅差で、襟香が勝った。

「やった！」

龍一と敦子の声が重なる。

一中のベンチが歓喜に沸き、会場に大歓声が沸き起こった。

襟香がゆっくりとプールサイドに上がる。銀色のスーツ水着をまとった全身が、大型ビジョンに捉えられた。強い光を放つようなその姿に、会場が再び興奮で沸き返った。

一筋ならぬ矛盾を抱えつつ、それでも負けずに力一杯己を表現する襟香は本当に美しい。

襟香の真っ直ぐな強さを、龍一は眩しく見つめる。

有人とマトマイニが歓声をあげて、彼らのコーチでもある勝利者を出迎えにいった。


弓が丘杯、第一日目のトリとなるメドレーリレー戦が始まる前に、マスターズの試合が行われた。

龍一たちは一旦観客席に移動し、ほとんどの人たちが全身水着で泳いでいるシニア戦を観戦した。弘樹は手製の旗を振って、応援に精を出している。

外では横なぐりの雨が降っていた。

観客席の硝子越しに、ときおり稲光が閃く。

「なんか又、緊張してきたなぁ……」

ジャージを着込んだ有人が体をねじる。マトマイニは又しても呪文をブツブツ唱えだした。

「リレーは又、選抜選手が相手やろ？　今回は大会規模も大きいし。勝てるやろか」

「勝てるさ」

不安そうに呟いた有人に、龍一は即答する。

そうだ。このリレー戦での優勝が水泳部存続の鍵だった。

そしてこれが、自分たち四人が大会で一緒に泳ぐ、最後のチャンスだ。

絶対に、約束を守ってみせる。

龍一の心に確固とした決意が湧いた。

だがしばらくすると龍一は、いつの間にか襟香の姿が見えなくなっていることに気がついた。

「雪村、どこいったか分かるか」

「え、いないの？」

飲み物を買って戻ってきた女子たちに声をかけると、敦子が意外そうな顔をした。最初のうちは、すぐに戻るだろうと思っていたのだが、襟香はなかなか戻ってこない。

やがてマスターズの試合も終盤《しゅうばん》に近づき、リレー選手に集合がかけられた。

それでも襟香が戻らない。

「雪村はどうした」

柳田が怪訝な表情をし、後輩たちも動揺し始めた。

そこへ、ジャージを羽織った襟香が足早に戻ってきた。

雪村――？

襟香の表情の硬さに、龍一はハッとする。

「おい、雪村、お前大丈夫か」

「なにが」

しかし声をかけると、無表情に問い返されてしまった。その響きが、いつになく尖っているような気がする。

襟香ほどの泳ぎ手でも、緊張することがあるのだろうか。

「リレー選手、全員揃ったな？　それじゃいくぞ」

柳田に促され、龍一は引っかかるものを覚えつつ、緊張気味の後輩二人の肩を叩いてベンチを立った。

プールサイドに続く階段を下りる間、龍一はちらりと後方を窺った。

最後尾の襟香は唇を引き結ぶようにして、下を向いて歩いていた。

各種目の代表選手たちがチームワークで勝敗を競う、メドレーリレーは大会の花だ。

リレー選手がプールサイドに入ってくると、長丁場の試合にやや応援疲れしていた観客席にも、再びの活気が戻る。

やがて龍一たち四人の名前が、電光掲示板に点灯した。

既に会場の人気者になっている有人が、観客席に向かって又も勝利のピースサインをしてみせると、場内からは一際大きな歓声があがった。

「兄ちゃーん」の声も、大歓声にかき消される。

けれど龍一は、襟香の様子がどうにも気にかかった。ひょっとして先の力泳で、どこかを痛めでもしたのだろうか。

「雪村……」

声をかけようとした瞬間、硝子越しに真っ白な稲光が走る。

巨大なものが砕き割れるような轟音《ごうおん》が鳴り響き、応援に沸く場内にもどよめきが起きた。

「弓が丘第一中学校！」

審判から呼び出しがかかる。

襟香に声をかけそびれたまま、龍一は所定位置に進まなければならなかった。

選手全員が飛び込み台付近に集まり、掌を重ねる。

「いくぞ！」

龍一が声をかけると全員が力強く頷いた。

それでも龍一は、襟香がやはりいつもと違った雰囲気をまとわせているように感じられてならなかった。

一抹の不安の中、マトマイニがスタートを切った。

さすが選り抜きの選手たちだけあって、全員が見事なバサロキックを繰り出した。それでもマトマイニは食いついていった。十人中四位の位置につきながら、マトマイニの力泳が続く。

肩を大きくローリングさせ、襟香に教わったとおり、六ビートでキックを刻む。じりじりと追い上げ、マトマイニの肩が三位の選手と並んだ。

続くのはブレストの襟香だ。

襟香は飛び込み台の上に立ち、気迫を張らせて水面を見据えている。

思い過ごしか？

その様子に、龍一は自分の違和感を単なる杞憂にすぎないと考えた。

ユキムラ先輩！

マトマイニの声なき絶叫が響き、その指が壁をタッチした瞬間、襟香の体が宙を飛んだ。

え――？

龍一が立ち上がる。

確かに大きな跳躍だった。しかし、先の樋浦との対戦とは、なにかが違う。

思わず身を乗り出して、浮上してくる襟香の背中を眼で追った。

水を切り裂き頭が持ち上がり、再び流線型を描いて上半身が水中に飲み込まれていく。変わらずの大きなストロークだ。

しかし。

キックが弱い。

上半身の伸びを、下半身のキックが補っていけていない。

先程は花が散っているように見えたストロークにも、わずかな迷いがある。

順位があっという間に三位から七位へと下がっていく。

有人もマトマイニも、信じられないといった顔をした。

どうした……！　一体なにがあった、雪村……！

己のウォーミングアップも忘れて、龍一は尚も襟香の姿を追う。いつも一番にプールを切り裂いたその体が、周囲の選手たちが作る波に押されている。

「あっ！」

龍一は、思わず声をあげた。

折り返しまであと十メートルというところで、襟香が足元から水中に沈んだ。

二メートル近い水深の中に、銀色の水着が沈み込んでいく。再び浮上したとき、既に襟香はブレストのフォームをとっていなかった。

ベンチの柳田が立ち上がる。応援席やプールサイドからも、どよめきが起きた。

襟香を待って飛び込み台の上に立っていた有人が、泣きそうな顔をして龍一を振り返る。

メドレーリレーが、アンカーの龍一までつながらなかったのだ。

プールサイドに戻った襟香は、足早にシャワー室へと立ち去っていった。

一瞬会場は騒然となったが、試合は尚も続いている。

龍一も有人もマトマイニも、ただただ茫然として、お互いの顔を見つめることしかできなかった。


そのとき。

観客席を立つ影があった。襟香の母、洋子だ。

襟香がシャワー室に消えていくのを確認すると、洋子は弾かれたように走り出した。怯むことなく、男子更衣室の中に入っていく。

数人の男子選手が驚いて自分を見ているのも構わず、洋子はシャワー室へと足を進めた。

一番奥の個室から、シャワーがタイルを叩く水音に混じって、むせび泣く声が響いてくる。

静かに近づくと、跳ね扉の向こうで襟香が肩を震わせて泣いているのが眼に入った。

「エリちゃん」

襟香の肩がびくりと跳ねる。

突然現れた母親の姿に、襟香は茫然としているようだった。

「エリちゃん」

洋子はもう一度、その名を呼んだ。

見返す襟香の瞳に、熱い涙がたまっていく。

「まだ、予定はずっと先だったのに……」

襟香の唇が震えた。

その一言で、洋子はすべてを理解した。

襟香はこのとき、自身が最も認めたくないであろう〝体調の変化〟に見舞われてしまったのだ。

月に一度、健康な女子であればどうしても避けられないその日、襟香はただでさえ動揺する。家でも沈鬱に寝ていることが多かった。

それが最後の最後に、この晴れの舞台とぶつかってしまうとは——。

「チクショウ……」

絞り出される声がかすれる。

「チクショウ、チクショウ……！」

襟香は泣きながら、拳で壁を叩き始めた。

泣き声と叩かれる壁の音が大きくなっていく。

「エリちゃん！」

洋子は跳ね扉をあけて、個室に飛び込んだ。襟香が驚いて顔を上げる。

自らもシャワーに打たれながら、洋子は襟香の体をしっかりと抱きとめた。

襟香の体が大きくわななく。

その刹那、洋子は娘の矛盾と苦しみが、自らの体に流れ込んでくるように感じた。

どんなに無念で――。

どんなに、悔しく、やるせなかったことだろう。

「ごめんねエリちゃん」

思わずそう口にしていた。

「ずっと一人で悩ませて、本当に本当にごめんね」

着衣のままシャワーに打たれながら、洋子はその耳元に囁いた。

「お母さんを許してね」

その瞬間、襟香は大声をあげて泣きながら、洋子の腕の中に崩れ落ちた。

洋子も泣きながら、一緒にタイルの上に座り込む。

打ちつけるシャワーの下、お互いの腕にお互いを抱いたまま、二人はいつまでも声をあげて泣き続けた。

長かった夏休みも、残すところ一週間を切った。

西日の当たる部室で、龍一は襟香と二人きりで向き合っていた。

窓の外では盛んに鳴きたてていた油蟬やみんみん蟬に代わり、つくつく法師《ほうし》たちが「つくづく惜《お》しい、つくづく惜しい」と去っていく夏を惜しんでいる。

「本当に悪かったと思っている」

龍一を真っ直ぐに見つめ、襟香は謝罪した。

「いや、雪村がいなければ、元々弓が丘杯に出ることはできなかった。誰もお前のことを責めたりしていない」

それは、龍一の正直な気持ちだ。

「それに、この学校に水泳部は残る。俺は、それで充分だ」

弓が丘杯が終わり、三週間が過ぎていた。

その間《かん》、龍一は都大会に出場し、全国大会に駒《こま》を進めた。

弓が丘杯では、有人、マトマイニ、莉子の三人が、都大会の制限タイムを切る記録を出した。

来年は、彼らも都大会に出場する。

今後、部活動は二年生を中心に運営されていくことになる。

弓が丘杯メドレーリレーの優勝こそ叶わなかったが、バトンは確実に運ばれたのだ。

顧問は引き続き、柳田教諭が担当することになっている。

「学区域戦の優勝、お前さんの全国大会出場ともなれば、今更水泳部を廃部にする訳にもいかないだろうよ」

約束を果たせなかったことを謝りにいくと、柳田はそっぽを向きながらそう言った。

「立派な成績が残っちゃったおかげで、途中入部希望者も増えてるしな。現金な話だよ。お前は卒業だから気楽なもんだが、この俺はとんだとばっちりだ」

ぼやきつつ、柳田は満更でもない表情をしていた。

次の主将なら、そんなへそ曲がりな顧問とも、ミーハーな入部希望者たちとも、きっとうまくやっていけるだろう。

新しい主将は三浦有人だ。

広い視野と柔軟な心だけでなく、今の有人には水泳の実力も充分に備わっている。

多少調子に乗りすぎるところもあるが、その辺はきっと、弘樹と麗美がフォローしていくだろう。ひょっとするとあの二人のフォローこそ問題かもしれないが、そこは一年生たちもいる。

なんだかんだと言いながら、結局聖は有人のことが好きらしい。

〝俺、誰かに誘われたのも、あだ名で呼ばれたのも、初めてなんだ〟

試合後うっかり、そう口を滑らせていた。

聖が不平不満を言いつつ部活に出続けていた理由は、実に簡単なことだった。そこに、彼の大事な友達がいたからだ。

マトマイニは今ではすっかり四泳法をマスターし、来年は個人メドレーにも出場すると張り切っている。

意外だったのは莉子で、彼女は今回の弓が丘杯で、密かに中学生女子ブレストのベストテンに入る好記録を残していた。まったく目立ちはしないのだが、莉子は実は本当に速い。ああいうのこそ、ゲームで絶対倒せない「最終ボス《ラス》」なのではないかと龍一は思う。

敦子は弓が丘杯を最後に部活を引退し、今は受験勉強に専念している。

だが。

襟香はこれで、よかったのだろうか。

本当に悔しい思いをしたのは、彼女自身のはずだ。

ひょっとすると自分は、襟香につらい思いをさせてしまっただけなのかもしれない。

「お前は、これでよかったのか」

思い切って聞いてみる。

水泳部に入って、襟香は本当によかったのだろうか。

「残念だったとは思う。でも……」

襟香が清々しい笑顔を見せた。

「楽しかった」

力の籠もった眼差しが龍一を見る。

「ありがとう」

囁くように、襟香は言った。

「今回のことで、自分が焦りすぎているのがよく分かった。これからは、もう少しゆっくりやっていこうと思う」

あれ以来、母親とも違った形で向き合えるようになった。

時間はかかるが、色々なことを一つ一つ、ゆっくり解決していくつもりだと襟香は語る。

「俺はまだ中途半端な存在だけど、それでも認めてくれる人たちがいるってことが、ようやくちょっとは信じられたよ。こんなふうに思えるようになったのは、本当に、上野たちのおかげだ」

襟香の吹っ切れたような表情を、龍一は眩しく見つめた。

「だから、高校ではもう少しうまくやるさ」

「女として泳ぐとか」

「それは無理」

「もったいないな。女子選手として泳ぐなら、お前全国大会も楽に狙えるのに」

「でもそれじゃ意味がない」

「ならばさ……」

急に思いついて口にする。

「俺たちで試合やろう。男も女も関係なくさ。樋浦や長嶋にも声をかけるよ」

「それなら望むところだよ。だって俺は泳ぐのが好きだし、上野のことも好きだから」

堂々と告げられ、龍一は返す言葉を失った。

輝くような笑顔に、一気に心拍数が速くなる。

しかし。

「だから、上野にはこれからも、俺のことを……いや、私のことを、男の友人として認めてほしい」

しなやかな白い手を、襟香は真っ直ぐに差し出してきた。

白木蓮《はくもくれん》の花弁のような掌を見つめ、龍一は絶句する。

なんと、そういうことか。

この手を握ったら、俺の「恋」は完全に終わりだな。

そう自覚した瞬間、一気に力が抜けそうになる。

やっぱり俺は、こいつのことが、結構本気で好きだったんだ。

こんなに苦労して、どうやら俺は結局失恋するらしい。

でも……。

きっと、まだまだだ。

意地でもない。プライドでもない。

もっと真っ直ぐで単純で透明なものが、自分を支えてくれている。

だから。もっともっと遠くまでいかなきゃいけない。

『格差社会』とか、そんな誰もが簡単に予想できるつまらない未来じゃなくて、誰も見たことのないその先へ。

きっと。

必ず辿り着いてみせる。

これは、まずその第一歩だ。

龍一は思い切ってその白い手をがっちりと握った。

襟香の顔に、最上の笑みが広がる。

ふいに、「つくづく惜しい」の合唱の中に、ハッとするほど澄み切ったひぐらしの声が響き渡った。


蝶々柄のバティックドレスに身を包んだシャールが、ジョウロで店先に水を撒いている。

その影法師がいつもより長いことに気づき、「もう秋なのねぇ」と、呟いた。

水撒きを終え、店に戻って熱いジンジャーティーを淹れる。

マグカップを手に一息入れながら、カウンターに飾ってある写真を眺めて微笑んだ。

「出世払いが多すぎて、あたしもおちおち死ねやしないわ」

学区域戦で優勝した一中水泳部のメンバーが、満面の笑みを浮かべている。

「でもこの先が、とっても楽しみ。そうじゃない？」

シャールは写真の中の面々に、小さくウインクしてみせた。

夏が終わり、プールの時間が終わり。

新しい季節がやってくる。

本書は『快晴フライング』（二〇一三年四月　ポプラ社刊）
を改題し、加筆・修正したものです。

中公文庫

銀色《ぎんいろ》のマーメイド

2018年9月25日　初版発行

著　者　古《ふる》内《うち》 一《かず》絵《え》

発行者　松 田 陽 三

発行所　中央公論新社
〒100-8152　東京都千代田区大手町1-7-1
電話　販売 03-5299-1730　編集 03-5299-1890
URL http://www.chuko.co.jp/

DTP　平面惑星
印　刷　三晃印刷
製　本　小泉製本

Published by CHUOKORON-SHINSHA, INC.
Printed in Japan　ISBN978-4-12-206640-3 C1193

出張料亭
おりおり堂
安田依央
イラスト／八つ森佳
「味見するか？」
STORY
偶然出会った出張料理人・仁さんの才能と見た目に魅了された山田澄香、三十二歳。思い切って派遣を辞め、助手として働きだすが――。恋愛できない女子と寡黙なイケメン料理人、二人三脚のゆくえとは？
シリーズ既刊
ふっくらアラ煮と婚活ゾンビ
ほろにが鮎と恋の刺客
コトコトおでんといばら姫
中公文庫

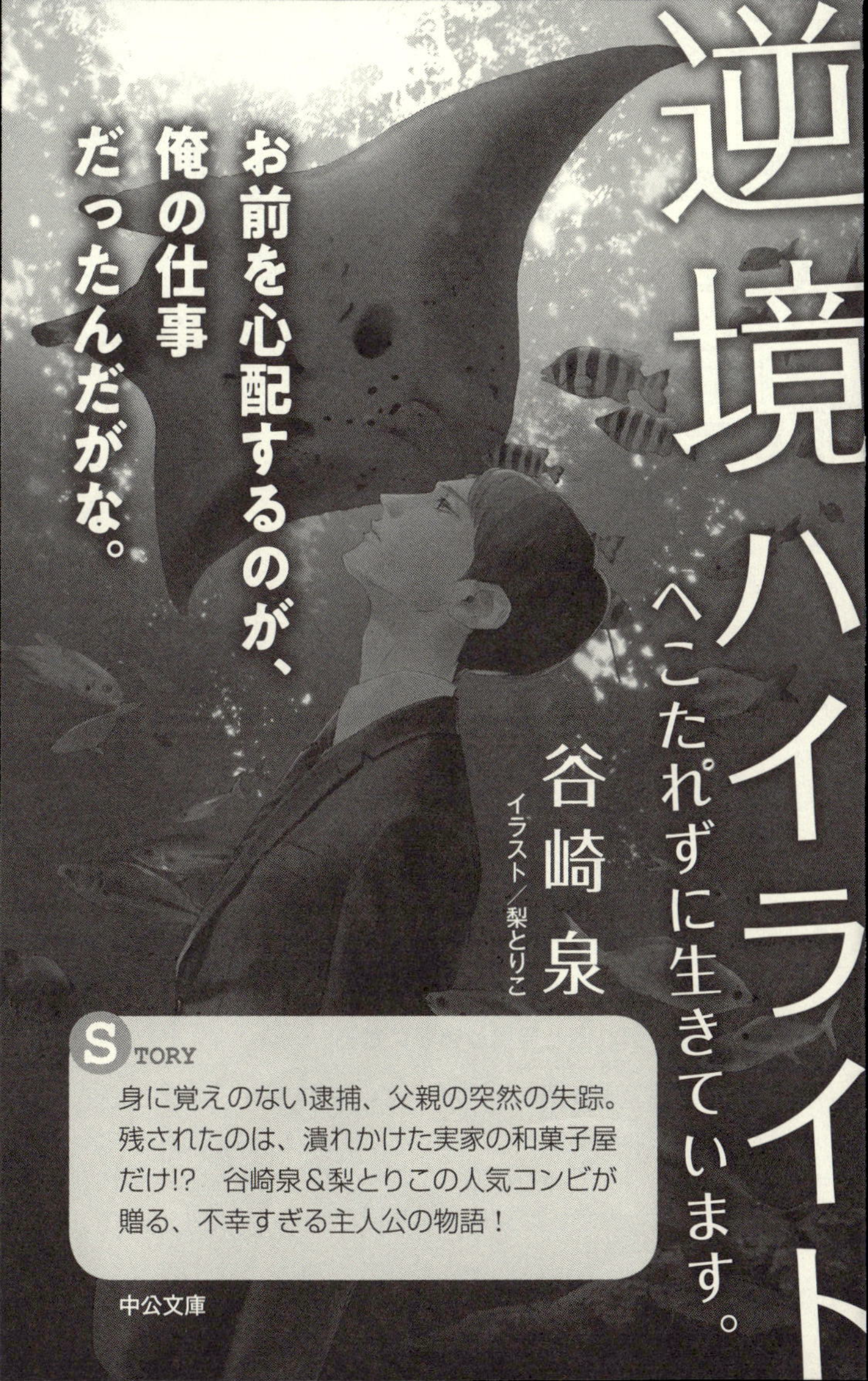
逆境ハイライト
へこたれずに生きています。
お前を心配するのが、
俺の仕事
だったんだがな。
谷崎泉
イラスト／梨とりこ
STORY
身に覚えのない逮捕、父親の突然の失踪。
残されたのは、潰れかけた実家の和菓子屋
だけ!?　谷崎泉＆梨とりこの人気コンビが
贈る、不幸すぎる主人公の物語！
中公文庫

よすが横丁修理店

迷子の持ち主、お探しします

及川早月

単なる可愛い物語？　全然違います!!

あらすじ

人に大切にされた道具には心が宿り、
人との縁が切れると道具は迷子になる――。

ぼくは、古道具修理店「ゆかりや」で店長代理のエンさん（ちょっと意地悪）と一緒に、人と道具の「縁」を結んだり断ち切ったりしている。でもある日、横丁で不思議な事件が続いたと思ったら、ぼくの体にも異変が起こり始め――？

イラスト／ゆうこ

中公文庫